바다 건너 그곳

최임순
소설집

청어

바다 건너 그곳

최임순 소설집

삶이란 무엇인가? 누구나 하는 질문에 유독 지나치게 집착을 하며 살아왔다. 그 질문에 답을 찾지 못하면 당장이라도 잘못될 것처럼 조급하게 굴기도 했다. 여기저기 찾아다니며 부지런히 알아보았지만 답은 찾아지지 않았다. 여러 분야의 책을 보면서 공부를 하면 알아지는 게 있을 줄 알았다. 훌륭한 선생님들에게 배우면 알아지는 건 줄 알았다. 학과 공부를 하는 학생처럼 지식을 쌓으면 그 질문에 해답을 얻을 줄 알았다. 어느 날, 나는 모르는 게 없어요, 하고 누군가에게 말한 적이 있었다. 나는 그때 더 이상 공부를 할 필요가 없다는 생각이 들었기 때문에 그렇게 말했던 것이었다. 그것은 그 질문의 답을 찾을 수 없다는 걸 깨달았다는 뜻이기도 했다. 상대방이 어리둥절해 하다가 나를 경멸스런 눈으로 바라보았다. 나는 상대가 왜 그러는지 그때는 알지 못했다. 모르는 게 없다고 말은 했는데 여전히 나는 인생이 무엇인지 알지 못했다. 숙제를 미룬 학생처럼 불편하고 무거운 마음으로 살았다.

어리석게도 환갑이 넘어서야 비로소 나는 내 눈으로 세상을 보기 시작했다. 전에는 남들이 말하는 세상을 보았다. 과학자들의 원리와 철학자들의 개념, 예술가들의 정신, 사상가들의 생각으로 세상을 바라보았다. 머리로 배운 인생이었다. 내 눈으로 보기 시작하면서 그동안 내가 눈을 감고 살았다는 생각이 들었다. 눈을 뜨지 못했기 때문에 좌충우돌하면서 살았다. 착각 속에서 무례하게 굴기도 하고 잘난 척하기도 했다. 적을 친구로, 친구를 적으로 잘못 판단하기도 했다. 적도 친구도 없고 다만 사람이 있었을 뿐인데 나는 알지 못했다. 나는 무엇에 둘러싸여 눈을 감긴 채 살았나? 남에게 주워들은 얄팍한 지식을 창과 방패로 삼아 살았던 것 같다. 어쩌면 아이들 앞에서 아는 척해야 했기 때문에 일종의 직업병에 걸렸던 것인지도 모르겠다. 좀 더 일찍 교직을 그만두었어야 했다.

세상을 내 눈으로 볼 수 있기까지 그렇게 긴 수고와 시간이 필요했다. 그렇다고 내가 세상을 안다는 게 아니다. 여전히 모르지만, 이제는 삶이 무엇인지 질문을 하지 않는다. 세상을 내 눈으로 보면서 살아갈 뿐이다. 막상 눈을 뜨고 세상을 보니까 어때요? 하고 누가 묻는다면 삶이란 게 별거 아닙니다, 라고 나는 대답할 것이다.

소설 공부는 진지하게 해 본 적이 없었다. 인생 공부가 다급했기 때문이라고 굳이 변명을 해 본다. 소설이 무엇인지 모르면서 썼다. 그저 내 눈으로 본 세상을 내 입으로 말했다. 이제 와서 보니까 인생이 별거 아닌 것처럼 소설도 아마 그럴 거라고 생각한다. 아쉬운 게 있다면 젊은 날처럼 날카로운 관찰력이나 풍부한 상상력을 기대할 수 없다는 것이다. 흐린 눈으로 보고 굳은 혀로 말할 뿐이다. 선명하던 내 얼굴의 윤곽이 무너져 내린 것처럼 내 글도 마찬가지라고 생각한다. 뭉개진 얼굴처럼 평범하고 눈에 띄지 않는 글이다. 그래도 마음을 편하게 가지고 그간 쓰고 정리했던 글들을 묶어 소설집을 내기로 했다.

산다는 게 뭔지 몰라 삶이 끝나는 날까지 불안하고 막막했을 어머니를 뒤늦게 위로하며, 그 어둠을 헤치면서 나를 길러주신 어머니에게 감사드린다.

2020년 초가을 최임순

차례

전화기 속에서

전화기 속에서

전화를 끊고 나서도 그 선생의 얼굴이 떠오르지 않았다. 어느 학교에서 함께 근무했던 누구라고 그쪽에서 먼저 밝혔을 때 나는 으레 그렇게 하듯, 아, 반가워요. 잘 지내셨지요? 인사를 했다. 전화기 속에서 그는 자기를 기억하셔서 다행이라며 선생님이 퇴직하시기 직전 학교에서 같이 근무했던 강 선생님한테 말씀 듣고 전화를 드렸으며 직접 찾아뵙고 부탁을 해야 하나 이해해 달라는 말을 했다. 지부에서 편집 일을 맡고 있는데 퇴직 선생님들의 교직 생활에 대한 추억, 퇴직 후 일상 그리고 전교조의 의미에 대한 소견이 궁금해서 인터뷰 설문지를 만들었으니 번거롭더라도 반드시 답변을 보내 달라는 것이었다. 얼떨결에 그에게 메일 주소를 일러주고는 전화를 끊었다.

그가 언급한 학교에서 가까이 지냈던 이들의 얼굴을 떠올리려 무진 애를 썼다. 오래 전 일이기도 했지만 그 학교에서 근무한 햇수가 한 해밖에 되지 않았기 때문에 각인되는 시간이 짧았던 탓도 있을 것이다. 한참만에야 탁한 물에서 고기를 낚듯이 그들이 하나, 둘, 윤곽을 드러냈는데 주변에 자욱하게 안개가 낀 것처럼 그들의 모습은 어렴풋했다. 머리를 뒤로 묶은 둥근 얼굴, 짧게 커트를 한 머리에 금속 테 안경을 쓴 얼굴, 단발머리의 통통한 얼굴이 등장했고 그리고 어느 선생은 피부 빛만 어떤 이는 목소리의 특징만 그리고 누구는 전체적인 인상만 떠올랐다. 어떤 이들은 머릿속에서 순간적으로 나타났다가 자세히 보려고 하면 뒤로 물러가 버리기도 했다. 전화기 속 주인인 이은희 선생도 짐작은 갔지만 기억이 확실하지는 않았다.

나는 창고 방으로 건너가서 긴 벽면을 가득 채우고 있는 책장을 살폈다. 꽃잎 모양의 조각이 장식된 책장은 세 개가 나란히 놓여 있었다. 나무에 도색한 짙은 고동색이 세월에 바래지 않고 오히려 갈수록 웅숭깊은 빛을 내고 있는 책장이었다. 유리문이 달린 책장 안에는 칸칸이 책이 꽂혀 있고 유리문 아래 붙어있는 여닫이 수납장에는 앨범과 졸업장, 각종 상장과 표창장, 자격증 같은 것들이 들어차 있었다. 결혼 혼수품으로 함께 구입했던 옷장은 오래 전 새것으로 바꾸었지만 책장은 그대로였다. 이사할 때마다 무겁고 큰 책장을 옮기느라 고생스러워도 책장을 버리지 못했다. 옛날 가구라 더 무겁다며 툴툴대는 인부들에게 미안하면서도 그 책장을 고집했던 것은 가구를 고를 때 옷장보다 더 신경을 썼기 때문이기도 하고, 젊은 날의 기대를 간직하고 있기 때문이기도 했다. 책장에 꽂힐 책들이 내 삶을 갈수록 윤택하게 만들어 줄 거라고 믿었다. 문자에 대한 그 순진한 믿음은 나중에 깨져버렸지만 아무튼 책장을 들일 때 나는 부푼 기대를 안고 있었고, 당시의 설렘을 잊고 싶지 않았다.

　나는 꾸준히 책을 사 모았다. 언어의 한계와 위험성을 어렴풋이 알아챈 뒤에도 책을 사들였다. 책장에 책이 겹겹이 쌓이면 다시 읽을 것 같지 않은 책들을 뽑아내고 그 자리에 새 책을 넣는 작업을 하면서 세월이 흘렀다. 그 방에 누워서 책을 읽을 수 있도록 긴 소파도 놓아두었는데 일찍 노안이 오면서 그 방 출입이 뜸해졌고, 잡동사니를 하나 둘 들여놓다 보니까 저절로 창고 방이 되어 버린 것이다. 수납장에는 일기장들과 버리기 아까운 팸플릿 같은 것들도 넣어두었는데 수납장이 차면서 유리문 너머로 올라온 일기장들도 있었다. 일기 쓰기는 퇴직 무렵부터 중단되었지만 직장 생활을 시작한 이래 오랜 기간 써 왔던 일기장들은 책장 안에 여기저기 흩어져 있었다.

　주로 감정이 어둡고 머리가 복잡할 때 일기를 썼다. 그래서 우울로 얼룩진 내 일기장은 부정적 감정의 배설소이고 죄책감의 고해소 같은 것이었다. 그 시간의 나로서는 도무지 풀 수 없는 문제에 부딪혔을 때도 일기를 썼다. 훗날의 나에게 묻기 위해 그 사건을 일기장에 상세히 기록해 두었다. 그런 날의 일기에는 나, 이상하지 않나요? 나, 지금 괜찮은 걸까요? 나, 잘못하고 있는 게 아닐까요? 하는 말이 붙어 있을 것이다. 세상이 복잡하게 생각되는 것은 세상이 정말 복잡한 것이 아니라 세상을 이해하지 못한다는 뜻이라고 했다. 그 일들을 도무지 이해할 수 없었기에 머리가 복잡했고 그럴 때는 하는 수 없이 일기를 썼던 것이다. 내가 더 나이를 먹어 세상을 단순하고 밝게 볼 수 있는 지혜가 생겼을 때 나 자신에게 그 답을 묻기 위해서였다.

　유리문을 핑계로 닦지 않은 책장 선반 위에는 먼지가 뽀얗게 들어앉아 있었다. 선반에 꽂힌 일기장부터 꺼내고 서랍장 안에 있는 것들도 몽땅 끄집어냈다. 이은희 선생을 찾을 요량이었다. 표지 빛깔과 크기가 제각각인 일기장들을 바닥에 늘어놓았다. 각각의 일기장에는 그 시간을 살아내기 위해 몸부림쳤던 흔적들이 고스란히 담겨 있을 터였다. 손에 잡힌 첫 번째 일기장 뚜껑을 열기도 전에 숨이 탁 막혀왔다. 길게 심호흡을 하고 나서 일기장을 펴서 날짜부터 확인했다. 그렇게 일기장들을 연도별로 분류하다가 그해의 일기장을 찾아냈다. 빛깔이 퇴색하긴 했지만 분홍색 두꺼운 표지였다. 꽃다발을 안고 있는 소녀가 그려진 표지에는 그해를 아름답게 살고 싶었을 간절한 바람이 숨어 있었다. 하지만 표지 안에서 실제로 펼쳐진 현실은 신음 소리 가득한 세상이었을 게 분명했다. 두꺼운 화장으로 상처투성이의 얼굴을 감추고 있는 누군가를 닮았을 그해의 분홍색 일기장을 들고 나는 창고 방을 나왔다.

　커피부터 찾았다. 그다음 돋보기안경을 쓰고 일기장을 펼쳤다. 불안으로 가슴이 빠르게 뛰었다. 그 일기장을 쓸 때는 시력이 좋아서 작은 글씨로 **빽빽**하고 촘촘하게 적어 놓았다. 일기를 읽다가 나는 중간에 몇 번이나 일기장을 덮고 거실을 서성이었다. 눈이 아픈 것보다 아릿하게 저려오는 가슴의 통증 때문이었다. 이은희 선생은 일기장에 있었다. 내 짐작이 맞았다. 그는 머리를 뒤로 묶고 다녔던 둥근 얼굴의 그 선생이었다. 그 오랜 시간의 풍화 작용이 잉크와 종이의 변색은 가져왔지만 그때 그 사건들과 그 시간의 나와 그는 그곳에 온전히 살아 있었다. 고달픈 시간을 견뎌내기 위해 볼펜으로 꾹꾹 눌러 쓴 누런 종이에 이은희 선생과 보냈던 시간들이 낱낱이 펼쳐졌고, 나는 그 시간을 허물어진 고대의 건축물처럼 복원해 내었다.

그 시간은 군인 출신 두 전직 대통령들이 연달아 구속되던 때였다. 그들은 서툴고 어설프긴 했지만 순수하고 열정적이었던 우리들의 젊은 날들을 울분과 자괴로 물들게 했던 장본인들이었다. 버스 정류장 가판대에 진열된 일간 신문들은 수의를 입고 나란히 법정에 선 두 대통령의 모습을 연일 1면으로 보여주고 있었다. 정류장에서 내려 그 학교로 가는 길가엔 은행나무 가로수들이 길게 늘어서 있었는데 그 가을엔 유난히도 단풍이 든 은행나무 잎들이 숱지고 노란 빛깔이 진했다. 낙엽은 발목까지 푹푹 빠지고 노란 은행나무 잎들은 날마다 머리 위로 눈발처럼 흩날렸다. 그러나 늦가을의 정취에 젖어들기엔 너무나도 시절이 뒤숭숭했다.

이은희 선생이 본교무실로 나를 찾아왔다. 무슨 일인지 의아해하면서 그를 따라 교무실을 나섰다. 이은희 선생은 조심스럽게 복도를 둘러보았다. 복도에는 아무도 없었다. 그는 작은 목소리로 속삭이듯 말했다.

"사무실에서 연락이 왔는데요. 저나 김 선생님이나 요즘 입학원서 쓰느라고 정신없이 바쁘거든요. 죄송스럽지만 선생님께서 사무실에 들르

셔서 서명 용지 좀 가져다주시겠어요?"

나는 가슴이 철렁 내려앉았다. 내가 대답을 하지 않자 이은희 선생은 다시 사정을 했다.

"이번 주 토요일이 입학 원서 마감이거든요."

나는 전교조에 관련된 어떤 활동도 하지 않고 있었다. 그 학교로 오기 전 근무했던 학교에서 나는 유일하게 전교조에 가입한 교사였다. 교장은 전교조인 나 때문에 자신이 크게 불이익을 당할 지도 모른다고 생각했고, 그 바람에 나는 엄청난 곤욕을 치러야 했다. 교장에게 신임을 얻고자 했던 교감과 주임들이 덩달아 내게 전교조 탈퇴를 종용했고, 그 과정에서 다른 선생들도 나를 함부로 대했던 것 같다. 그것이 사실이었는지 아니면 나의 착각이나 망상이었는지 알 수 없으나 나는 그들이 내게 벌떼같이 달려들고 있다고 생각했다. 나는 두려움과 분노의 불길에 휩싸여 살았는데 그들은 그런 나를 잠시도 내버려 두지 않고 들쑤셔댔다. 그들의 집단 공격으로 입은 수치심과 모멸감은 피해망상을 거쳐 신경쇠약으로까지 진행이 되었다.

그 학교를 생각하면 머릿속에 떠오르는 그림이 하나 있다. 달군 철판이었다. 교장과 교감이 나를 철판 위에 올려놓고 불을 때고 나는 뜨거운 철판 위에 떨어진 물방울처럼 튀어 오르는 것이었다. 동료들은 달군 철판 위에서 나뒹굴고 있는 내 몸짓을 구경하며 재미있어 했다. 불을 때는 교장, 교감보다 나를 쳐다보며 웃고 있는 동료들이 더 무서웠다. 달군 철판은 내가 학교를 그만 둘 때까지 내 머리에서 사라지지 않았다. 어쩌면 나는 아직도 그 악몽에서 깨어나지 못하고 있는지 모르겠다.

나는 그 학교에서 임기를 채우지 못하고 떠나야 했다. 그래서 전근을 왔을 때 본능처럼 전교조 교사부터 찾았다. 다행스럽게도 전교조 선생이 둘 있었다. 이은희 선생과 김현실 선생이 그들이었다. 그들이 충분히 내 바람막이가 되어 줄 것을 기대했다. 부임하고 며칠 있다 교장실로 불려가 전교조 교사라는 이유로 주의와 경고를 들었지만 미리 예상했던 일이었다. 나는 새 학교에서는 전교조 때문에 돌출되는 어떤 몸짓도 하지 않으리라 단단히 결심을 하고 있었다. 교장이 보내는 어떤 신호에도 눈을 감으리라. 누가 건드리든 목석처럼 반응하지 않으리라. 그늘로만 숨어들리라. 그 학교에서 나는 어떤 일에도 완전하게 방관자의 자세로 일관했다. 내 작전은 그런대로 먹혀 들어갔고 나는 교장의 감시망에서 비껴나 있다고 믿고 있었다.

전교조 사무실로 가는 내 발길은 무거웠다. 서명지를 가지고 금방 사무실을 나왔다. 가방 깊숙이 넣은 서명지가 비밀 지하 조직의 유인물처럼 공포감을 주는 것은 어쩔 수 없는 일이었다. 전교조에서 하는 서명은 음지에서 거래되는 마약처럼 은밀하게 이루어져야 했다. 나는 서명지를 운반하고 있는 자신을 다독였다. 두려워하지 마라. 세상이 바뀌고 있잖아. 그 대통령들이 잡혀 갔어. 아무 일도 없을 거야.

전교조에서는 서명지를 자주 돌렸다. 서명지를 돌릴 때면 윗사람들에게 발각이 될까 두렵기도 하고 동료들에게 상처를 입기도 했다. 동료들의 반응은 가지각색이었다. 전교조에게 협조를 했다가 자신에게 불이익이 돌아올까 봐 눈살을 찌푸려 지레 경계를 하고 접근을 막는 이도 있고, 눈길이 마주치는 것조차 피하는 이들도 있고, 가까이 다가가기만 해도 겁을 집어 먹고 도망을 치는 이들도 있고, 난 관심 없어요, 모질고 냉정하게 거부하는 이들도 있었다. 그때마다 입은 상처들이 동료들에게 다가가기 두렵게 했고 자연스러운 관계 회복을 어렵게 했다. 아무튼 서명지를 돌릴 때면 과도한 스트레스와 긴장 때문에 몸과 마음에 경직이 일어났다. 그러나 아무리 조심스럽게 움직여도 서명지를 돌리는 내 모습은 반드시 누군가에게 포착이 되었고 즉시 미세한 것까지 교장에게 보고되었다. 현행범으로 몰려서 교장실로 불려가 취조를 당하는 것보다 동료들에게 배신의 혐의를 씌워야 하는 게 더 견디기 어려웠다. 교장의 끄나풀이 누구누구일까? 그 의심과 탐색이 내게는 고문과 같은 일이었다.

입학 원서를 쓰러 온 학부모들과 아이들로 3학년 교무실은 아침부터 시장 바닥처럼 시끌벅적했다. 나는 이은희 선생에게 서명지를 넘겨주고 어서 홀가분해지고 싶었다. 이은희 선생을 눈짓으로 불러내 사람들의 눈을 피해 복도 끝으로 걸어갔다. 전교조에게 적대적일 것 같은 선생이 지나가는 바람에 우리는 재미있는 이야기를 나누는 척 마주 보고 웃었다. 그 선생이 가고 나서 이은희 선생에게 서명지를 내밀었다. 그는 여러 장 붙어 있는 서명지에서 한 장을 떼고 나머지는 도로 내게 내밀었다.

"죄송스럽지만 제가 3학년 교무실을 맡을 테니까 선생님께서 본교무실을 맡아주시겠어요? 워낙 바빠서요."

그에게 서명지를 가져다주는 것으로 일이 끝날 줄 알았던 나는 또 다시 떠맡게 된 무거운 과제 앞에서 몹시 불안해졌다. 서늘한 긴장감이 목덜미를 타고 전신으로 흘러내렸다.

본교무실로 돌아오면서 나는 두려움에 떨고 있는 자신을 타일렀다. 겁을 먹을 건 없어. 이젠 학교에서도 서명을 두고 불온한 선생들이 벌이는 불순한 짓거리라고 비난하는 사람은 없을 거야. 세상이 변하고 있어. 전교조를 탄압하던 대통령들은 감옥에 갔고, 교장, 교감들도 서명을 벌이고 있잖아. 서명이라면 출처와 사유를 불문하고 무조건 빨갱이 짓이라고, 역적모의 보듯 하던 교장, 교감이 얼마 전에는 자기들이 몸소 서명지를 돌렸다. 일선 교사 출신이 아닌 외부 인사를 교장으로 초빙하는 제도를 검토하고 있다는 교육부 발표에 교장단이 반발했다. 전교조에서 벌이는 서명엔 몸을 사리면서 하찮은 문구까지 잡고 늘어지며 깐깐하게 굴던 이들이 교장이 돌리는 서명지엔 꺼림 없이 척척 이름을 올렸다. 전교조 서명지는 책상 밑으로 움직여야 했지만 교장이 돌리는 서명지는 교무실 책상 위를 활보했다.

서명지를 넓적한 참고서 갈피에 넣었다. 이은희 선생의 부탁을 거절할 수는 없었다. 그와 김현실 선생은 3학년 담임이었고, 입학 원서 마감을 앞두고 있었다. 희생과 봉사, 헌신으로 맡는 직책이 3학년 담임이었다. 고교 입시가 있던 시절이라 3학년 담임은 무조건 저녁 9시까지 자율학습 감독을 해야 했다. 그때는 시간 외 수당이라는 것도 없었다. 먼저 학교에서 근무할 때 나 역시 내리 3학년 담임만 했다. 3학년 담임에 꽂아 놓아야 시간도 없고 몸도 피곤해서 전교조 활동을 하지 않을 거라는 이유에서였다. 어쩌면 이은희 선생과 김현실 선생도 같은 이유로 3학년 담임에 꽂힌 것인지도 몰랐다.

셋째 시간에 수업이 없었다. 교감 책상부터 살폈다. 등받이가 높다란 빈 의자만 자리를 지키고 있었다. 체육 주임은 공문 발송 때문에 컴퓨터 앞에 앉아 있고, 학생 주임도 등을 돌리고 서류 작성에 몰두하고 있었다. 체육 주임은 서명하는 걸 보고도 못 본 체하겠지만, 학생 주임은 즉각 교감이나 교장에게 보고할 사람이었다. 한 사람 또 눈에 걸리는 사람이 나이 든 가정 선생이었다. 그는 젊은 선생들에게 무조건 적대적이었다. 책상 위에 아이들이 제출한 블라우스 견본을 쌓아놓고 실기 평가를 하고 있었다. 승진 욕구가 강한 학생 주임과 가정 선생 두 사람의 눈만 피한다면 그 시간에는 안전하게 서명을 받아낼 수 있을 것 같았다. 젊은 교사들의 구성 비율이 높았던 그 학교에서는 전교조 회원은 아니어도 전교조 활동에 지지를 보내는 이들이 많았다.

먼저 친하게 지내고 있는 주 선생 앞으로 가서 서명지를 내밀었다. 그는 얼른 사인을 하고는 맞은편에 앉아 있는 사회 선생더러 사인을 하라고 손짓으로 신호를 보냈다. 그런 식으로 근방에 있던 이들로부터 서명을 받아내고는 수학 선생 자리로 다가갔다. 가까이 있는 가정 선생이 눈치를 채지 못하게 그가 새로 입고 온 코트가 마음에 든다고 말을 걸면서 책상 밑으로 서명지를 내밀었다. 눈치 빠른 수학 선생이 재빨리 훑어보고 사인을 하고는 옆에 앉은 미술 선생에게 건넸다. 서명지가 살금살금 옮겨 다니는 동안 나와 수학 선생은 수다를 주고받았다.

그 시간에 겨우 일곱 선생들에게 서명을 받았는데 종일 수업을 한 것처럼 기진했다. 다음 시간엔 수업이 있어서 점심시간에나 다시 서명을 받아야겠다고 생각을 하고 서명지를 참고서 갈피에 끼워 넣었다. 수업 시작을 알리는 종이 울리고 교실로 가기 위해 교과서를 들고 일어서는데 교감이 불쑥 다가왔다.

"김숙희 선생, 교장실로 갑시다."

기관원이 수배자를 연행하듯 교감은 삼엄하게 말했다. 나는 서명이 발각되었다는 걸 알았다. 굴욕감 한 편으로 미친 듯 분노가 일어났다. 누구일까? 벌써 일러바친 이가. 조금 전 서명을 해 준 일곱 선생 하나하나에게 혐의를 둘 수밖에 없었다.

교장실로 들어설 때 나는 일부러 눈의 초점을 흩뜨렸다. 교장실의 살풍경한 정경을 눈에 담지 않기 위해서 언제부턴가 그렇게 했다. 내 가슴에 화살처럼 박힐, 짜증과 미움으로 일그러진 교장과 교감의 얼굴을 마주하면서도 보지 않으려면 그 방법을 쓸 수밖에 없었다. 시력이 썩 좋지 않았던 나는 그렇게 해서 주변의 모든 것들을 흐릿한 연기 속으로 밀어 넣었다. 먼저 학교에서 나는 그렇게 초점을 흩뜨려 어렴풋한 형태만 보다가 어느 순간에는 눈을 감아버리곤 했다. 어린 아이들이 싫고 무서운 것 앞에서 눈을 감는 심리와 흡사했다.

"이게 뭐요? 같은 전교조니까 선생도 잘 알고 있겠지요? 3학년 교무실에서 나왔어요."

안도감이 스치고 지나갔다. 내가 서명을 받은 일곱 선생들 중에는 밀고한 사람이 없다는 게 확인이 된 셈이었다. 그러나 내가 불려온 것은 의외였다. 나는 그동안 전교조와 관련된 어떤 일도 하지 않았고 앞으로도 그럴 계획이었다. 이은희 선생과 김현실 선생은 자리에 없는 모양이었다. 아마 그들은 4교시 수업이 없어서 점심을 먹으러 갔을 테고 교무실로 돌아오는 즉시 나처럼 교장실로 불려올 것이다.

선생들이 뭔데 나서서 떠들어요. 우리 관리자들도 가만히 있는데 선생들이 뭔데. 이은희 선생하고 김현실 선생은 말야. 3학년을 맡았으면 애들 진학에나 신경을 쓸 것이지. 원서 마감이 내일 모렌데 애들은 팽개쳐 두고 뭐 서명을 벌여? 그 선생들 정신이 있는 거야? 없는 거야? 교장이 무슨 말을 하든지 나는 무생물처럼 무심하게 있으려고 했다. 부임하고 나서 며칠 뒤 교장과 대면을 한 이후로는 별도로 교장과 마주한 적이 없었다. 그런데 어떻게 나를 불러들일 생각을 했는지 도무지 알 수 없는 일이었다. 나는 그 문제에 대해 골똘히 생각하면서도, 나는 전교조와 아무 관련이 없는 사람입니다, 하는 얼굴로 가만히 앉아 있었다. 교장은 분회장인 이은희 선생을 향한 적의를 쉬지 않고 뱉어냈고, 김현실 선생은 인격 모독 수준으로 비난했다. 교장의 적개심은 이미 도를 넘어서고 있었다. 그들은 나보다 나이가 어린 선생들이었다. 선배로서 이은희 선생이나 김현실 선생에게만 책임을 떠넘기는 게 비겁하다는 생각이 갑자기 들었다.

"서명지는 제가 가져온 건데요."

그것은 일종의 양심선언 같은 것이었다. 교장은 자리에서 벌떡 일어나 삿대질을 했다. 나는 눈은 감았다.

"뭐요? 그동안 얌전하게 있길래 반성을 한 줄 알았는데 도대체 무슨 짓을 한 거요? 왜 조용히 살지 못하고 잔잔한 학교에 풍파를 일으키는 겁니까?"

교장은 영웅 심리에 날뛰지 말라고 빈정거렸다. 교장들이 전교조 선생들을 대할 때는 정해진 매뉴얼이 있었다. 처음 그 욕을 들었을 때는 세상에 그보다 더 맥 풀리게 하는 말도 없을 것 같았다. 그러나 수년째 반복해서 들으니까 영 싱겁고 시들해졌다. 영웅 심리 다음으로 교장에게서 나오는 말은 선생들 선동할 시간에 애들한테 정성을 기울여 보라는 것이었다. 선생이 정말 애들 교육을 위해 최선을 다 하고 있나 반성해 보라구, 애들 건사도 못 하는 주제에 뭐가 잘 났다고 나서느냐 말이야. 애들 얘기만 나오면 어떤 선생이든 떳떳할 수가 없었다. 그 누구도 아이들을 위해 최선을 다하고 있다고 자신할 수 없으므로. 최선이라는 기준은 원래 무한대이므로. 유한의 세계에서 지내야 하는 인간에게 무한은 주어지지 않으므로.

이은희 선생과 김현실 선생이 교장실 앞에서 서성이고 있다가 교장실을 나서는 내게 달려왔다.

"선생님 죄송해요. 제가 부주의했어요. 설마 3학년 주임이 교장한테 일러바칠 줄은 몰랐어요. 원서 밑에다 넣어두었는데 교장이 올라와서 서명지를 꺼내갔대요."

그 문제에 대해서 불평을 가장 많이 했던 3학년 주임이 그걸 고쳐보겠다고 서명을 하는 줄 뻔히 알면서 어떻게 그럴 수 있는지, 그리고 평소에 교장 욕을 그렇게 많이 해대는 사람이 어떻게 교장에게 쪼르르 달려가 일러바칠 수 있는지, 승진을 하려는 사람은 그렇게 이중적이어야 하는지, 몹시 흥분을 한 상태로 이은희 선생은 마구 의문을 쏟아냈다. 고운 외모에서도 순진한 티가 펄펄 묻어나는 이은희 선생을 바라보며 나는 그가 생의 뒷면을 알아내는데 수십 년이 걸릴지 모르겠다는 생각을 했다.

"교감으로 올라가고 싶어 하는 사람들은 그럴 수밖에 없어요. 주임이 교감, 교장 앞에서 말 바꾸는 거 한두 번 겪었어요?"

이은희 선생보다 나이가 어린 김현실 선생이 더 세상 물정에 밝아 보였다.

우리는 전교조에 호의적인 미술 선생에게 그 일을 부탁하기로 했고 미술 선생은 소리 없이 위, 아래 교무실들을 오가며 서명을 받아내어 남몰래 내게 건네주었다. 서명을 한 이가 전부 열아홉이었고 나는 그날로 전교조 사무실에 서명지를 제출했다. 교장과 다툼이 있었지만 나는 모든 걸 잊기로 마음먹었다. 그러나 서명지 사건은 끝이 난 게 아니었다. 나는 자주 교장실로 불려갔다. 김숙희 선생, 교감이 자기 자리에 앉아 큰소리로 내 이름을 부를 때면 나는 교감의 호출을 일단 무시하는 걸로, 그러니까 열심히 교재 연구를 하거나, 창밖의 풍경에 몰입한 척하거나 하면서 마구 훼손되고 있는 내 인격을 지켜냈다. 김숙희 선생, 교감은 매우 신경질적으로 내 이름을 다시 불렀고 꼼짝 않고 있는 사람을 불러대는 교감을 지켜보는 게 민망해서 교무주임이나 우리 주임이 교감을 거들어 합창하듯 내 이름을 불러재꼈다.

"누구누구 서명을 했는지 명단을 밝혀 주세요."

교장은 지치지도 않고 나를 추궁했다.

"이름을 알아 놓으면 교장 책임이 가벼워져요. 이름만 밝혀 줘요."

나는 눈을 감고 입술을 꽉 다물었다. 벌써 며칠 째 이름을 밝히기를 종용하고 있는 교장이 언성을 높였다.

"그럼 모든 걸 선생 책임으로 해서 저 위에 보고하겠어요."

나는 그 모든 게 어떤 것인지 두렵기도 하고 궁금하기도 했다. 방학 책도 조금밖에 안 사서 내가 얼마나 망신을 당했는지 알아요? 선생들이 국군장병 위문성금도 안 내고 말이야. 다른 학교 선생들은 교장이 하라는 대로 명령을 잘 따른다는데 이 학교에선 도무지 선생들이 협조를 하지 않아. 이게 다 누구 때문인 줄 알아요? 선생 같은 전교조 양반이 뒤에서 조종을 해대니까 되는 일이 없는 거라구. 나는 그제야 교장이 왜 처음부터 나를 교장실로 불러들였는지 그 이유를 알 것 같았다. 교장은 자신에게 돌아올 지도 모를 책임을 전교조 선생들에게 물으려 이미 작정을 하고 있었던 것이다. 서명지 사건이 아니어도 교장은 나를 불렀을 것이다.

"모든 게 선생 책임이야."

교장은 고함을 질렀다. 내가 교장에게 공인된 면죄부로 이용된다는 게 우스우면서도 무서웠다. 먼저 학교에서도 내 이름이 저 위로 올라갔을 때 어떤 일이 벌어질지 알고나 있냐는 협박을 자주 받았었다. 그 위라는 데가 정말 있는 건지, 구체적으로 어디를 가리켜 위라고 부르는지 알 수 없지만, 그 위를 우리들은 모두 몹시 두려워했다. 그때는 호흡하는 시대의 공기가 지금과 달랐다. 엄혹했던 군사 독재 정권이 남긴 어두운 그림자는 여전히 차갑고 매섭게 우리 머리 위에 길게 드리워 있었다. 우리를 둘러싼 암울한 대기층을 개인의 힘으로 뚫고 나갈 수 없는 폐쇄된 공간으로 인식하게 만든 것도 그 시대의 위력이었을 것이다.

아마도 내가 서명을 한 열아홉 명 선생들 이름을 대면 교장은 그 중에서 방학 책을 구입하지 않은 학급의 담임과 위문성금을 내지 않은 선생들 이름을 가려내어 전교조에 적극 가담하고 있는 불순한 선생들이라고 저 위에 보고를 할 것이다. 전교조 때문이라고 하면 상부에서는 교장을 너그럽게 용서할 뿐 아니라, 학교 관리가 얼마나 힘이 들겠냐고 격려까지 해 줄 것이다. 내가 끝까지 서명한 선생들 이름을 대지 않으면 교장은 김숙희 선생이라는 전교조 열성분자가 우리 학교에 있기 때문에 이런 불상사가 일어났습니다. 그 선생이 뒤에서 조종을 하고 있는데 교장인 내가 방학 책과 위문성금을 독촉해 봤자 아닙니까. 그렇게 내게 죄를 씌워 보고를 할 것 같았다.

"전교조 때문이 아니라는 건 교장 선생님이 더 잘 아시잖아요. 젊은 선생님들이 많아서 그런 거잖아요."

그 학교가 구도심에 있다 보니까 지역이 낙후되고 교통도 불편해서 전입 희망자가 적었다. 자연히 교육청에서는 신규 발령자를 보낼 수밖에 없었다.

"교장 선생님, 세상이 바뀌고 있어요. 전교조한테 둘러대서 책임을 면하는 수법이 이젠 안 통할 거예요. 교장 선생님들은 전교조에서 군인 대통령들이 나쁘다고 했을 때 일 잘 하는 대통령을 비난한다고 빨갱이라고 했어요. 그런데 보세요. 그 대통령들이 감옥에 갔어요. 누구 판단이 옳았나요?"

교장이 화를 낼 줄 알았는데 코웃음을 쳤다.

"모르는 소리 말아요. 순진하긴. 그렇게 세상 물정을 모르니까 전교조에 가입해서 그 따위로 자기 신상에 손해나는 짓이나 하고 다니지."

텔레비전에서 떠든다고 해서 전두환, 노태우 대통령을 다들 나쁘다고 하는 줄 알아요? 그 대통령 편이 얼마나 많은 줄 알고나 하는 소리에요? 그 어른들을 그렇게 대접하면 안 된다고 하는 국민들이 얼마나 많은 줄 알고 있냐구요? 역사는 말예요. 갑자기 발전하는 게 아니에요. 단계를 거쳐서 발전하는 겁니다. 아, 선생은 역사 발전 단계설도 몰라요? 전두환 대통령은 그렇게 정치를 했어야 했다구. 노태우 대통령도 그렇고. 그때는 다 선거 비자금 제도라는 게 필요했던 거라구. 뭘 알고 말해야지.

내 입을 통해서 서명한 이들의 이름을 알아내는 걸 단념한 교장과 교감은 분주하게 이 선생 저 선생을 찔러대면서 색출 작업에 나섰다. 교무실 분위기는 험악해졌고 선생들은 내게로 몰려와서 교장과 교감과 그들과 같은 편인 몇몇 주임들을 비난하고 성토했다. 나는 어느덧 핍박받는 선생들의 구심점에 서게 되었다. 구영희 선생님이 교장실에 갔다가 혼났대요. 교장이 넘겨짚어서 서명 얘기를 하는 바람에 얼떨결에 대답을 했다가 들통이 나 버렸다는 거예요. 이경진 선생님은 아파서 병원에 간다고 했더니 교감 선생님이 뭐라고 했는지 아세요? 우리 학교 선생들이 건강이 나쁜 사람들이 많아서 불만들이 많은 거라고 했대요. 그러면서 누구누구가 신경성 우울증이 있다고 그랬대요. 선생님도 그 중에 끼어 있어요. 차수경 선생님이 교장실로 결재를 받으러 갔다가 발령 얘기를 하길래 전철 역 가까운 데로 발령이 나면 좋겠다고 했더니 교장이 뭐라고 했는지 아세요? 그 반, 방학 책도 안 샀는데 내가 뭐가 예뻐서 힘써 주냐고, 교총에 가입하면 해 주겠다고 그랬대요. 주임들이 우리 학교에 전교조 잔당들이 날뛰고 있다고 떠들고 다녀요. 전교조가 뭐 없어진 단체인 것처럼 말이에요. 아무렴, 전교조가 없어지겠어요? 교총이 없어지겠지. 자기들이 구세대 교총 잔당인 줄도 모르고. 사건은 예기치 않았던 교총과 전교조의 대립으로 제멋대로 달리고 있었다.

교총에서 수익 사업으로 만들어내는 방학 책을 아이들에게 반드시 사게 해야 하는가는 오랜 논란거리였다. 방학 책을 제대로 풀어오는 아이는 거의 없었다. 개학 당일 학교에 와서 답을 베껴 내는 것이 아이들에겐 개학을 맞이하는 통과 의례처럼 여겨졌다. 그런데 상부에서는 방학 책을 거부하는 것은 교총을 반대하는 것이고 교총을 반대하는 것은 불법 단체인 전교조를 지지하는 것으로 몰아갔다. 방학 책 구입 학생 수가 교장, 교감의 실적으로 평가되는 기이한 분위기에 전국의 학교가 휩쓸리고 있었다.

"교장이 이렇게까지 나올 줄은 몰랐어요. 방학 책을 사지 않은 아이들에게 별도로 선생님들이 방학 책 대용 문제집을 만들어서 배부하라는 거예요."

동료들은 자꾸 내게로 와서 울분을 토로했다. 그들은 내가 감당할 수 없는 질문을 던지기도 했다. 아주 양심적이고 선량한 사람이 교장이 될 가능성은 희박하겠지요? 약삭빠르거나 아니면 유아적인 승부욕이 강하거나, 교실에서 수업을 하는 게 싫고 두렵거나, 아이들과 갈등이 심하거나 뭐, 그런 사람들이나 기를 쓰고 승진의 길을 가는 거겠지요? 우리 사회가 다 그런 걸까요? 학교가 유난히 낙후되어 있는 걸까요? 나는 교장, 교감뿐 아니라 나를 의지하고 내게 하소연하는 젊은 선생들에게마저 침묵했다. 그리고 내신을 내서 쫓기듯 허둥지둥 그 학교를 떠났다. 겨우 한 해를 근무하고 나는 그 학교를 빠져나왔던 것이다.

전화기 속에서 튀어나온 이은희 선생이 내게 이십여 년의 시간을 거슬러 오르게 했다. 창밖으로 벌써 어둠이 내리고 있었다. 나는 기진맥진한 채로 일기장을 덮었다. 그 험한 시간 속으로 들어가는 게 내게는 힘든 작업이었다. 그 시간을 살아내기 위해 이은희 선생도 안간힘을 썼을 것이다. 그 시간의 교장과 교감도 살아내기 위해 무척 애를 썼을 것이다. 그렇게 각자 살기 위해 고군분투하며 살아가는 게 인생이라고 일단은 무척 가볍게 생각하기로 했다. 그 학교를 떠난 뒤 나는 다시는 그곳에 가지 않았다. 그 학교로 가는 길가에 서 있던 은행나무들은 지금껏 잘 살고 있을까?

이은희 선생으로부터 전화를 받고 일기장에서 그를 확인하고도 나는 한참만에야 컴퓨터를 켜고 메일을 열었다. 선생님의 성함, 현재 연세와 가르치신 과목을 적어 주세요. 퇴임 후 어떻게 생활하고 계십니까? 교직 생활할 때 조합과 관련하여 기억나는 추억담이나 사건은 무엇입니까? 선생님께 전교조는 어떤 의미였습니까? 후배 교사들에게 전해 주고 싶으신 이야기는 무엇입니까? 시간은 넉넉했다. 한 달 뒤까지 답변을 보내 달라고 했다. 컴퓨터를 끄고 늦은 저녁을 먹고 텔레비전을 보면서도 한 문항이 뇌리에서 떠나지 않았다. 조합과 관련하여 기억나는 추억담이나 사건은 무엇입니까?

첫 근무지였던 그 학교에서 집으로 가는 버스를 타던 곳은 가톨릭회관 앞이었다. 그곳에서 전경들과 대치하고 있는 데모대를 자주 만났다. 인근엔 철창이 쳐진 경찰버스와 곤봉을 든 전경들이 상주하고 있었다. 가톨릭회관에서 끌려 나와 머리를 땅에 박은 채 구타를 당하고 있는 젊은이들을 볼 때면 눈물이 나왔다. 하라는 공부는 안 하고 데모질이나 해대는 빨갱이 대학생들은 다 죽여라. 주위를 에워싼 군중 속에서 터져 나오는 고함 소리가 나를 더 힘들게 했다. 왜 이런 나라에서 태어나 살아야 하는 걸까? 도무지 희망이 보이지 않았다.

토요일 오전 근무를 마치고 퇴근을 하고 있었다. 길 건너 가톨릭회관 벽에서 플래카드가 펄럭였다. 젊은이들이 건물 꼭대기 층 창문 밖으로 고개를 내밀고 삐라를 뿌리고 있었다. 삐라는 공중에서 팔랑거리며 땅 위로 내려앉았다. 그러나 땅에 떨어지는 족족 전경들이 삐라를 주웠다. 젊은이들은 삐라를 날리며 무어라 외치고 있는데, 지나는 차 소리며 와글거리는 인파에 묻혀 들리지 않았다. 그 모든 것들은 잠깐 동안 일어난 일들이었다. 잠시 뒤 플래카드가 걷히고 창가에 있던 학생들이 없어졌다. 전경들이 올라간 것이었다. 학생들이 끌려나와 길바닥에 무릎이 꿇렸다. 고개를 박고 줄줄이 엮인 젊은이들을 전경들이 닭장차에 쑤셔 넣었다. 내 곁에 서 있는 남자가 고래고래 소리를 질렀다. 빨갱이 새끼들 모조리 잡아 죽여라. 공부하기 싫어서 데모나 하는 대학생 놈들은 전부 아오지 탄광으로 보내라. 악을 쓰는 남자 곁에서 사람들은 눈만 끔벅였다. 너무나도 자주 목격하는 똑같은 광경이었지만 볼 때마다 눈물이 났다. 몰래 눈물을 훔치고 있는데 누가 나에게 반갑게 인사를 했다. 다른 학년 교무실에 있어서 먼발치에서만 본 선생이었다. 그는 귓속말로 내게 속삭였다. "전경들, 군인들, 닭장차, 저 푸르죽죽한 색깔들이 너무 싫어요. 저 색깔들이 없는 세상에서 살았으면 좋겠어요." 그가 가방에서 메모장을 꺼내더니 주소와 시간을 적어 내게 건넸다. "내일 이곳으로 꼭 오세요." 이튿날 나는 그곳에서 그들을 만났다. 그곳은 Y중등교육자회 모임 장소였다.

내가 두 번째 학교로 전근을 갔을 때였다.

"위에서 내려온 지시 사항을 전체 직원들에게 전달하겠습니다."

직원회의 시간에 교장이 말했다. 교육자회라는 불순한 교사 단체가 있는데 절대 가입을 해서는 안 됩니다. 지역마다 분회가 있어서 우리 시에도 모임이 결성되어 비밀리 움직이고 있다고 합니다. 우리 시에서 회장을 맡고 있는 선생은 북에서 지령을 받고 움직이는데 아주 무시무시하게 생겼다고 합니다. 체격이 크고 성질이 괴팍하다고 합니다. 느닷없이 교육자회가 등장하는 바람에 잔뜩 긴장을 하고 있던 내 입에서 나도 모르게 웃음이 새어 나왔다. 교장이 묘사하고 있는 사람은 교육자회 분회장이 아니라 영화에 등장하는 조폭 두목이었다. 그 교무실에서 분회장을 알고 있는 사람은 나밖에 없었다. 교장은 본 적도 없는 회장에 대해 한참 동안 열을 내며 이야기하더니 미모의 여교사로 화제를 돌렸다. 묘령의 여교사가 아름다운 목소리로 전화를 해서는 교육자회에 가입하라고 하면 안 넘어갈 사람이 없다고 합니다. 남자 선생님들은 그런 전화에 넘어가선 절대 안 됩니다. 미모의 여교사를 따라 나섰다가는 그날로 신세 조지는 겁니다. 내 입에서 다시 훗, 웃음이 나왔다. 미모에다 묘령의 여교사라니, 아무래도 나 말고는 없을 것 같다는 장난스러운 생각이 들었던 것이다.

교장이 말하는 동안 더러 웃음이 나오기는 했지만 나는 서늘한 공포에 휩싸여 떨고 있었다. 며칠 전에는 학교 교무실 전화로 교육자회 선생님이 급하게 전화를 했다. 그날 모이기로 한 장소에 사복경찰로 보이는 수상한 사람들이 서성대고 있으니까 오지 말라는 전화였다. 그리고 만약을 대비해서 혹시 의심 받을 만한 서적을 갖고 있으면 빨리 감추라고 했다. 서둘러 퇴근을 해서는 몇 권의 책들을 이웃집 장독 빈 항아리에 넣었다.

"우리 시에서 가입자는 모두 7명인데 아직 미색출자라고 합니다."

교장이 전하는 미색출자의 의미가 어떤 것인지 알 수 없었지만 미색출자라는 단어에 일단 안도감이 들었다. 그러나 공포가 차지했던 자리에 분노가 밀려왔다. 회장이 북의 지령을 받고 움직이는 무시무시한 사람이라니, 실제의 회장은 교장이 묘사하는 사람과 얼마나 다른 사람인지, 안경을 쓰고 늘 부스스한 얼굴로 다니는 착해 빠진 그를 그렇게 묘사할 수 있다니 화가 났다. 있지도 않은 묘령의 여교사를 등장시키는 수법에도 메스꺼움과 함께 참을 수 없는 분노가 일어났다.

그날은 인근 지역 중등교육자회 교사들이 함께 모인 날이었다. 아침부터 시작된 토론이 오후까지 이어지고 있었다. "큰일났습니다. 무서운 일이 일어났어요." 젊은 남자 선생이 석간신문을 들고 회의장으로 뛰어들어왔다. 그는 볼일이 있어서 참석을 못하고 있었는데 우연히 신문 기사를 보고 부리나케 달려왔다는 것이었다. "선생님 이름이 신문에 나왔어요. 선생님이 간첩이래요." 발제자 중 한 사람이 간첩으로 지목되었다는 것이었다. 도표로 작성된 간첩단 계보에 그 선생님 이름이 큼지막하게 들어가 있었다. 그는 인근 고등학교 사회 선생이었다. 그는 급히 자리를 떠야 했고, 몇몇이 그를 따랐다. 회의장 밖에서는 벌써 그 사건으로 난리가 난 것 같았다. 신문과 텔레비전에서는 연일 그 사건을 특급 뉴스로 대대적으로 보도했다. 애먼 사람이 고문을 당하고 감옥에 가는 일이 가까이에서 벌어질 수 있다는 걸 알았다. 그 간첩단 사건 이듬해 전교조 전신인 전교협이 창립되었다.

전교협이 전교조로 이어지며 시간이 흐르는 동안 나는 학교를 옮겨 다녔고 길가에 은행나무가 늘어섰던 그 학교에서 이은희 선생을 만났던 것이다. 이은희 선생이 부탁한 설문지에는 천천히 답변을 할 것이다. 아직 기한이 한 달이나 남았다. 그러나 바닥에 늘어놓은 일기장들은 정리를 해야 할 것이다. 퇴직하고 시간은 많았다. 그런데 책장이며 일기장 정리를 자꾸 미루기만 하고 있었다. 이제 직장에는 가지 않는다. 그렇지만 때때로 가슴에서 훅 하고 올라오는 것들이 있었다. 지난 시간에 대한 수치심과 후회, 자책 같은 부정적인 감정들이었다. 내가 창고 방 정리를 미루면서 그 방에 가는 것조차 부담스러워 하고 있는 것은 어쩌면 일기장을 들추면 쏟아져 나올 자신의 모습과 마주할 용기가 나지 않기 때문일지도 모른다. 나는 직장에서 보낸 시간들이 부끄럽다. 그렇다고 내가 훌륭한 교사나 잘난 사람이 되기를 기대했던 것은 아니었다. 젊었을 때는 그런 것에 대한 의지를 갖고 있었지만 일찌감치 내 깜냥을 알아채고 쉽고 편한 길을 선택했다. 나는 순전히 내 체면을 지키기 위해서 아이들에게 못되게 굴 때도 있었고, 내 이익 때문에 동료들에게 손해를 입힌 적은 더 많았다. 나는 내 안에 들어 있는 이기적이고 못난 모습에 너그럽다. 그런데도 나는 일기장 정리를 미루기만 하고 있는 것이다.

나는 왜 일기장 정리에 나서지 못하고 있는 걸까? 지난 시간 속에서 드러날 자신의 모습을 보기가 두렵다는 그 이유만으로 일기장을 펼치지 못하는 것은 아닐 것이다. 어쩌면 내가 일기장 정리에 나서지 못하는 더 큰 이유는 과연 나에게 세상을 바르게 이해할 수 있는 지혜가 생겼는가에 대한 확신이 서지 않기 때문일 것이다. 일기장에 무수히 등장할 질문에 대답을 할 수 있을지 나는 자신이 없다. 훗날의 나에게 묻기 위해 얼마나 많은 사건들을 일기장에 기록해 두었는가. 먼 훗날, 나이를 많이 먹은 다음, 세상 모든 것이 선명해졌을 때 그래서 더 이상 가슴에 답답한 것이 없어졌을 때 묻고 싶었다.

먼 뒤, 어느 날쯤 되면 혼란스러운 이 시간을 다른 시각으로 볼 수 있겠지? 그때는 명쾌하게 결론을 내릴 수 있을까? 나는 왜 이렇게 사는 데 서툴고 자신감이 없는 걸까? 어느 지점쯤 나는 이 무겁고 버거운 삶의 무게와 속도에서 벗어날 수 있을까? 내 일기장에선 그런 질문들이 그물코에 붙은 물고기처럼 줄줄이 나올 것이다.

참을 수 없을 만큼 괴롭던 어느 날에는 그런 생각까지 했다. 먼 훗날, 내가 우주적 눈을 가지게 되었을 때 이 시간을 다시 둘러보면 이 일을 분명하게 이해할 수 있을까? 그때는 이 시간에 대해 명확한 평가를 내리게 될까? 그런데 나는 퇴직을 하고도 아직 우주적 시각은커녕 지구적 시선도 갖지 못하고 있었다. 아마도 판단하기를 끊임없이 유예시켰던 먼 훗날의 그 시간은 내게 영영 오지 않을 것이다. 내가 삼백 살이나 오백 살을 살 수는 없는 일이니까 말이다. 설령 오백 살까지 산다고 해도 그 많은 질문에 대한 답을 내릴 수 있는 밝은 지혜가 내게 생길 것 같지도 않다. 고양이나 강아지가 천 년을 산다고 해도 고양이와 개를 벗어날 수 없는 것처럼 내가 아무리 오래 산다 해도 나는 우주적 시선을 가질 수 없을 게 뻔하다. 나는 이제, 현재 이 시간의 생각으로 과거를 읽을 수밖에 없다는 나의 한계를 겸허하게 받아들이기로 한다.

나는 내일부터 창고 방, 바닥에 벌여 놓은 일기장들을 정리하기로 한다. 머지않아 글자를 들여다보는 일이 쉽지 않은 시간이 올지도 모른다. 나는 내 두 눈의 건강에 자신이 없다. 글자를 보고 나면 영락없이 눈이 따갑고 끈적끈적한 눈곱이 끼었다. 눈알의 통증이 더 심해지기 전에 일기장들을 정리해야 한다. 나는 일기를 읽으며 줄줄이 올라오는 과거의 무게를 견뎌낼 것이고, 그때의 그 질문에 답을 할 것이다. 아마도 나는 일기에 등장하는 모든 인물들에게 미안하고 고맙다고, 행복하시라고 인사를 하고는 일기장을 없애게 될 것이다. 강물을 다 건너면 뗏목을 버려야 한다고 누군가 말했다.

바람 부는 날

바람 부는 날

수돗가에 놓아둔 플라스틱 바가지가 날아가는 소리에 마당으로 나왔다. 두껍고 무거운 빨래는 집게로 집지 않고 옷걸이 채로 줄에 걸어 놓았는데 그게 문제였다. 기모 바지는 장독대까지 날아가서 항아리 위에 걸터앉아 있고, 바람막이 점퍼는 화단으로 떨어졌다. 하필이면 엄지손가락만큼 땅 위로 얼굴을 내민 상사화 잎 군락이 자리를 잡은 곳이었다. 지난 가을 떨어진 검붉은 낙엽들이 나뒹구는 밭두둑을 밟고 화단으로 다가갔다. 아버지가 오랫동안 가꾸어 온 채소밭과 화단이었다.

아버지의 화단에서 꽁꽁 언 땅을 뚫고 가장 먼저 솟아오르는 게 상사화 새싹들이었다. 상사화는 붓꽃과 옥잠화와 수국이 무성했던 화단에서 해마다 영역을 넓혀가고 있었다. 국화가 밀집돼 있던 자리에 아버지가 상사화를 심은 것은 나 때문이었다. "상사화라는 게 특이하대요." 몇 해 동안 꽃을 피웠던 국화가 퇴화하고 있다고 해서 내가 무심코 던진 말이었다. 그 꽃이 궁금했을 뿐 특별한 이유는 없었다. 그런데 아버지는 상사화를 심었고 이른 봄 상사화 새싹이 올라올 때 그리고 여름에 상사화 꽃대가 푸석한 땅을 뚫고 올라올 때 아버지는 마당으로 나를 불러냈다.

다른 것들이 뒤늦게 나와서 천천히 잎을 키우고 꽃을 피우는 동안에도 상사화 새싹들은 성큼성큼 잎으로만 자랐다. 아버지가 좋아하는 메발톱꽃과 초롱꽃이 꽃을 피우고 질 때에도 쑥쑥 잎으로만 자랐고, 붓꽃이 필 때도 길게 자란 잎이 축축 늘어지기만 했다. 하늘말라리아와 수국 꽃이 활짝 피어서 술렁일 때 그것들은 땅에 드러눕기 시작하는데 접시꽃들이 필 무렵 누렇게 말라 죽었다. 분수대 물줄기처럼 무성하게 자랐던 푸른 잎들이 성미 급하게 죽은 땅에서 다시 꽃대가 성큼 올라와 꽃을 피워대면 "죽었다 살아나는 꽃이구나." 아버지는 그렇게 말했다. 나는 상사화의 본래 꽃말보다 아버지의 명명이 더 재미있다고 생각했다.

화단으로 떨어진 점퍼를 조심스럽게 들어올렸다. 옹기종기 얼굴을 내민 상사화 새싹들이 무사한 걸 확인하고는 장독대로 발길을 돌려 바지를 집어 들었다. 바람에 날려간 점퍼와 바지를 탁탁 털고서는 빈 빨랫줄을 물고 있는 집게를 빼내서 입을 한껏 벌려 점퍼와 바지를 줄에 매달았다. 듬성듬성 집어 놓은 빨래들도 위태롭기는 마찬가지였다. 집게들을 모조리 빼내서 빨래를 촘촘하게 집어 꽉 물려놓았다. 그네처럼 출렁이는 빨래에서 시선을 거둔 나는 자전거로 다가갔다. 기둥에 매어둔 자전거가 바람에 넘어진 것이었다. 와이어 자물쇠로 채워놓은 자전거는 아버지가 해 놓은 그대로 그 자리를 지키고 있었다. 자전거를 일으켜 세우고는 밭에 엎어져 있던 삽과 쇠스랑을 끌어다 자전거를 단단히 기둥에 고정시켜 놓았다.

모든 게 그냥 그 자리에 있었다. 요양원에 있는 어머니는 명절 때마다 집으로 돌아왔고, 아버지는 마루에 걸린 영정 사진 속에 살아 있었다. 어머니가 빨래를 널던 그 빨랫줄이며 집게들을 내가 그대로 썼다. 아버지가 쓰던 호미와 빗자루와 부삽도 그대로였다. 아버지가 심어놓은 나무들도 해마다 잎을 틔우고 꽃을 피우고 열매를 열었고, 달래와 부추와 방풍나물은 가꾸지 않아도 저절로 나고 자라고 죽었다가 봄이 되면 다시 살아났다. 나는 어머니가 했던 것처럼 계란 껍데기와 과일 껍질과 다듬고 남은 채소를 밭에다 뿌렸다. 그것들은 저절로 거름이 되어 식물들을 키워냈다. 내가 하는 일은 봄에 고추와 토마토 모종을 몇 그루 새로 심는 것뿐이었다. 첫 해에는 식목일 날 심었는데 자라지 못했다. 모종을

판매하는 화원에서 냉기를 견디지 못했을 거라고 해서 그 후로는 5월이
되면 심었다. 아버지가 돌아가셨어도 바뀐 것은 없었고 어느덧 아버지
가 없다는 생각도 하지 않게 되었다.

대문 밖 골목길에서 깡통 굴러가는 소리가 요란하게 들렸다. 하늘은
파란데 바람은 거세게 불었다. 어느 지역엔 강풍주의보가 내려졌다고
했다. 담장을 따라 서 있는 나무들도 바람을 맞고 있었다. 골목 바람이
휘몰아치는 자리에 있는 감나무는 몹시 휘청거렸다. 감나무는 아직 겨
울나무의 모습 그대로 나뭇가지들이 거무스름했다.

"감나무에는 귀신이 산다고 했거든. 덩치가 커도 절대 감나무 위에 올
라가면 안 된다. 단단해 뵈는 가지도 뚝뚝 끊어지고 굵은 가지도 북어포
처럼 찢어지거든."

아버지는 몇 번이나 당부를 했다. 감나무 옆에 서 있는 탱자나무에는
벌써 푸릇하게 물이 올랐다. 탱자나무는 바람이 몰아칠 때마다 약간 흔
들리다 이내 멈추기를 반복했다. 가지에 단단하게 박힌 길고 억센 가시
들이 바람도 지나기 어려울 만큼 촘촘했다.

"탱자나무 울타리는 귀신도 뚫지 못한다고 했다. 저 가지와 가시가 얼
마나 야문지 아냐?"

아버지는 당신이 살던 집을 나에게 물려줄 계획을 세우고부터 텃밭
에다 탱자나무 묘목을 여러 그루 길렀다. 그렇지만 탱자나무 울타리를
완성하려던 아버지의 계획은 무산되었다. 탱자나무 묘목은 무척 더디
게 성장했고, 아버지는 지나치게 빨리 돌아가셨다.

우르르 또 한 차례 거센 바람이 몰려오고 또박또박 누군가 걸어오는
소리가 들렸다. 대문 틈으로 밖을 내다보았다. 아무도 없었다. 나는 마
당을 쓸 요량으로 빗자루와 부삽을 집어 들었다. 또박또박 소리는 이어
졌다. 그 또박또박 소리는 나에게 낯선 소리가 아니었다. 나는 또박또박

소리에 귀를 기울이며 그런 소리가 들리는 이유는 바람 때문일 거라고 생각했다.

　그날 불었던 바람은 오늘처럼 봄이 오는 걸 시샘하는 바람이 아니었다. 겨울을 예고하는 찬바람이었다. 그날은 아침부터 하늘이 어둑했고 찌푸린 날씨가 이어졌는데 오후부터 세찬 바람이 불기 시작했다. 그 학교는 시내가 내려다보이는 언덕배기에 서 있었다. 미친 듯이 불어대는 바람에 교정의 나무에서는 마지막 남은 잎들이 우수수 떨어져 내렸다. 창문을 흔들어대는 소리에다 창문 틈으로 들어오는 황소바람까지 합세해서 교실이나 복도나 소란스러웠다. 내 자리는 상담실에 있었다. 건물 꼭대기 복도 끝에 자리 잡은 상담실에서 듣는 바람소리는 더 유난스러웠다. 수업이 파하고 아이들이 떠들어대던 소리마저 사라진 뒤에는 바람 소리가 학교를 온통 점령해버렸다. 쉬익, 덜그럭, 소리에 바각바각, 뽀스락뽀스락, 작은 소리까지 합세해서 차라리 웅장한 화음을 만들어내고 있었다.

　동료들이 퇴근한 다음 나는 홀로 남아서 늦은 시각까지 공부를 했다. 그즈음 나는 철학 공부에 빠져 있었다. 아이를 키우느라 바빠서, 남편을 상대하느라 머리가 아파서, 빚쟁이들에게 시달리느라 정신이 없어서, 유예를 거듭했던 공부였다. 젊은 날에는 나이가 들면 살아가는 법을 저절로 알 게 될 거라고 기대했는데 세월이 갈수록 오히려 점점 미궁으로 빠져드는 것처럼 느껴졌다. 나는 철학에 기대를 걸고 있었다. 철학 공부를 마치면 길이 확실하게 보일 거라고 믿고 있었다. 덜컹덜컹 요란스럽게 창문을 흔들어대는 바람 소리에도 나는 책에서 눈을 떼지 않았다.

　바람 소리에 섞여 누군가 복도를 걷는 소리가 들리는 것 같았다. 경비 노인이 순시를 하는 줄로 여기고 있었는데 그 소리가 반복되자 어느 순간 쭈뼛 두려움이 몰려왔다. 그 소리가 무척 귀에 익은 소리라는 걸 알아챘던 것이다. 나는 의자에서 벌떡 일어나 창가로 다가갔다. 불이 꺼진 건너편 건물이 유령처럼 시커멓게 서 있었다. 실습동 남자 선생들은 곧잘 늦게까지 남아 있는데 험한 날씨 탓인지 일찍 퇴근을 한 것 같았다. 경비 노인 말고는 학교에 아무도 없을 것이라는 데 생각이 미치자 발자국 소리가 더욱 분명하게 들리는 것 같았다. 나는 몹시 허둥거리면서 책을 덮고 컴퓨터를 끄고 서랍을 잠갔다.

그 여자가 복도를 걸을 때는 또박또박 선명하게 발자국 소리가 났다. 발바닥에 힘을 주고 벋디디며 걷는 게 그 여자의 버릇이었다. 서둘러 퇴근 준비를 마치고 출입문을 열기 위해 손잡이를 잡았다. 하지만 손잡이를 돌려 문을 열 수는 없었다. 죽은 그 여자가 뜬것이 되었든 가엾은 혼령으로 맴돌든 알 바 아니었다. 정말 내 알 바 아니다. 나는 모르는 일이다. 나는 입 밖으로까지 소리 내어 중얼거렸다. 여러 번 반복해서 중얼거렸지만 두려움은 오히려 더 커졌다. 나는 복도로 나서는 걸 단념했다.

그 여자, 김기희 선생을 처음 본 것은 아마 신학년도가 시작되고 두 주쯤 지나서였을 것이다. 어쩌면 그 전에 복도에서나 회의실에서 몇 번 마주쳤을 지도 모를 일이었다. 그러나 나는 그해 그 학교로 새로 전근을 와서 학교의 모든 게 낯설었다. 동료들의 이름은커녕 얼굴도 구분이 되지 않았다. 게다가 학년 초라 정신없이 바빴고 봄을 맞느라 몸은 노곤해서 이래저래 아지랑이 속에서 어른거리듯 학교의 모든 게 흐릿했다.

"진작 왔어야 했는데 인사가 늦었어요."

생머리를 뒤로 묶고 화장기 없는 갸름한 얼굴이었다. 낯빛이 환자처럼 창백했다. 새빨간 모직 코트에 샛노란 털실 치마가 언뜻 어린 날 보았던 미제 구제품을 연상시켰다. 그 여자는 스티로폼 팩에 든 떡을 부장과 내 자리에 하나씩 올려놓고는 이내 사라졌다.

이튿날 아침 그 여자는 상담실 문을 살며시 열고 발은 밖에 둔 채 얼굴만 살그머니 들이밀었다. 부장은 아직 출근 전이었다. 그 여자와 눈이 마주치자 내가 고개를 까딱하며 인사를 했다.

"어제 주신 떡 잘 먹었어요."

그 여자가 아주 환하게 활짝 웃었다. 나와 같은 연배일 거라고 짐작했다.

"고마워요. 선생님이 준 축복의 말씀이 우리 남편에게 축복으로 돌아갔으면 좋겠어요."

별 뜻 없이 건넨 인사에 돌아오는 말이 거창해서 어리둥절해 하고 있는데 마침 부장이 나타나자 여자는 날름 달아났다.

"저 여자는 원래 이 상담실 소속인데 문제가 좀 있어서 지금은 1층 취업실에 앉아 있어요."

부장이 조심스럽게 입을 열었다. 부장은 나보다 한참 나이가 어렸다. 처음 부장을 만났을 때 부장이 먼저 자기 나이를 밝혔다. 자기는 담임을 피할 수 있는 나이가 아니어서 담임을 맡지 않으려고 부장을 자원했다고 말했다.

김기희 선생을 그 여자, 저 여자로 지칭하게 된 것은 그때부터였다. 그 여자는 지난해 전근을 와서 2학년 담임을 맡았는데 중간에 담임을 내놓았다고 했다. 담임을 내려놓는 게 흔한 일이 아니어서 나는 바짝 긴장을 했다. 부장은 열을 올리며 그 여자에 대해 얘기했다. 아침에 출근을 해서는 슬그머니 사라졌다가 퇴근 시간이 지나 돌아오기도 하고, 수업에 들어가지 않고 어디론가 잠적해버리는 통에 학교가 발칵 뒤집히기 일쑤였다는 것이다. 그런데 그 여자가 담임을 그만 둔 직접적인 이유는 아이들이 교육청에 진정서를 올렸기 때문이라고 했다. 담임 반 아이들을 방치하다가 때때로 쥐 잡듯 잡아서 아이들은 그 여자를 참아낼 수 없었다는 것이다. 2학년 교무실에서 함께 근무했던 선생들도 그 여자를 못 견뎌 했고 그래서 그 여자를 취업실에 앉힌 거라고 했다.

"취업실 선생님들은 거의 실습실에서 지내니까요. 선생님도 조심하세요."

그렇지 않아도 그 학교로 오기 전 이혼을 한 나는 누가 가까이 다가오는 걸 잔뜩 경계하고 있었다. 이혼이 흉이 아닌 시대에 살고 있다고는 하지만 그래도 나는 내 사적인 것들이 직장 동료들 입에 오르내리는 걸 원하지 않았다.

다음날 그 여자는 상담실 문을 쓱 열고 들어와 내 어깨를 툭 치며 웃었다.

"하나님이 선생님과 친구를 하라고 했어요."

부장은 자리에 없었다. 선생님도 조심하세요, 부장이 했던 말이 내 귓가를 맴돌았다. 내가 멍하니 그 여자를 바라보고 있는 사이 그 여자는 그렇게 자기 말만 하고 나가버렸다. 그 여자는 체육복 같은 티셔츠에 물이 빠진 시퍼런 면바지를 입고 있었는데 나갈 때 보니까 바짓단이 나달나달했다. 그 여자는 하루에도 몇 번씩 상담실을 찾아오기 시작했다. 친구 선생님, 안녕하세요. 살그머니 그 여자가 다가와 어깨를 툭 치면 나는 말없이 웃기만 했다. 나는 내 삶의 반경에 그 여자뿐 아니라 그 누구도 들이고 싶지 않았다. 그렇지만 나는 사람을 거절하는 법을 여전히 잘 알지 못하고 있었다.

바람이 몹시 불었던 그날 나는 혼자 복도로 나서는 걸 단념하고는 경비실로 인터폰을 했다. 무서워서 내려갈 수 없다고 하자 경비 노인은 허허 웃고는 금방 올라가겠다고 시원스럽게 대답을 해 주었다. 노인을 기다리는 동안에도 휘몰아치는 바람 소리 가운데 또박또박 발자국 소리가 연속해서 들렸다. 그 여자가 내는 발자국 소리가 틀림없다는 생각이 자꾸 들었다. 나는 그 소리를 참아낼 수 없었다. 겁에 질린 나는 다시 컴퓨터를 켜고 음악을 크게 틀어놓았다.

나더러 친구 선생님이라고 부르며 그 여자는 날마다 상담실을 찾아왔다. 부장은 온몸으로 거부 의사를 나타냈고, 나는 어색한 분위기 속에서 침묵했다. 눈치만 살피고 그대로 상담실을 나가던 그 여자가 어느 날부터인가 태도를 바꾸었다. 아무도 응대하지 않는 상담실을 한 바퀴 돌고서는 부장과 나를 나무라는 말을 툭툭 내질렀다. 그 여자가 상담실을 휘젓고 나가면 부장과 나는 한참 동안 그 여자가 내뱉은 독설의 수렁에 빠져 허우적거렸다. 그 여자는 최소한의 단어로 상대를 격한 분노와 혼돈으로 몰아가는 비상한 재주를 지니고 있었다.

"내년에는 저 여자를 다른 부서로 옮겨달라고 해야겠어요. 하는 일도 없는데 왜 우리 부서로 명단이 올라와 있는지 모르겠어요."

부장의 말처럼 나도 그해만 버티면 그 여자가 사라져 줄 거라고 믿었다. 학교에서는 모든 일이 일 년을 단위로 유효하기 때문이었다. 그러나 한 해를 마무리하고 신학년도를 맞을 준비가 시작되었을 때 우리는 그 여자가 상담실로 합류한다는 어처구니없는 소식을 들었다. 그 여자는 상담부장을 지원했는데 부장이 안 되면 담임이라도 맡게 해달라고 교감에게 부탁을 했다는 것이었다. 대부분 업무가 많은 담임을 기피했기 때문에 학교에서는 담임을 맡을 사람이 절대적으로 부족했다. 그렇지만 그 여자의 담임 지원은 달가운 것이 아니었다. 상담부장도 담임도 여의치 않게 되자 그 여자는 상담실에 앉아 있게 해달라고 졸랐다. 교감은 교장으로 승진하면서 다른 학교로 인사 발령이 확정된 상태였다. 끈덕지게 졸라대는 그 여자의 요구를 교감은 단호하게 거절하지 못했다. 부장이 나서서 그 여자의 상담실 입실을 반대했지만 교감은 그 선생이 가엾잖아요, 하면서 자신의 마음이 시키는 대로 했다. 그 여자의 책상은 내 책상과 나란히 배치되었고 부장은 맞은편에 앉게 되었다.

언제부터인지 그 여자의 별명이 도망자에서 임금님 귀로 바뀌었다고 했다. 도망자는 그 여자가 부임한 지지난 해, 출근을 해서는 어디론가 사라져 버리는 통에 붙여진 별명이었다. 그런데 지난해에는 그 여자가 교내를 누비고 다니며 온갖 이야기를 빨아들였다가 내뿜는 작업을 반복했다는 것이었다. 누군가 말을 하고 있으면 그 여자가 바람처럼 나타나 그 이야기를 듣고는 번개같이 사라진다고 했다. 어디선가 소리가 느껴지면 그 여자의 온몸은 순식간에 수만 개의 귀로 변하여 미세한 소리까지 흡입한다는 것이었다. 누군가는 그 여자에게 비상한 레이더가 장착되어 있어서 주변의 모든 걸 빠짐없이 포착한다고 말했다. 그 여자는 모든 선생의 모든 이야기를 다 듣고 있으며, 학교 전 직원뿐 아니라 학생들에 대한 사건과 소문까지 모두 알고 있다고 했다. 그 여자는 자신의 귀를 통해 입수한 것들을 저장했다가 어느 순간 학생, 교사 가리지 않고 상대의 가슴에 비수를 꽂는다고 했다. 그래서 그를 아는 이들은 그 여자의 기척을 느끼면 갑자기 침묵하고 재빨리 자리를 피한다는 것이었다.

그 여자에 관한 소문에 과장이 섞이긴 했을 것이다. 그러나 그것은 진실을 표현하기 위해 말재주 좋은 사람이 사용한 수사법쯤으로 간주되는 분위기였다. 부장과 나는 그 여자 앞에서 단단히 입단속을 하기로 약속을 했다. 둘이 이야기를 하다가 그 여자가 들어서면 대화를 딱 멈췄다. 그 여자가 있을 때 말을 하려면 업무용 메신저로 온라인 대화를 나누었다. 학생 상담이 필요할 때는 그 여자의 귀를 피하기 위해서 학생을 상담실 옆에 있는 상담방으로 데리고 갔다. 그 여자는 벽 너머에서 들려오는 소리를 듣기 위해 신경을 곤두세웠다. 부장은 작은 소리로 소곤소곤 얘기했는데 어느 날은 그 여자가 자기도 학생 상담을 하겠다고 나섰다. 부장은 학생 상담은 부장만 할 수 있다는 말도 안 되는 자체 내부 규정을 만들어 버렸다.

부장과 나는 그 여자가 종일 전교를 쏘다니느라 자기 자리를 지키는 법이 없다는 데 희망을 걸고 있었다. 그렇지만 상담실로 오고부터 그 여자는 수업이 없는 시간에는 상담실에서 말뚝처럼 자기 자리를 지키고 앉아 있었다. 그 여자의 레이더는 부장과 나를 향해 집중적으로 작동했다. 그 여자의 탐지기 성능은 매우 우수했고 그 여자는 잠시도 우리를 놓아두지 않았다. 그 여자는 끊임없이 잔소리를 퍼부었고, 독화살을 쏘아댔다. 그 여자를 내치려고 노력할수록 그 여자는 더 악착같이 들러붙었다. 우리는 종일 그 여자에게 시달렸다. 집요하게 따라붙는 그 여자의 시선 앞에서 부장과 나는 날마다 지쳤다.

"저 여자에게서 서릿발 같은 냉기가 느껴지지 않으세요? 감기가 떨어지지 않아요. 노상 몸이 으스스 춥고 떨려요."

그즈음 부장은 병원엘 다니고 있었다. 나 역시 그 여자에게 쫓기는 꿈 때문에 새벽잠을 설치고 출근하는 날이 더러 있었다.

"저 여자와 같이 있으면서부터 몸도 아프고 실수도 많이 하는 것 같아요. 노상 했던 공문을 틀리게 하지 않나, 잘 다니던 계단에서 넘어지질 않나, 선생님도 쓰러졌잖아요?"

부장과 함께 교직원 식당에서 밥을 먹고 있을 때였다. 혼자서 식당 문을 열고 들어서는 그 여자와 눈이 딱 마주쳤다. 차갑고 날카로운 무엇이 스치고 지나는가 싶었는데 갑자기 숨이 막히고 온몸에서 힘이 빠지는 것이었다. 간신히 식반을 반납하고 난간을 잡고 계단을 올라와서는 상담실 소파 위로 쓰러졌다. 땀구멍마다 일제히 땀이 솟아오른 뒤에야 하얗게 앞을 가렸던 연기 같은 게 사라졌다.

"우리는 골병이 들지도 몰라요."

부장과 나는 그 여자로부터 나오는 나쁜 기운을 물리칠 방도를 궁리했다. 부장이 우스갯소리로, 부적을 맞춰 올까요? 말했지만 해결책은 없는 것 같았다.

그해 전근을 온 가정 선생은 여교사들 중에서 가장 나이가 많았다. 그는 신심이 깊어서 실습실에다 교내 기도실을 만들었고 기도회에 빠지지 않고 참석하는 그 여자에게 호감을 갖고 있었다. 그 여자는 자신이 상담실에서 따돌림을 당하고 있다고 말했고, 가정 선생은 교감에게 그 사실을 알렸다. 가정 선생은 여교사 대표로서 학교에서 일어나는 일은 낱낱이 관리자에게 보고해야 한다고 믿고 있었다. 교감도 새로 부임을 해서 그 여자에 대해 알지 못했다. 교감은 부장회의에서 그 일을 언급했다. "상담실에서 이상한 일이 일어나고 있다던데… 부서원 사이에선 화합이 중요하지요." 회의에서 돌아온 부장은 그 여자를 향해 버럭 소리를 질렀다.

"도대체 무슨 말을 하고 돌아다니는 거예요. 다시는 상담실 일을 얘기하고 다니지 마세요."

부장은 들고 있던 교무수첩을 책상 위로 휙 던지고 상담실을 나가버렸다.

그 여자가 울기 시작했다. 어깨를 들먹이며 서럽게 울었다. 두렵고 싫기만 했던 그 여자가 불쌍하다는 생각이 들었고 그에게 미안하기도 했다. 그 여자에게 끊임없이 방어 자세를 취하면서도 한편으로는 그를 무시할 권리가 내게 있을까? 사람을 이토록 싫어해도 되는 걸까? 하는 의문과 죄책감에 빠질 때가 더러 있었다. 나는 탁자 위에 놓인 티슈 통을 들어다가 그 여자 앞으로 말없이 내밀었다. 그리고 냉장고에서 음료수한 병을 꺼내 그 옆에 놓아 주고는 상담실을 나왔다. 나는 복도 창가에 서서 그 여자의 울음이 그치기를 기다렸다. 창밖으로 학교 뒤뜰이 내려 다 보였다. 벤치 옆에 있는 라일락이 하얗게 꽃을 피웠다. 봄날이 화사 하게 무르익고 있었다. 이제라도 그 여자에게 친절해야 할 것 같았다. 교실에 있는 아이들도 아닌 어른들이 누구를 왕따 시킨다는 게 부끄럽 기도 했다.

그 여자에게 잘해 주리라는 결심은 오래가지 않았다. 초등학생 자녀 를 둔 부장은 출근 시간에 겨우 맞추어 출근하는 날이 많았다. 그날도 부장은 허겁지겁 상담실로 들어서고 있었다.

"선배님들은 일찍 출근을 하시는데 부장님은 날마다 늦으시는군. 부 장님 귀고리 바뀌었네. 나이 먹은 여자는 귀에 달라붙는 귀고리가 어울 린다는데 달랑거리는 귀고리를 하셨네. 나이 먹어 주책이 없으시군요."

부장은 가방을 의자에 팽개치고 그대로 나갔다가는 다시 돌아와 소 리를 질렀다.

"앞으로 내 얘기 절대 하지 말아요. 아무 얘기도 하지 말라구요."

부장은 떨리는 목소리로 그 말을 하고는 다시 상담실을 나가버렸다.

"우리 셋이서 목조르기 놀이를 하면 어떨까요? 부장 목부터 조르면 어떨까? 히히 재밌겠다."

금속성의 낯선 목소리였다. 처음 듣는 그 여자의 또 다른 목소리에 나 는 말할 수 없는 공포를 느꼈다. 그 여자가 수업에 들어간 뒤 한참 있다 가 부장이 나타났다.

"저 여자한테 걸려들어서 허우적거리는 내 꼴이 우스워서 화가 나요."

출근을 할 때마다 단단히 마음의 준비를 하고 상담실로 들어서지만 번번이 예상 못한 공격을 당하고는 단번에 와르르 무너져 내리는 자신 이 부끄럽다고 했다. 나는 차마 그 여자가 목조르기 놀이를 하자고 했다는 말을 부장에게 전달할 수 없었다. 그 여자의 목조르기 놀이라는 말이 자꾸 내 목을 졸랐다.

이튿날 부장은 교통사고를 냈다. 이십 년 넘게 운전을 했다는 그녀는 출근길 멀쩡한 대로에서 앞 차를 들이박고 병원으로 실려 갔다. 부장 업무는 당분간 교무부장이 대행하기로 하고 부장을 대신한 기간제 교사는 교무부장 옆 자리에 앉아 업무를 처리하기로 했다. 상담실에는 그 여자와 둘이 있게 되었다. 이제 그 여자를 감당하는 건 온전히 내 몫이 되어버렸다.

활짝 열어젖힌 창문으로 들어오는 수풀의 향기가 코끝을 스치고 바람은 기분 좋게 시원했다. 상담실 어디선가 찍찍 소리가 났다. 그 여자가, 새다, 외치는 순간 작은 새 한 마리가 푸드덕 세면대 위로 날아올랐다. 그 여자는 자기가 읽고 있던 종교 신문을 들고 공중으로 휘저으며 새를 쫓았다. 새는 이리저리 날았지만 좀체 열린 창문으로 빠져나가지 못했다. 그 여자는 쉴 새 없이 신문을 휘둘렀고 새는 냉장고 뒤로 숨어들었다. 새를 당장 내보내는 걸 포기하는 게 낫겠다 싶었다. 저절로 나가기를 기다리면서 당분간 상담실 안에서 살 수 있도록 물과 모이를 뿌려 주는 게 나을 것 같았다. 그런데 그 여자는 냉장고를 앞으로 당기더니 신문으로 다시 새를 날렸다. 새는 푸드덕푸드덕 요란스럽게 날다가 맞은 편 철재 캐비닛에 탁 소리를 내며 부딪치고 바닥으로 뚝 떨어졌다. 그 여자의 캐비닛이었다. 그 여자의 캐비닛에는 교내 이곳저곳에서 주워 온 물건들이 그득했다. 살이 부러진 우산과 때 묻은 커튼 더미와 아이들이 버렸을 체육복과 장갑과 손수건 같은 것들이었다. 지저분한 잡동사니로 가득 찬 그 여자의 캐비닛 안을 처음 보았을 때 무척 놀랐는데 그 여자의 캐비닛을 볼 때마다 내 머릿속에서는 어디선가 읽었던 게 분명한, 그것을 볼 때마다 사는 게 싫어졌다, 라는 구절이 떠올랐다.

새는 균형을 잃고 모로 기울어져 쓰러졌다. 눈은 똘망똘망한데 똑바로 서지 못했다. 그 여자는 발밑에 쓰러진 새 앞에서 멈춰 섰다. 나는 그 여자의 얼굴을 보지 않았다. 직접 바라보지 않고 상상 속에서 보는 그 여자의 모습은 무서웠다. 그 여자의 눈은 검푸르게 빛날 것이고, 축축한 피부는 차갑도록 하얄 것이고, 입가에는 야릇한 웃음이 감돌 것 같았다. 흙냄새를 맡으면 살아날 거야. 나는 그 새를 커다란 종이봉투 안으로 밀어 넣었다. 봉투를 들고 계단을 마구 뛰어 내려갔다. 학교 뒤뜰 라일락나무 그늘 아래 새를 놓아 주었다. 라일락꽃은 벌써 지고 없었다. 새는 여전히 몸뚱이가 기운 채로 두 눈만 말똥했다. 똑바로 일어서라. 두 손으로 새를 일으켜 보았다. 손으로 전해지는 감촉은 아직 따뜻했지만 몸뚱이는 옆으로 기울었다. 작은 새는 왜 날지 못하게 되었는지, 왜 죽어야 하는지 영문을 모르겠다는 듯 무구한 눈을 반짝이며 나를 바라보고 있었다. 나 역시 이 새처럼 저 여자한테 당할 거야, 몹시 기괴한 생각이 내 머리를 스치고 지나갔다.

그 새에 대해 의구심이 들기 시작한 것은 곧바로 수업에 들어가 아이들에게 필기를 시키고 나서였다. 그 새가 진짜 새였을까? 그 여자가 만들어낸 마법의 세계에 내가 갇힌 게 아닐까? 한 번 들기 시작한 그 의심은 발작처럼 나를 괴롭혔다. 그 새가 실재하는 새인지 확인해야 했다. 실재하는 새가 아니라면 그 여자의 저주에 걸린 것인지도 모른다는 이상한 생각이 들었다. 수업이 끝나는 종이 울리자마자 상담실로 달려와 컴퓨터 앞에 앉았다. 새 이름을 알아내기 위해 인터넷을 검색했다. 참새와 까치와 비둘기 말고는 도시에서 볼 수 있는 새가 없을 것 같았다. 그렇게 작고 검은 새를 본 적이 없었던 것 같았다. 나는 필사적으로 그 새를 검색했다. 그러다가 그 새가 박새일 거라고 단정을 지었다. 박새가 아닐지도 모른다는 불확실성은 나를 미치게 할 것 같아서 박새라고 확신하기로 했다. 그 새는 실재하는 새였으며 그 새의 상담실 침입과 죽음은 지극히 자연과학적이고 상식적인 일이었다. 그러나 그 새의 죽음이 일으킨 불길한 암시에서 나는 벗어날 수 없었다.

머리를 바닥에 마구 짓찧고 싶었다. 그건 나에게 낯설지 않은 욕망이었다. 남편이 칼을 던지던 날이었다. 남편이 손에 쥔 칼보다 칼을 들고 노려보는 남편의 눈이 더 무서웠다. 그건 사람의 눈이 아니었다. 나는 거실 바닥에 머리를 짓찧고 싶었다. 머리를 짓찧어서 죽어야만 그 감당할 수 없는 공포에서 벗어날 수 있을 것 같았다. 내 머리에서 피가 흘러서 죽어가는 장면이 눈앞에 떠올랐다. 이전에도 몇 번이나 경험을 한, 아주 익숙한 광경처럼 느껴졌다. 그것이 운명으로 예정된 내 불길한 앞날을 암시해 주는 것 같기도 했다. 나는 소스라치게 놀라 집을 뛰쳐나왔고, 집으로 돌아가지 않았다. 그 여자와 나란히 앉아 있을 때면 머리를 바닥에 짓찧고 싶은 그 충동이 일어났다. 그 익숙한 욕망은 통제하기 어려울 정도로 점점 자라났다. 퇴근을 하고 집으로 돌아와서도 나는 그 검은 새의 공포에 시달렸다. 그 여자의 저주가 독극물처럼 내 몸을 파고드는 것 같았다. 나는 약한 곳부터 무너졌다. 지독한 잇몸 통증으로 얼굴이 퉁퉁 부어올랐다. 애꿎은 어금니를 두 개나 빼야 했다. 의사는 아무래도 신경성인 것 같다며 마음을 편하게 가지라고 했다. 머리를 바닥에 부딪쳐 죽기 전에 이가 다 빠지고 잇몸이 녹아내려 죽을 것 같았다.

일요일에 학교로 달려갔다. 현관문을 잠그고 경비실에 앉아 텔레비전을 보던 경비 노인은 나의 출현을 달가워하지 않았다. 노인은 귀찮다는 듯 불편한 얼굴로 보안 장치를 풀고 출입 기록부를 내밀었다. 출입부에 이름과 시간을 쓰고 출근 용건란에는 교재 연구라고 적었다. 상담실 벽에 붙여 세워놓은 책장에서 책을 몽땅 들어냈다. 책장을 끌어다 그 여자와 내 책상 사이에 세웠다. 땀이 비 오듯 했다. 몸이 많이 허약해진 것 같았다. 책장은 바람벽처럼 그 여자와 나를 다른 공간으로 분리시켰다. 책장과 창문 사이에서 내 시야로 들어오는 것은 창가의 풍경뿐이었다. 나는 난공불락의 요새를 쌓은 것처럼 책장 밑에서 아늑한 기분을 느꼈다.

그때 그 일을 생각하면 나는 언제나 부끄럽다. 책장으로 칸을 막다니, 어른이 초등학생처럼 유치한 짓을 벌인 것이다. 그러나 당시의 나로서는 어쩔 수 없는 일이었다. 나는 사는데 몹시 서툰 사람이었다.

그 책장은 전교를 술렁이게 했다. 동료가 보기 싫어서 책장으로 가린다는 건 용납이 되지 않는 일이었다. 나는 동료들의 분노와 조롱을 이해했다. 나 역시 그렇게 치사한 짓을 하는 사람이 있다면 그 옹졸함에 대해 분개했을 것이다. 상담실에 오지 않던 이들까지 내가 세운 우스꽝스런 요새를 확인하기 위해 상담실을 방문했다. 그 책장이 38선이야? 휴전선이야? 동료들이 키득거리는 소리가 들렸다. 책상 위에 금을 그어놓고 넘어오지 말라고 싸우는 어린애 같아. 그들은 수군거렸다. 나도 그들의 입장이었으면 그랬을 것이다. 책장 때문에 나에게 적대감을 표현하는 이들도 있고 나를 걱정해 주는 이들도 있었지만 나는 완강하게 침묵을 지켰다. 그 여자도 그 책장에 대해 아무 말도 하지 않았다.

참, 어이가 없어서. 글쎄, 먼저 학교에서 같이 근무하던 선생이 있는데 장학사가 된 거 있지요. 그 선생 남편이 부인한테 점수를 따 주었대요. 남편도 장학사거든요. 부인 이름으로 논문을 내서 연구 점수도 올려주고 컴퓨터로 무슨 작품을 내서 금상을 받게 했대요. 그 선생은 금방 교장이 되겠지요? 세상에 그 선생이 교장이 되다니, 세상에 어이없어, 어이없어. 책장 너머에서 그 여자는 온종일 투덜거렸다. 그 여자의 목소리는 들렸지만 그 여자로부터 나오는 어둡고 스산한 기운은 책장을 넘지 못한다고 나는 믿었다. 책장이 나를 지켜주는 방어벽이라고 굳게 믿었다. 승진하려면 워드 1급 자격증을 따는 게 유리하대요. 그게 가산점이 크대요. 그 여자는 도서실에서 워드 1급 시험문제집을 빌려왔다. 즉시 문제집을 펼쳐놓고 타자 연습에 몰입했다. 책장 너머에서 그는 또닥또닥 자판을 뚜드려댔다. 그 여자의 자판 소리가 신경을 긁어대는 바람에 귀에서 헤드폰을 벗어놓을 수가 없었다. 그 여자가 내는 소음이 처음에는 벽을 갉작거리는 작은 소리로 들렸는데 시간이 흐르면서 총소리처럼 들리더니 급기야 장마철 벼락치는 소리처럼 들렸다. 내가 그 여자의 자판을 깨부수려고 할 때쯤 다행히 여름방학을 했다.

방학이 끝나고 2학기가 되었을 때 부장이 돌아왔다. 부장은 그 여자와 내 자리를 가로지른 책장을 보고는 빙긋 웃었다. 그 여자는 종일 자판을 두드려댔고 그 소리에 머리가 깨질 듯 아프다며 밖으로 나돌던 부장은 마침내 자기 책상을 상담방으로 옮겨갔다. 내가 왜 진작 그런 생각을 안 했나 모르겠어요. 상담방으로 옮기면 될 것을. 부장은 그렇게 말하고는 자기 책상을 뺀 자리에 내 책상을 놓게 했다. 그 여자와 나는 서로 마주보고 앉게 되었지만 둘 사이에 빈 공간을 넓게 만들고 가운데 탁자를 두었다. 책꽂이로 얼굴이 가려져 일부러 고개를 빼고 쳐다보거나 일어서지 않으면 상대가 보이지도 않았다. 자판을 두드리는 소음은 여전했지만 그 여자와 멀찍이 떨어져 앉게 되어 견딜 만했고 퍽이나 다행스럽게도 그 여자는 곧 시험에 합격했다.

"저 여자 저렇게 점수 따다가 교감이 되는 거 아닐까요?"

부장이 어두운 얼굴로 물었다.

"저 여자보다 이상하거나 못된 교감, 교장들 있지 않아요?"

승진 점수는 아라비아 숫자로 매겨지는 것이고 숫자에 인격이나 감정이 들어설 자리는 없을 것이다.

가정 선생이 상담실을 찾아왔다. 그녀가 일부러 상담실을 찾아온 것은 그때가 처음이었다. 그 여자는 수업에 들어가고 내가 혼자 상담실을 지키고 있을 때였다. 가정 선생은 나이가 많은 선생들끼리 뭉쳐야 한다며 나에게 먼저 다가왔다. 활달하고 오지랖 넓은 그녀는 세상에 거리낄게 없는 사람처럼 보였다. 그녀는 시내 모든 학교 선생들의 비밀스런 사생활을 꿰고 있는 듯했다. 가짜 병원 진단서를 제출해서 휴직을 거듭하면서 연금액을 높이며 부동산 투기를 하러 다니는 여 선생 이야기며, 노처녀 선생에게 아이를 낳게 한 어느 유부남 선생 이야기까지 시내에 근무하고 있는 선생들의 뒷이야기를 모르는 게 없는 것 같았다. 가십거리가 풍성한 그녀와 함께 있다 보면 세상이 이해할 수 없는 비상식적인 일로 가득 찬 것처럼 보였다. 심약한 나에게 가정 선생의 세상 이야기는 듣기 민망할 뿐만 아니라 때로 토악질이 날 때도 있었다. 그렇지만 그 선생의 이야기를 자꾸 듣다 보니까 그 많은 불결한 이야기들을 품을 수 있는 그녀의 포용력이 부러워지는 것이었다.

그녀는 옆방으로 가더니 부장을 데리고 나왔다.

"이 이야기를 해도 되는지 모르겠어요."

그답지 않게 조심스러워 해서 부장과 나는 긴장을 하고 그녀를 바라보았다. 김기희 선생은 임신을 하고 대학에 입학했대요. 아무래도 당한 것 같대요. 그 여자와 같은 고등학교와 대학을 다닌 모 고등학교 모 선생으로부터 들은 정통한 소식이라며, 소문의 출처인 그 선생의 신상부터 소상하게 밝혔다. 대학 때 남들과 통 어울리지 않았대요. 집안 형편이 어려웠는데 공부를 잘했대요. 책도 많이 읽고 꿈도 많은 아이였대요. 얼굴도 예쁘잖아요. 남편이 저 선생 월급을 전부 빼앗는다고 하던데. 한 푼도 마음대로 못 쓴대요. 그래서 궁상스럽게 다니는 거라고요. 김기희 선생 많이 이상하지요? 비록 발병은 하지 않았지만 잠재적 정신병자로 살아온 것 같지 않나요?

"잠재적이 아니라 진짜 정신병자 같은데요."

부장이 거침없이 말했다.

나는 얼굴이 화끈거렸다. 그 여자처럼 나 역시 남편에게 월급을 빼앗기며 살았다. 내게 많은 빚을 떠넘겼으니 남편은 내가 장차 받을 미래의 월급까지 앗아간 셈이었다. 내가 주위의 반대를 무릅쓰고 남편과 결혼을 한 것도 남편을 거절할 수 없었기 때문이었다. 그를 거부했다가는 평생 가슴이 아플 것 같았다. 그와 함께 사는 게 더 고통스러울 거라는 걸 미리 알 수는 없는 노릇이었으니까 어쩔 수 없는 선택이었다. 어쩌면 그 여자는 나에게서 자신의 모습을 발견했고 그래서 나더러 친구 선생님이라고 불렀을지도 모를 일이었다. 그 여자라면 남들이 쉽게 알아낼 수 없는 것들을 빠르게 간파할 수 있었을 지도 모르겠다. 가정 선생은 그 여자의 비밀을 몇 가지 더 털어놓았는데 그 여자의 사연 같은 건 이미 내게 중요하지 않았다. 나는 가정 선생에게 내 비밀이 들통날까봐 떨고 있었다.

그래도 그 여자에게 자장면을 사 주었던 것은 잘한 일이었다. 나는 그 여자에게 자장면과 탕수육을 사 주었다.

교장이 그 여자에게 다른 학교로 떠나라고 말했다. 교장이 교사더러 떠나라고 명령을 내리는 일은 군사 정권 시절에서나 가능한 일이었다. 그러나 그 여자의 강제 전출에 대해서는 누구도 교감이나 교장을 비난하지 않았다. 그 여자가 떠나야 하는 이유는 그 여자의 시험 감독 불철저였다. 답안지와 시험지를 배부하고 나서 그 여자는 교탁 앞에 서서 아이들을 바라보고 있었지만 시선에 초점이 없었다. 아이들은 그 여자가 가끔씩 무방비 상태에 빠진다는 것을 알고 있었다. 아이들이 시험지를 흔들어도 그 여자는 그 아이들을 보지 못했다. 아이들이 답안지를 돌려 가며 베끼는 부정행위가 일어났고 그 때문에 전교생이 재시험을 치러야 했다.

교장이 그 여자에게 떠나라고 했을 때 그 여자는 상담실에서 울고 있었다. 나는 그 여자에게 따뜻한 차를 건넸다. 그 여자는 차를 마시고 나서 내게 말했다. 그냥 이 학교를 떠나야겠어요. 여기로 발령이 났을 때 실업계라서 창피했는데 다시 좋은 인문계 학교로 갈 거예요. 나를 뭐로 보고 이 따위 학교로 발령을 냈는지. 남자 인문계 고등학교로 전보 신청을 할 거예요. 이 학교에 더 있으면서 상담부장을 하려고 했는데 하나님께서 깨달음을 주셨어요. 남자 아이들이 교회에 안 나온다는 걸 하나님이 아시고 나를 남자 학교로 보내시는 거예요. 그 여자는 전보 내신서를 작성해서 교감에게 제출했다. 그 여자는 고개를 꼿꼿하게 세우고 우쭐거렸다. 인문계 학교 때문에 기세등등해진 그 여자는 아이들 앞에서도 인문계 학교로 전근을 간다고 으스대며 다녔다.

부장이 출장을 간 날 나는 점심시간에 상담실로 탕수육과 자장면을 시켰다. 탁자 위에 펼쳐진 탕수육과 자장면 앞에서 그 여자는 어린아이처럼 웃었다.

"선생님, 우리는 친구지요? 영원한 친구지요? 선생님은 친구 선생님이지요?"

그 여자는 음식을 먹으면서도 나를 자꾸 바라보며 웃었다. 빈 그릇을 치우고 있는데 젊은 남자 선생이 상담실로 들어섰다. 부장을 만나러 왔다고 했다. 남자 선생은 자기 반 아이 때문에 겪고 있는 고충을 늘어놓았다. 고지식한 남자 선생이 감정의 굴곡이 심한 여학생을 이해한다는 건 쉽지 않은 일 같았다. 그 남자 선생과 내가 이야기를 주고받는 동안 그 여자는 눈을 내리깔고 새색시처럼 앉아 있었다.

남자 선생이 상담실을 나가고 나서 그 여자는 자리에서 벌떡 일어섰다. 남자를 보면 그 생각이 나는 거 있지요? 자꾸 남자의 그것, 아, 그 생각만 해요. 아, 무서워요. 나도 모르게 자꾸, 자꾸만 그 생각을 해요. 나는 놀라서 그 여자를 바라보았다. 선생님은 내 말을 다른 데다 옮기지 않을 거지요? 우리는 친구 선생이잖아요. 서로 비밀을 감싸주는 친구지요? 선생님은 친구 선생님이지요? 그 여자의 애타는 호소에 나는 고개를 끄덕였다. 승진을 하려면 대학원엘 가야 하지 않아요? 그래서 대학원엘 갔는데 대학원에 다닐 때 어떤 남자가 있었어요. 그 남자 때문에 내가 미칠 것 같았어요. 그래서 학교 앞에 있는 교회에 가서 하나님께 매달렸어요. 내가 미칠 것 같아서 교회에 가서 살았어요. 학교 강당에 가서 기도를 한 적도 있어요. 속에서 불이 나서요. 그 여자가 어느 야간 신학대학원을 다니면서 상담에 관한 걸로 석사 학위와 상담 교사 자격증을 땄다는 얘기는 부장으로부터 들은 적이 있었다. 그 여자가 전근 온 해에 수업에도 들어가지 않고 어디론가 사라졌다가 퇴근 시간이 지나서 돌아오는 날이 많았다는, 전설 같은 그 이야기의 비밀이 그날 밝혀졌다.

그 여자와 마지막으로 근무하던 날은 철 늦은 눈이 밤새 발목이 넘게 내렸다. 그날 오후에 인사 발령이 나기로 해서 그 여자는 발령을 대기하고 있었다. 봄방학을 해서 아이들이 없는 학교는 조용했다. 청소를 하러 학교에 나온 몇몇 아이들이 눈이 쌓인 곳마다 발자국을 만들며 웃어댔다. 창가에서 아이들을 내려다보며 서 있는데 그 여자가 내 옆으로 다가왔다.

"친구 선생님, 어떻게 하면 남편을 붙잡아 둘 수 있을까요? 돈 많이 벌면요. 그 사람은 가요. 내가 잡아야지. 내가 잡아야 해."

나는 창밖의 아이들에게서 눈을 떼지 않았다. 인터폰이 왔고 그 여자는 발령이 난 학교를 알아보려고 본교무실로 달려갔다. 그 여자는 남자학교가 아닌 여자 학교로 발령이 났다. 남학교가 아니고 여학교라서 천만다행이었다. 나는 그 여자가 믿고 있는 신이 그 여자를 보호했다고 믿었다. 수준 낮은 실업계 선생이라며 나를 무시하는 말을 한 마디 하고 그 여자는 상담실을 떠났다.

3월이 되어 또 다시 새 학년이 시작되었을 때 그 여자 자리에는 가정 선생이 앉게 되었다. 나는 장롱 속에 처박아 두었던 루이비통 가방부터 꺼냈다. 백화점에 가서 비싼 코트도 샀다. 가정 선생이 세상의 모든 비밀을 알아내는 재주를 지니고 있다는 게 마음에 걸렸다.

다른 학교로 전근을 간 그 여자는 수업을 시작하기 전, 아침 시간이나 수업이 끝난 오후에 전화를 했다.

"선생님, 우리는 친구지요? 선생님은 친구 선생님이지요?"

똑같은 통화가 반복되면서 나는 그 여자의 전화를 받지 않았다. 핸드폰에 낯선 번호가 떴다. 그 여자인 줄 몰라서 전화를 받았다. 그 여자가 전근을 간 새 학교 번호였다. 그 번호로 오는 전화도 받지 않았다. 핸드폰을 받지 않으니까 상담실 전화기의 벨이 울렸다. 무심코 들어 올린 상담실 전화기 속에서 다시 그 여자가 튀어나왔다. 그 여자의 목소리가 들리면 슬그머니 수화기를 내려놓았다. 말없이 수화기를 내려놓는 걸 반복했더니 마침내 그 여자로부터 전화가 오지 않았다.

여름방학이 끝나고 개학을 해서 다시 모였을 때 가정 선생이 그 여자의 부고를 전했다. 정확한 사인은 모른다고 했다. 그 여자의 집에서도 학교에서도 쉬쉬하고 있다고 했다.

"남편은 주식을 해서 돈을 벌었다는데. 부인 월급 빼앗아서 주식에만

처넣었다던데.”

가정 선생은 흘려버리듯 말했는데 그 순간 그 여자의 음성이 내 귓가를 스치고 지나갔다.

“돈 많이 벌면요. 그 사람은 가요.”

그 여자의 남편이 그 여자를 무너뜨리는 건 접시를 깨는 것보다 쉽고 간단했을 것이다. 그러나 누구에게도 설령 그 여자를 망가뜨린 주범인 그 여자의 남편에게도 그 여자와 같은 공간에서 지내야 하는 형벌을 오래 감수하라고 강요할 수는 없을 것 같았다. 그 누구도 그 여자를 견뎌내지 못했을 거라고 나는 단정을 지었다. 그 여자와 함께 머무는 것은 인간 능력 너머의 일이라고 생각하기로 했다. 사실 방학을 하고 며칠 있다가 그 여자에게서 전화가 왔었다. 그 여자인 줄 모르고 얼떨결에 전화를 받았다. 그 여자는 친구 선생님, 친구 선생님을 보고 싶어요, 하고 말했다. 바쁜 일이 있어서요. 다음에 봐요. 그렇게 내 말만 하고 나는 먼저 전화를 끊었다.

바람이 많이 불었던 그날 경비 노인이 나를 데리러 그 꼭대기 층으로 올라올 때까지 나는 노래를 크게 틀어놓았다. 상담실로 들어선 경비 노인은 다시 한 번 허허 웃었다.

“그렇게 무서워하면서 일찍 퇴근을 하지 그랬어요. 날도 험한데.”

불이 켜진 복도에는 당연히 아무도 없었다. 나는 경비 노인 옆에 바투 붙어서 걸었다. 현관 앞에서 경비 노인은 내 얼굴을 살피더니 무슨 생각이 들었는지 교문 밖까지 바래주었다. 찬바람이 미친 듯 훑고 지나는 거리는 한산했는데 가로수 밑에 수북이 쌓여있던 낙엽은 보도 위를 떼 지어 몰려다녔다. 바람 따라 나뒹굴고 있는 낙엽을 밟으며 나는 집으로 가는 버스에 도망치듯 급히 올라탔다.

그날의 그 소리는 그 여자의 발자국 소리가 아니라 바람 소리였다고 단순하게 생각하기로 했다. 그 여자는 이미 떠났고, 그 여자가 앉았던 자리에는 쾌활한 가정 선생이 앉아 있었다. 나는 가정 선생과 마찰 없이 잘 지내고 있었다. 그러나 또박또박 소리는 내 귀에 남아 있었고, 그 여자가, 보고 싶어요, 라고 했던 전화가 어쩌면 그 여자 생애 마지막 전화였을 지도 모른다는 추측은 여전히 나를 몹시 어지럽게 했다. 그 여자가 남긴 흔적을 지우는 데는 시간이 걸린다고, 그 여자와 함께 했던 시간만큼은 흘러야 그 여자에게서 벗어날 수 있을 거라고 생각하기로 했다. 철학을 공부하면 그 여자에 대해서도 생각이 정돈될 것 같았다. 철학을 공부하면 어지러운 것들이 정렬되리라, 도무지 알 수 없는 것들이 답을 보이리라는 기대를 여전히 버릴 수 없었던 것이다. 그러나 겨울로 접어든 날씨에 일찍 어둠이 내렸고 동료들의 퇴근도 빨라졌다. 혼자 있는 학교는 괴괴하고 무서웠다. 나는 가정 선생과 같이 정시에 퇴근길에 올랐다. 해가 길어지는 철이 되면 다시 늦도록 학교에 남아 있겠다고 마음을 먹었다.

　늦게 퇴근할 수 있는 날은 오지 않았다. 해가 길어지는 봄이 오기 전에 아버지가 쓰러졌다. 아버지가 쓰러진 데에 내 책임이 크다고 생각했다. 남편과 살던 아파트를 나온 뒤 나는 아이를 데리고 아버지 집으로 돌아왔다. 아이는 아버지 집에서 고등학교를 졸업하고 비록 재수를 하긴 했지만 대학에 입학해서 기숙사로 떠났다. 아버지는 병원에서 봄날을 다 보내고 봄날이 끝나갈 무렵 돌아가셨다. 돌아가시기 몇 시간 전에도 의식이 또렷했던 사람이 그렇게 금방 돌아가실 수 있다는 게 믿기지 않았다. 의사가 며칠 남지 않았다고 작별 인사를 하라고 할 때 의사가 잘못 알고 있다고 어쩌면 다른 환자와 착각하고 있는지도 모르겠다고 생각했다. 그렇지만 눈물이 쏟아졌다. 울기만 하는 나에게 아버지는 마당을 잘 가꾸고 살라고 했다. 사람을 조심하라고 했다. 직장에서 욕심을 내지 말라고 했다.

"가방만 들고 왔다 갔다 해도 월급은 나오는 거니까. 교장, 교감이 월급을 주는 건 아니잖아?"

아버지는 내가 처음 교사 발령을 받았을 때부터 그런 말씀을 했다. 몸과 마음이 약한 딸을 염려해서 하는 말씀이라고 생각했다. 말씀을 마치고 아버지는 나를 빤히 바라보았다. 초점을 맞추기 위해서 그런 건지도 몰랐다.

"물러서 어떻게 하냐? 야물딱진 데가 없어서…."

나이를 먹고서도 중심을 잡지 못하고 흔들흔들 살아가는 자신의 허약한 속내를 들킨 것 같아 부끄러웠다. 나는 무엇이 잘못된 것일까?

"겁내지 마라. 사람 사는 거 별 거 아니다."

아버지는 그렇게 말했지만 내게는 별 거 아닌 게 아니었다. 사는 게 힘들고 복잡했다.

"앵두꽃 보러 또 가셔야지요."

겨우 울음을 그치고 내가 한 말은 그것이었다. 아버지는 고개만 끄덕였다.

병원에 입원하고 아버지는 딱 한 번 집을 다녀갔다. 내가 병실을 찾아갔을 때 수액을 달고 지내는 아버지가 "앵두꽃은 피었냐?" 물었다. 화창한 날을 잡아 아버지를 집으로 모시고 왔다.

"죽었다 살아나는 것들이 얼굴을 내밀었구나."

아버지는 팔꿈치만큼 자란 상사화를 들여다보았다. 앵두나무는 창고로 쓰고 있는 문간방과 축대를 따라 다섯 그루가 심어져 있는데 햇볕이 잘 드는 순서대로 나뭇가지가 굵고 키도 컸다. 가장 큰 나무에선 앵두꽃이 일부분 지고 그 자리를 파란 잎들이 차지했지만 작은 나무들은 하얗게 꽃을 피우고 있었다. 아버지는 "올해도 실하게 열리겠다." 하고는 "이제 됐다. 가자." 하고 길을 재촉했다. "탱자 꽃 피면 다시 오세요." 했는데 아버지는 올 수 없었다.

아버지가 오지 못하는 날들이 흘러갔다. 오지 못하는 아버지 대신 아버지의 눈으로 마당을 바라보았다. 세상과 작별을 앞둔 아버지의 눈으로 보니까 봄날의 햇살이 올올이 보였다. 풀냄새, 꽃냄새, 나무 냄새들이 하얗고, 노랗고, 빨갛고, 파랗게 떼 지어 마당을 날아다니는 것도 보았다. 마당에 텃새뿐만 아니라 철새들이 날아온다는 것도 알았다. 새삼 이 세상이 얼마나 향기롭고 아름다운지 알 것 같았다. 살아있는 것만으로도 축복이라고, 어디선가 읽었던 글귀는 단순한 위로의 말이 아니라 사실일지도 모른다는 생각이 들었다. 이렇게 아름다운 세상을 놓고 떠나야 하는 아버지가 눈물겹게 안타까웠다. 영롱한 소리로 노래하던 철새들은 언제부터인지 자취를 감추고 갑자기 조용해진 마당에 붓꽃들만 노랗게 서 있을 때 아버지는 돌아가셨다. 마당으로 빗줄기가 떨어지던 날 가슴으로 비가 내릴 수 있다는 것을 알았다. 머리에 갇혀 있던 지식들이 스르르 가슴으로 내려오는 걸 느꼈다. 아버지의 마지막 봄날을 대신 바라보았을 뿐인데 사람들은 내게 말했다. "얼굴이 부드러워졌어요."

이듬해 봄엔 앵두꽃이 눈부시게 하얗게 피더니 새빨간 앵두가 알알이 야물게 열렸다. 어찌나 열매가 촘촘히 매달렸는지 가지마다 활처럼 빨갛게 휘어졌다. "이 양반이 선물을 했구나." 어머니가 말하기 전부터 나는 아버지가 보낸 선물이라는 걸 이미 알고 있었다. 그런데 앵두보다도 더 큰 선물을 아버지는 내게 보냈다. 아버지가 돌아가신 뒤 일생 나를 지배하고 있었던 갖가지 두려움이 사라지기 시작했다. 나는 오랜 악몽에서 깨어난 사람처럼 편안해졌다. 무서운 게 없어지니까 모든 게 환해졌다. 어둠이 가시면서 묻혀 있던 것들이 정체를 드러냈고, 나는 이제 철학 공부를 하지 않아도 된다는 걸 알았다. 내가 몰랐던 그것들은 철학을 공부해서 해결되는 게 아니었다. 내게 필요했던 것들은 글자를 통해 머리로 알 수 있는 게 아니라 몸과 마음으로 알아내야 하는 것들이었다. 너무 많은 앵두를 감당할 수 없어서 이웃에게 앵두를 따 가라고 했다. "세상에 어쩌면 앵두가 이렇게 크고 예쁠 수가 있어요." 앵두를 맛본 사람들은 또 한 번 감탄했다. "세상에 어쩌면 앵두가 이렇게 향긋하고 달고 시원할 수가 있어요." 알이 굵고, 빨갛고, 향긋한 앵두를 그렇게 많이 열게 할 수 있는 앵두나무는 세상에 없을 거라는 걸 이웃들도 알고 있었다.

아버지가 없어도 앵두는 열렸다. 그해처럼 그렇게 특별한 열매를 맺지 못해도 해마다 앵두는 열렸다. 화단에 있는 꽃들은 제때에 번갈아 가며 피었고, 밭에서는 저절로 부추와 시금치와 달래와 방풍나물이 자랐다. 상사화는 무성했던 잎들이 말라 죽어서 흙바닥에 납작 드러누웠다가 꽃대를 올려 불사조처럼 다시 꽃을 피웠다. 가을엔 감도 열리고 노랗게 탱자도 열렸다. 아버지는 돌아가신 게 아닌 것 같았다. "네 아버지가 눈앞에 없어도 살아 있는 것만 같다." 어머니도 그렇게 말했다.

그 여자는 허리를 꼿꼿하게 세우고 또박또박 발소리를 내며 천천히 복도를 걷는 걸 좋아했다. 수업종이 울리면 선생들은 웬만해서는 복도를 다니지 않았다. 피치 못할 사정으로 복도를 지나야 할 때는 고개를 숙이고 재빨리 복도를 통과했다. 복도에서는 유리창을 통해 교실 안이 훤히 들여다보였기 때문이다. 교장이나 교감이 수업 중에 복도를 순시하면 선생들은 교사의 수업권 침해라며 거세게 반발했다. 그런데 그 여자는 수업 시간에 고개를 길게 빼고 검열을 하듯 각 교실을 넘겨다보며 복도를 지나다녔다. 수업을 하다가 복도 쪽 유리창으로 불쑥 솟아오른 그 여자의 얼굴과 마주쳤을 때 난감하지 않은 선생은 없었다. 그 여자가 왜 복도 이 끝에서 저 끝으로 또박또박 발소리를 내며 걸어 다녔는지 그때는 몰랐다.

　나무 밑에 흩어져 있던 낙엽들이 바람에 떼밀려 화단과 채소밭을 건너 마당으로 나왔다. 낙엽을 모아서 비닐 봉투에 담았다. 아버지가 돌아가신 뒤로는 어머니가 낙엽을 쓸었다. 낙엽을 일곱 해 쓸었던 어머니는 가스 불을 켜고 끄는 법과 전화 거는 법을 차례로 잊었다. 어머니에게 자기 집을 찾지 못하는 날이 왔을 때 학교를 그만 두어야 했다. 나는 낙엽이 든 봉투를 들고 다니며 마당 구석구석에 박힌 낙엽들을 마저 담았다. 잠시 멈췄던 또박또박 소리가 탱자나무 너머에서 다시 들렸다. 아버지가 탱자나무로 울타리를 만들고 싶어 했다는 데 생각이 미치자 나는 미소를 지었다. 귀신도 뚫지 못한다는 탱자나무 울타리 같은 건 이제 필요하지 않다고 아버지에게 말하고 싶었다. 아버지가 했던 것처럼 나는 낙엽을 담은 봉투를 광에 넣고 문을 닫았다. 또박또박 소리가 계속 들렸지만 나는 무심했고 괜찮았다. 어머니의 빨랫줄에 매달린 빨래들이 바람을 따라 춤을 추었다. 입을 앙다문 어머니의 빨래집게들은 빨래를 단단히 물고 있었다.

어머니의 담장

어머니의 담장

아직 감기 기운이 가시지 않았다. 털모자를 썼다가 벗어 놓았다. 아무래도 털모자는 지나친 것 같았다. 지난 가을에 썼던 모자를 찾으려고 옷장을 뒤적이다 그 모자를 잃어버렸던 게 생각이 났다. 흰머리가 늘어나면서 염색을 하는 대신 모자를 쓰기 시작했는데 모자를 자꾸 잃어버리는 게 문제였다. 감기 기운이 있는 분은 방문을 자제해 달라는 안내문이 일 년 내내 출입문에 붙어 있는데 어쩔 수 없는 일이었다. 막내 동생이 부탁한 일을 해결해야 했다. 어제도 막내는 전화를 했다. 막내가 전화를 걸어오면 마음이 급해졌다. 두꺼운 겨울 외투를 입고 집을 나섰다.

인혜는 골목길을 빠져나와 한길로 들어섰다. 길가에 늘어선 건물도, 달리는 자동차도 붉은 구름 속에 묻혀 있는 것처럼 보였다. 방송에서는 연일 관측 이래 최악의 미세먼지라고 떠들어댔는데 오늘은 황사까지 몰려온 모양이었다. 거리를 오가는 사람들은 음울한 디스토피아 영화의 한 장면처럼 여기저기 마스크를 썼다. 흰색, 청색 면 마스크에서부터 방독면을 연상시키는 검정 입체 마스크까지 다양했다. 오랜만에 외출에 나선 인혜는 어쩐지 자신도 마스크를 써야 할 것 같은 불안을 느꼈다. 전철에서 내린 인혜는 마스크를 살 요량으로 역사 안에 있는 편의점으로 들어섰다. 요양원까지 가려면 한참을 걸어야 했다. 감기 기운이 남아 있다는 것도 마음에 걸렸다. 마스크는 반드시 사야했다.

"뭐가 이리 비싼 거야?"

촘촘하게 진열된 물품 속에서 마스크를 찾고 있던 인혜는 소리가 난 쪽으로 고개를 돌렸다. 큰소리의 주인은 계산대 앞에 선 노인이었다. 노인은 대통령 이름을 들먹이며 대통령 잘못으로 물가가 자꾸 오르고 있다고 악을 썼다. 계산대 뒤에 선 중년의 여자가 "네, 네, 그렇지요." 하면서 노인의 비위를 맞추었다.

"중국에는 한 마디도 못하고 미세 먼지 하나 못 잡는 빨갱이…."

노인은 대통령 이름 앞에 빨갱이라는 수식어를 붙이며 진한 욕설을 내뱉었다. 편의점 안에 손님은 노인과 인혜뿐이었다. 놀란 눈으로 바라보는 인혜에게 노인은 동의를 구하는 시선을 보냈다. 머리카락이 하얀 인혜를 두고 노인은 당연히 같은 편일 거라고 생각하는 것 같았다. 인혜는 당장이라도 모자를 구해서 흰머리를 가리고 싶었다.

"빨갱이는 나쁜 사람이 아니다. 우리 동네에서 똑똑한 사람들은 다 그랬다." 인혜는 어린 시절부터 천만번도 더 그 이야기를 들으며 자랐다. 일본 유학을 갔다 온 구장네 아들들하고 어머니 오라버니들이 인근 면 일대에서 제일 잘났는데 원통하게도 보도연맹으로 죽었다는 것이었다. 사촌 오라버니 하나는 그때 죽지 않고 이북으로 가는 걸 누가 보았다는 소문도 있고, 오촌 아저씨 한 명도 그때 행방불명이 되었다고 했다. "마을 뒷산에서 전투가 벌어진 날에는 밤낮없이 총소리가 났거든. 총알이 솜이불은 뚫지 못한다고 해서 이불을 뒤집어쓰고 지냈다." 어머니의 고질병인 신경쇠약과 위장병은 그때 생긴 것이라고 했다. "담장 너머로 인민군들이 후퇴하는 것도 보았다." 그 노래는 인민군 군가였을 거라고 어머니는 말했다. "인민군들이 노래를 부르면서 줄 지어 걸어가는데 참 처량했다. 팔을 다친 사람, 다리를 절룩이는 사람, 별 사람이 다 있었다." 패잔병들은 며칠을 그렇게 노래를 부르며 어머니 집 담장 옆으로 걸어갔다고 했다. 담장 너머 인민군 이야기가 나오면 어머니는 눈물을 글썽이기도 하고 한숨을 쉬기도 했다.

전쟁 다음으로 이어지는 어머니의 이야기는 왜정 때로 시간을 거슬러 올라갔다. 어머니가 왜 시간을 거꾸로 돌려서 이야기하는지 그 이유를 물은 적은 없었다. "왜놈들이 얼마나 독한지 논에 난 벼이삭까지 세서 가져갔다." 땅이 없는 사람들은 먹을 게 없어서 누렇게 얼굴이 뜨고 그러더니 만주로, 만주로 떠나갔다고 어머니는 말했다. 인혜의 눈앞에 살기 위해 먼 이국땅으로 줄지어 피난을 가는 가난한 사람들의 행렬이 떠올랐다. "왜놈들은 여자건, 남자건 젊은 조선 사람들은 전부 끌고 갔다." 그 말을 할 때도 어머니는 눈물을 글썽이고 한숨을 쉬었다. 어느 날 동생이 "여자들은 왜 끌고 갔지?" 했을 때 인혜가 "일 시키려고 데려 갔겠지." 하고 알은 체를 했다. 그때 어머니는 물끄러미 인혜 얼굴을 바라보기만 했는데 어머니가 무슨 이야기를 하고 싶은지 알 수 없었다.

 어머니의 이야기는 늘 같은 자리를 맴돌았고 판화를 찍어내듯 반복되었다. 그런데 언제부턴가 패잔병들의 긴 행렬을 고향집 담장 너머로 지켜봤다는 그 대목에선 이야기 속 주인공이 어머니가 아니라 인혜 자신인 것 같은 착각이 들기 시작했다. 어머니가 담장 뒤에 숨어서 퇴각하는 인민군들을 숨죽이며 훔쳐보았다는 그 장면이 본인이 목격한 것처럼 생생하게 느껴지는 것이었다. 아마도 어머니의 어떤 특별한 감정이 인혜에게 전달이 되었을 것이다.

 마스크를 집어 든 인혜는 계산대로 가서 마스크와 체크카드를 건넸다. 계산을 마치고 포장지를 벗겨 마스크를 귀에 거는 동안에도 노인은 여전히 빨갱이 타령을 하고 있었다. 인혜는 노여움에 찬 노인에게 눈길을 주었다가 이내 시선을 거두고는 편의점을 나섰다. 그새 먼지가 더 짙어졌는지 눈곱이 낀 것처럼 시야가 흐릿하고 답답했다. 뿌연 황사 먼지 속에 갇힌 거리 풍경은 혼돈을 겪고 있는 어머니의 기억 속 세상과 흡사할 것 같았다.

요양원은 전철이 지나는 길가에 있었다. 막내가 검색을 해서 시설이 좋은 요양원으로 추천을 했을 때 인혜는 소음 때문에 꺼림칙했다. 그런데 막상 건물로 들어갔더니 바깥 소리가 전혀 들리지 않았다. 오히려 건물 앞에 있는 한길과 뒤편에 있는 철길 덕분에 햇빛이 잘 들고 바람도 잘 통하는 쾌적한 환경이 만들어진 것 같았다. 집에서 멀고 두 역 중간쯤에 자리를 잡아서 어느 역에서 내리든 한참을 걸어가야 한다는 게 흠이긴 했다. 하지만 어떤 경우든 막내가 원하는 대로 해 주어야 했다.

어머니가 핸드폰으로 이 집 저 집 전화를 해서 뜬금없는 소리를 늘어놓기 시작한 건 얼마 전부터였다. "내가 도시락을 안 싸 놓고 왔는데 다들 학교는 갔냐?" "경혜 졸업식이 언제라고 했지?" 수십 년 전에 지나간 사건들을 어머니는 현재 진행 중으로 복원했다. 어머니는 본인이 있는 곳이 어디인지 분간할 줄 모르고 시간도 뒤죽박죽이었다. 날아다니는 새처럼 이리저리 공간이동도 하고 현재와 과거를 줄넘기하듯 넘나들었다. 그런 어머니를 보면서 시간과 공간의 설정 위에서 인생이 성립된다는 평범한 사실이 새삼스럽게 여겨졌다.

"노인성 섬망증이라고 별다른 치료법은 없어요."

의사는 급할 때 쓰라며 신경안정제와 수면제를 처방해 주었다.

어머니의 섬망증을 두고 막내는 인혜를 원망했다.

"엄마가 외로워서 그런 거야. 낯선 요양원에 갇혀서 얼마나 갑갑하겠어. 엄마를 집으로 모셔 와야지. 큰언니는 엄마가 불쌍하지도 않아?"

원망 가득한 막내의 목소리를 듣는 것이 거동이 어려운 어머니를 돌보는 것보다 인혜에게는 더 견디기 힘든 일이었다. 막상 집으로 모시고 오면 어머니는 하루만 지나도 불편해 했다.

"다시 요양원으로 갈란다. 여기서는 외로워서 못 있겠다."

어머니를 외로움에서 벗어나게 할 수 있는 방법을 인혜는 알지 못했다. 아버지가 돌아가시고 나서 맏이인 그가 모시고 살게 되었는데 어머니는 늘 외롭다고 말했다. 엄마, 인간은 원래 누구나 다 외로운 거야. 홀로 와서 혼자 가는 게 인생이라구. 인혜가 그런 말을 할 때면 어머니는 더욱 외로워했다. 어머니와 함께 살면서 외로움을 이겨내는 법은 각자 스스로 터득해야 하는 거라고 인혜는 점점 더 굳게 믿게 되었다. 그러나 막내는 어머니의 외로움을 어머니를 모시고 사는 인혜 탓으로 돌렸다. 어머니의 외로움은 그가 닿을 수 없는 아주 깊은 곳에 있다고 변명을 늘어놓아도 책임을 면할 수는 없었다. 아무튼 인혜는 어머니의 외로움이 어디에서 비롯되었는지 도무지 알 수 없었다.

증상이 심해지면서 어머니는 의식이 분명하지 않은 중증 노인들만 있는 방으로 거처를 옮겨야 했다. 멀쩡하다가도 착란 상태가 되면 종잡을 수 없는 이야기를 큰소리로 늘어놓는 바람에 같은 방을 쓰고 있는 노인들이 못 견뎌 했다. 가족들도 어머니에게 시달리긴 마찬가지였다. 하루에도 몇 번씩 똑같은 일을 묻는 전화를 받아야 했다. 어머니의 핸드폰에서 손주들 번호가 먼저 사라지고, 이어서 사위들의 단축번호를 삭제하고 딸들 것만 남겨 두었다. 어머니는 3번까지 입력된 세 딸들의 단축키를 돌아가며 눌렀다. 한밤중이나 새벽에 울리는 핸드폰 소리에 놀라서 잠이 들지 못하는 일을 몇 번 겪은 다음 인혜는 낮에만 핸드폰 소리를 살려 놓았다.

"이모가 어디에 갔는지 모르겠다. 이모가 아직 안 와서 가게 문을 못 닫았다."

딸들의 학창 시절에 한동안 머물렀던 어머니의 시간이 어머니가 결혼하기 전 살았던 이모할머니 집으로 옮겨간 것 같았다. 어머니는 단숨에 20여 년의 시간을 거슬러 올랐다. 보도연맹으로 두 아들을 잃고 외할머니는 시름시름 앓다 돌아가셨고 외할아버지는 새 부인을 들여야 했다. 계모 밑에서 고생을 하고 있는 어머니를 이모가 데리고 왔고 어머니는 이모 집에서 가게 일을 돕다가 피란민이었던 아버지를 만났다. 이모할머니는 돌아가실 때까지 그릇가게를 했다. 이모할머니의 가게 안에 있던 그릇을 구경하는 것도 재미있었지만 시장 안에 있는 모든 것들이 구경거리였다. 인혜는 동생들과 시장 골목을 뛰어다니며 놀았다. 옷가게와 가방가게, 이불가게, 없는 게 없었던 시장에서 인혜가 가장 좋아했던 곳은 아이스께끼를 만들어 팔던 공장이었다. 그 공장은 시장 골목 끝에 있었는데 공장 입구에 진열장이 있었다. 아이스께끼가 매달린 진열장 앞에 인혜와 동생들이 옹기종기 붙어 있으면 언제 오셨는지 이모할머니가 나타나서 아이스께끼를 하나씩 사 주었다.

"사람이 노쇠하면 머릿속 뇌도 오그라드나? 가까운 시간의 기억부터 없어지는 걸까?"

막내의 추정대로라면 머지않아 어머니의 머릿속에는 어린 시절밖에 남지 않을 것이다. 아무튼 어머니는 차례차례 기억을 지우면서 소멸을 향해 달려가고 있는 것 같았다.

"그 남자가 안 온다. 기다리라고 해 놓고 왜 안 오는지 모르겠다."

어머니로부터 처음 그 전화를 받았을 때는 그 남자가 돌아가신 아버지일 거라고 생각했다. 이모할머니 집에서 아버지와 만나는 시간대로 어머니의 기억이 이동한 거라고 믿었다. 막내의 짐작대로 어머니의 기억은 순차적으로 퇴각하고 있는 것처럼 보였다. 어머니는 핸드폰 단축키를 눌러 끝없이 그 남자 이야기를 했다. 그 남자가 안 온다, 오지 않는 그 남자를 기다리는 어머니는 전화기 속에서도 조바심을 쳤다. 아버지가 어디서 무슨 일로 어머니로 하여금 그토록 애타게 기다리게 했는지 아버지와 어머니의 숨은 사연을 알아낼 수는 없는 일이었다.

"그 남자 아직 안 왔냐? 키가 크고 학생복을 입었는데."

그 전화를 받았을 때 인혜는 그 남자에 대해 의구심이 들기 시작했다. 아버지는 키가 큰 편이 아니었고 더군다나 학생복을 입은 아버지를 어머니가 본 적이 있을 리 없었다. 어머니가 아버지를 만난 것은 전쟁이 끝나고 몇 년이 지난 뒤 아버지가 직장에 다닐 때였다. 인혜는 반복되는 그 전화를 받으면서 어머니가 열지 말아야 할 어떤 비밀스런 문을 두드리고 있다는 불길한 예감이 들었다.

"엄마가 아무래도 이상해. 우리가 모르는 뭔가가 있지 싶어. 내가 물어보면 전화를 끊고는 다시 또 똑같은 말만 하셔."

그때 인혜는 막내가 말한 어머니의 뭔가를 밝혀내기 위해 요양원으로 달려갔었다. 어머니가 옮겨간 곳은 종일 잠만 자는 노인들이 있는 방이었다. "이 방은 꼭 무덤 속 같지 않아? 안락사나 존엄사가 왜 필요한지 한 눈에 보여주는 곳이야." 어머니를 그 방으로 옮길 때 둘째가 귀에 대고 속삭이던 말이었다. 바싹 마른 얼굴에 핏기가 하나도 없이 허옇기만 한 노인들은 눈을 감은 채로 요양사들이 떠먹이는 죽을 조금씩 넘기며 연명을 하고 있었다. 어머니의 그 키 큰 남자 때문에 인혜가 그 방으로 들어갔을 때 다른 노인들은 잠을 자고 있는데 어머니만 침대에 앉아서 중얼거리고 있었다. 그 방에서는 벽에 붙어 있는 텔레비전과 어머니만 말을 할 수 있었다. 어머니의 얼굴은 성난 사람처럼 붉게 상기되었다. 인혜를 발견한 어머니가 물었다.

"애기는 어떻게 하고 왔냐?"

인혜는 잠시 어머니를 바라보다가 고개만 끄덕였다. 애기가 얼마 전 결혼을 한 인혜의 아들을 두고 하는 말인지 아니면 인혜를 다른 사람으로 착각하고 있는지 알 수 없었다. 인혜는 어머니가 좋아하는 증편을 꺼내 펼쳐 놓았다. 어머니는 얼른 증편을 하나 손으로 집어 들었다. 증편한 개를 다 잡수신 어머니는 목소리를 높였다.

"시아버지는 면사무소에 가면 그만이고 시어머니는 서모인 주제에 손 하나 까딱 안 하고 나한테 온갖 일을 다 시킨다. 목화 따러 안 갔다고 또 야단을 할 테니 빨리 가봐야겠다. 나를 일 시키려고 데려다 놓은 거지. 나를 식구로 생각한다면 그럴 수는 없는 거야."

혀가 말려서 발음이 예전 같지는 않았지만 어머니의 목소리는 크고 또랑또랑했다. 뼈만 남은 어머니에게 어디서 그런 힘이 나오는지 알 수 없었다. 어머니의 눈빛은 반짝였는데 눈꺼풀이 내려앉은 어머니의 눈은 겨우 팥알만큼 빼꼼히 뚫렸다. 어머니는 볼멘소리를 하면서도 두 손가락으로 연신 감기는 눈을 벌리고 있었다.

"엄마는 시어머니, 시아버지 없어요. 이북에 있어서 본 적도 없잖아요."

어머니는 어리둥절한 표정으로 인혜를 바라보았다.

"키가 크고 학생복을 입은 남자는 누구예요?"

어머니의 정신이 깜깜절벽에 이른 것 같았다. 어머니는 말이 없었다. 인혜는 플라스틱 포크에 증편을 끼워서 어머니 손에 쥐어 주었다. 어머니가 증편을 입에 대는 순간의 모습을 핸드폰으로 찍어서 동생들에게 전송했다. 요양원으로 모셨을망정 어머니를 잘 돌보고 있다는 걸 동생들에게 수시로 증명해야 한다고 인혜는 믿고 있었다. 증편을 잡수신 어머니는 피곤해서 자야겠다며 눈을 감았다. 인혜는 그 남자에 대해 아무것도 알아내지 못한 채 요양원을 나와야 했다.

어머니의 그 남자와 시아버지와 시어머니와 목화 얘기는 핸드폰을 통해 날마다 쏟아져 나왔다. 막내는 그들이 어머니의 환상에서 나온 가상의 인물인지 아니면 지난 시간의 기억에서 나온 실존 인물인지 확실히 하고 싶어 했다. 인혜 역시 키 큰 남자와 시아버지와 시어머니의 정체가 궁금했다. 인혜가 요양원을 몇 번이나 방문한 끝에 어머니의 정신이 온전한 날을 만났다. 인혜는 어머니를 휠체어에 태우고 요양원 옥상으로 올라갔다. 유리 벽 너머로 옥상 정원이 내다보이는 휴게실은 따뜻했다. 봄은 아직 멀었지만 옥상 정원에선 분수가 조용히 물을 뿜고 있었다.

"부끄러워서 어떻게 하냐?"

어머니는 인혜에게 용서를 구하는 것 같았다. 같은 말을 몇 번이고 반복했다. 어머니는 아버지를 만나기 전에 키 큰 남자와 결혼을 했었다. 왜놈들이 처녀들을 잡아들인다는 소문이 돌아서 어린 나이에 고모가 소개한 곳으로 출가를 했다. 인혜는 어머니의 사연을 듣는 동안 가슴이 점점 먹먹해졌다. 배신감인지 슬픔인지 종잡을 수 없는 감정이었다.

"그게 뭐가 부끄러워요. 그 시절에는 다 그렇게 살았어요."

인혜는 쾌활하게 말했지만 어색하게 웃고 있었다. 키 큰 남자는 학생이었고 집에 오지 않았던 것은 그 남자가 공산당이어서 그랬다고 했다. 전쟁 때 이북으로 넘어갔다는 소문을 들었다는 얘기를 하고는 어머니는 침대로 돌아가고 싶다고 말했다. 어머니가 열어젖힌 비밀의 시간으로 들어서는 건 인혜에게도 혼란스러운 일이었다. 가슴이 아릿하니 아팠고 머리가 무거웠다. 어머니를 누군가에게 빼앗긴 기분도 들었다. 돌아가신 아버지는 어머니의 그 시간을 알고 있었을까? 휠체어를 밀고 어머니가 머무는 방으로 돌아가면서도 인혜는 울적한 기분을 떨쳐낼 수 없었다.

"담장에 가 봤냐? 키 큰 남자가 지나가지 않았냐?"

어머니는 담장에 집착하기 시작했다. 담장에 가 봤냐? 어머니의 목소리는 전보다 더 다급하고 애절해졌다. 어머니의 전화를 받고 나면 맥이 풀리고 슬프고 기운이 없었다. 어머니가 느끼는 안타까움과 불안과 초조가 그대로 전이되는 것 같았다. 인혜는 하루에도 수십 번 울리는 핸드폰을 세 번씩만 받기로 작정했다.

"엄마가 어제는 이십 번도 더 전화를 했어. 엄마가 말하는 담장은 그 담장이겠지? 크리스마스 마을에 있던."

막내는 어머니의 전화를 이제는 절반만 받는다고 말했다.

"어쩌면 나도 곧 큰언니처럼 엄마 전화를 하루에 세 번만 받게 될지도 몰라. 아니다. 한 번만 받게 되거나 아예 안 받게 될 지도 몰라. 그렇게 되더라도 큰언니가 이해해 줘. 엄마한테 끌려 다니다가 내가 멀리 가 버릴 것 같아서."

막내의 반대를 무릅쓰고 인혜가 어머니를 요양원으로 가게 한 것도 막내가 말한 것과 같은 이유에서였다. 어머니한테 끌려 다니다 자신이 먼저 잘못될 것 같은. 인혜는 어머니를 감당할 수 없었다. 아버지가 돌아가시고 나서 어머니는 아픈 부위가 기하급수적으로 늘었다. 어머니는 자신의 고통스러운 상황을 끝없이 인혜에게 호소했다. 어머니는 몸에 자그마한 이상이 생겨도 막무가내로 병원으로 데려가 달라고 했다. 비록 일선에서 물러나기는 했지만 오랫동안 대학병원 간호사로 근무했던 인혜의 진단을 어머니는 전혀 믿지 않았다. 젊은 날의 몸 상태로 돌아갈 수 없다는 걸 어머니는 받아들이려 하지 않았다. 어딘가 아프다는 생각이 들기 시작하면 어머니는 그 생각의 늪으로 점점 깊이 빨려 들어가서 금방이라도 익사할 것처럼 헐떡거렸다. 그것이 진료 시간이 끝난 시간이거나 휴일일 때는 응급실로 가야 했다. 친절하던 종합병원 응급실 의사들마저 심드렁하게 대하자 어머니는 입원을 시켜 달라고 졸랐다. 의사들은 입원을 할 만한 특별한 병명을 찾을 수 없다고 말했다. 어머니는 종합병원 대신 요양병원에 입원을 하기도 했다.

막내가 말하는 크리스마스 마을은 어머니의 고향이었다. 인혜와 동생들이 외갓집을 간 것은 인혜가 중학생이 되고서였다. 어머니에게도 첫 친정나들이였다. 기차를 세 번이나 갈아타야 하는 먼 길이었다. 그것이 인혜에게는 멀리 떠난 첫 여행이어서 그날의 일들은 나이를 먹어도 언제나 생생하게 기억했다.

밤잠을 설치고 어머니를 따라 나선 컴컴한 새벽, 공기는 차가웠지만 추운 줄 몰랐다. 어머니는 외할아버지의 겨울 내복에 나무할 때 입으시라고 두터운 솜바지와 장갑을 준비하고 외할머니의 속바지와 일가친척들 버선과 양말을 몇 보따리 챙겼다. 영등포역에서 내려 경부선으로 갈아타고 꽤 달리고 나서야 차창 밖 어둠이 물러서고 마을들이 뽀얀 얼굴을 드러냈다. 그들이 탄 완행열차는 급행열차와 특급열차 그리고 화물차가 나타날 때마다 번번이 철로를 양보하면서 달리다, 멈춰 섰다를 반복했다. 헤아릴 수 없을 만큼 많은 역을 지나면서 세월없이 가던 완행열차는 한나절을 달리고 나서야 조치원 역에 당도했다.

조치원 역에서 내려 충북선으로 갈아타야 했다. 썰렁한 대합실 안에는 다 식은 난로를 둘러싸고 노인들이 서성이고 벽을 따라 놓인 긴 의자에는 그나마 자리가 없었다. 추위에 잔뜩 웅크린 사람들이 곡식이나무, 감자, 고구마 따위를 담은 자루나 짐 보따리 위에 걸터앉아 개찰구 위에 붙어 있는 커다란 벽시계를 힐끔거렸다. 시간은 멈춰 선 것처럼 더디 갔다. 어머니와 막내는 언 발을 동동 구르며 보따리를 지키고, 인혜는 둘째와 개찰구에 기대서서 기차 구경을 했다. 플랫폼으로 연신 기차가 들어오고 나갔다. 커다란 바퀴로 웅장한 몸체를 끌고 다니는 기차는 그 추운 겨울 새하얀 수증기를 자욱하게 내뿜으며 요란하게 기적 소리를 울렸다.

충북선에는 난방 스팀이 없었다. 대합실처럼 썰렁한 기차 칸에는 찌그러진 석탄 난로 한 개가 덩그마니 놓여 있었고 승객 몇 명이 난롯가에 둘러앉아 있었다. 쪽진머리를 한 아주머니들은 치마저고리에 스웨터를 걸쳤고 나이 든 남자들은 두루마기 차림에 갓을 썼다. 도시에서도 그런 차림을 한 아주머니와 노인들을 볼 수 있었지만 그들의 입성은 허름하고 얼굴빛은 도회지 사람들보다 검고 주름이 깊었다. 기차는 몇 개의 작은 역에 멈춰 섰고 그때마다 한두 명이 내리거나 올라탔는데 청주역에서는 제법 많은 사람들이 내리고 타느라 북적거렸다. 그들이 한적한 시골 역에 내렸을 때 아직 해는 지지 않았다.

"와아, 크리스마스 마을이다."

역에서 나왔을 때 막내가 소리를 질렀다. 눈앞에 하얀 세상이 펼쳐져 있었는데 들판 끝 멀리 산 아래로는 기와집과 초가집들이 소복이 들어앉아 있었다. 그 시절 크리스마스카드에는 우리나라 옛 겨울 풍경을 그린 그림이 많았다. 흰 눈에 덮인 기와집 앞에서 색동 한복을 입은 어린이들이 널을 뛰고, 초가집 마당에서 제기차기를 하거나 연을 날리는 풍경들이었다. 당시에는 크리스마스카드가 연하장을 겸했기 때문에 그런 그림이 많았을 것이다.

어머니가 앞장을 서고 동생들이 그 뒤를 따랐다. 막내는 발자국이 찍히지 않은 길 가장자리 눈길을 걷다가 지루하면 달음박질을 했다. 인혜도 밟지 않은 눈을 골라 디디며 부지런히 걸음을 떼었다. 가도 가도 여전히 하얀 벌판 한가운데였지만 길옆으로는 개울이 흐르고 있었다. 춥지는 않았다. 눈길을 살피며 걷다가 고개를 들면 마을은 여전히 멀리 있었고 마을 뒤로 겹겹이 서 있는 산봉우리들은 다가갈수록 뒷걸음을 치는 것 같았다.

그날은 핸드폰에 어머니의 흔적이 없었다. 아침에 눈을 뜨면 인혜는 핸드폰부터 살폈다. 부재중 전화가 찍히지 않은 것은 아주 오랜만이었다. 담장에 가 봤냐고 애타게 전화를 하던 어머니가 그날 새벽에는 전화를 하지 않았던 게 분명했다. 인혜가 연락을 하기 전에 요양원에서 먼저 전화가 왔다. 어머니가 밤새 고함을 지르고 침대를 내려오려고 해서 양손을 침대에 묶어놓았다고 했다. 인혜가 요양원으로 달려갔을 때 어머니는 잠에 취해서 주무시고 있었다. 인혜가 근처 식당에 가서 아침 겸 점심을 먹고 돌아왔더니 어머니가 앉아 있었다.

"옆방 여자가 나를 칼로 찔러 죽이려고 했다."

길거리로 뛰어나갔는데 거기까지 여자가 따라왔고, 안 되겠다 싶어서 냅다 그 여자 손목을 잡고 비틀었더니 발밑으로 칼이 떨어져서 얼른 주워들었다는 게 어머니 말의 요지였다. 어머니는 번쩍이던 칼의 모습과 어머니가 칼을 피하던 장면을 무협지처럼 표현했다.

"그건 꿈이에요."

어머니는 걷지 못했다.

"아니다. 그 여자가 내 흉을 보고 돌아다니는 거 알고 있다."

"엄마 흉 볼 게 뭐가 있어요?"

"혼인을 두 번이나 했잖아."

어머니는 입가에 손을 대고 속삭이듯 말했다. 인혜는 어머니를 모시고 옥상 휴게실로 올라갔다. 엘리베이터 안에서도 어머니는 그 여자가 따라오고 있지 않은지 물었다. 휴게실에는 아무도 없었다. 인혜는 어머니에게 결혼을 두 번했어도 흉이 될 게 없으며 칼을 든 그 여자는 어머니가 꿈을 꾼 거라고 말했다. 인혜의 말은 어머니에게 전달되지 않았다. 어머니는 칼을 든 그 여자 이야기만 했다.

요양원에서는 어머니를 침대에 묶어 놓을 수밖에 없었다. 칼을 든 여자는 날마다 어머니를 죽이러 온다고 했다. 며칠 뒤 칼을 든 여자가 누구인지 밝혀졌다. 그 여자는 어머니와 같은 층, 다른 방에 있는 아주머니였다. 아주머니는 눈을 볼 수 없게 되어서 요양원으로 보내졌다. 아직 건강한 아주머니는 지팡이를 짚고 더듬거리며 이 방 저 방을 돌아 다녔다. 어머니는 그 여자가 다가올 때마다 위협을 느꼈고 그게 망상으로 이어진 것 같았다. 그 아주머니를 다른 층으로 옮기거나 어머니가 다른 요양원으로 가야 했다.

일단 어머니를 집으로 모시기로 했다. 장애인 이동차를 타고 집으로 오면서도 어머니는 그 여자가 우리를 따라 오고 있지? 택시 타고 우리 차를 따라 오고 있지? 집으로 나를 따라 오냐? 정말 안 오냐? 얼른 대문 잠가라. 어머니는 숨을 헐떡이면서 멈추지 않고 중얼거렸다. 둘째 동생이 인혜와 동행을 하고 있었다. 둘째는 어머니에게서 눈을 떼지 못하고 손으로 연신 눈가를 훔쳤다. 어머니 방 매트리스 위에 어머니를 눕히고 동생이 어머니 얼굴에 대고 크게 말했다. "그 여자는 여기가 어딘지 몰라서 못 와요." "그 여자가 몰라?" 어머니는 고개를 끄덕이다 잠이 들었고 둘째는 "언니 미안해." 하고는 집으로 돌아갔다. 어머니는 깊은 잠에 빠진 것 같았다. 어머니 옆에서 잠을 자던 인혜는 "나를 살려주세요." 하는 소리에 잠에서 깨어났다. 매트리스 커버에 오줌 자국이 크게 번졌다.

"여기가 어디냐? 나를 집으로 데리고 가."

아침에 눈을 뜬 어머니는 벌컥 화를 냈다. 막무가내로 역정을 내는 어머니를 말릴 길이 없었다. 둘째가 달려와서 어머니를 달래 보았지만 소용이 없었다. 둘째가 막내에게 전화를 해서는 어머니의 성난 목소리를 들려주었다. "엄마, 거기가 엄마 집이잖아요." 핸드폰 속에서 막내가 소리를 질렀다. "집으로 데려다 줘." 같은 말을 반복하는 어머니의 얼굴은 빨갛게 상기되어 있었다. "들었지? 엄마에게 이제 집은 여기가 아니야?" 둘째가 막내에게 말했다. 어머니는 요양원으로 돌아갔다. 어머니는 요양보호사들에게 "나 왔어요." 하면서 반갑게 인사를 했다. 눈을 제외하고는 건강한 아주머니는 흔쾌히 다른 층으로 거처를 옮겼다.

인혜는 어머니의 섬망 증세가 사라지기를 기대했다. 그게 어려우면 어머니가 다른 시간으로 기억을 옮기기라도 하기를 바랐다. 즐거웠던 시절로 어머니의 기억이 이동한다면 좋을 것 같았다. 그렇지만 어머니는 다시 담장 너머 키 큰 남자를 찾았다. 전화기 속에서 어머니는 금방 숨이 넘어갈 듯이 말했고 당장 울음을 터뜨릴 것처럼 말하기도 했다. 어머니가 영원히 그 시간에 머무를지도 모르겠다는 생각이 들었다.

어머니의 정신이 온전하게 돌아왔을 때 인혜는 슬그머니 그 담장에 대해 물었다.

"우리 집 담장이야. 시아버지가 그 서모하고 피난을 갔거든. 나는 따라가지 않고 집으로 왔어. 산 고개를 두 개만 넘으면 우리 집이 나오거든. 우리 아버지, 어머니는 피난을 가지 않았어."

그때 중학생이었던 인혜가 어머니를 따라 동생들과 외갓집에 첫 나들이를 갔을 때 인혜는 그 담장을 보았다. 새벽에 출발한 여행이었는데 기차에서 내려 하얀 눈길을 걸어가는 동안 해가 떨어졌다. 어스름이 깔리기 시작한 마을에는 기와집보다 초가집이 더 많았다. 나지막한 토담을 돌고 돌아 그들이 들어선 곳은 마당이 넓은 기와집이었다. 생전 처음 보는 외할아버지는 어둑한 방에 앉아 표정을 읽을 수 없는데 절을 받고도 말이 없었다. 방 귀퉁이에 상이 차려졌고 인혜와 동생들은 식은 밥과 김치를 허겁지겁 먹어치웠다. 점심으로 삶은 계란과 봉지 빵을 먹었던 터라 허기가 졌다. 그들이 방에서 밥을 먹는 동안 밖에서는 외할아버지와 외할머니가 두런거리는 소리가 들렸다.

어머니는 설거지를 하고 외할머니가 마당 구석에 있는 방으로 인혜와 동생들을 데리고 갔다. 외할머니는 그들을 보고도 웃지 않았다. 인혜와 동생들이 나타나면 함박웃음을 짓던 그릇가게 이모할머니와 달랐다. 방 바닥은 아직 미지근했지만 온기가 돌았다. 눕자마자 잠이 들었는데 자 는 동안 바닥이 뜨거워서 잠결에 몇 번이나 뒤척였다. 아침에 이불을 들 추니까 방바닥이 시커멓게 탔다. 추울까봐 자꾸 장작을 넣었다는 외할 머니의 말을 인혜는 호의로 받아들였지만 어머니는 여전히 냉랭했다.

이불 속에 있는 동생들을 두고 인혜는 마당으로 나갔다. 어머니에게 천만번도 더 들었던 이야기 속 담장이 거기 있었다. 담장은 마당 끝에 있었다. 담장 뒤에 숨어서 퇴각하는 인민군들을 숨죽이며 지켜보았다 는 어머니의 그 담장이었다. 담장 밑으로는 눈이 수북이 쌓여 있고 높다 란 토담 위로 눈을 이고 있는 기와가 가지런히 얹어져 있었다. 인혜는 푹푹 빠지는 눈을 헤치고 담장 밑에 섰다. 지난여름 푸르렀을 넝쿨들이 앙상한 삭정이로 담벼락에 검게 뒤엉켜 있었다. 인혜는 까치발을 하고 담장 너머로 고개를 내밀었다. 늘어선 토담을 따라 골목길이 길게 이어 졌다. 담장 위에 이엉을 덮은 곳도 있었다. 퇴각하는 인민군들이 몇 날 며칠을 지나갔다는 골목은 아침 햇살에 고요히 잠겨 있었다.

어머니가 끓인 소고기 국으로 아침을 먹고 외갓집을 나섰다. 조치원 역 앞에 있는 정육점에서 끊어 온 소고기였다. 어머니의 고모님 댁은 외 할아버지의 집에서 한참을 걸어야 했다. 어머니의 고모 댁엔 머리가 새 하얗고 이가 하나도 없는 노할머니가 있었다. 어머니와 어머니의 고모 는 일가친척들 안부를 묻기 바빴고 노할머니는 화롯불에 밤과 고구마 를 연신 구워서 인혜와 동생들에게 건넸다. "지금 서둘러 다녀오자. 그 래야 해 떨어지기 전에 돌아오지." 고모는 어머니를 재촉했다. 어머니는 고모를 따라 병석에 누워 있는 누구의 병문안을 다녀오겠다며 집을 나 섰다. 인혜와 동생들은 집 앞 논바닥에서 얼음을 지치고 놀았다.

마스크를 쓴 인혜는 요양원을 향해 부지런히 길을 걸었다. 먼지 입자들이 뿌옇게 부유하고 있는 보도를 따라 걸으며 버스를 탈 걸, 뒤늦은 후회를 했다. 버스를 타려면 횡단보도를 건너야 했고, 버스를 기다리는 것도 귀찮아 요양원까지 걸어가는 게 습관이 되어 버린 모양이었다.

"큰언니, 부탁이 있어. 엄마 핸드폰에서 내 단축번호 지워 줘. 엄마 때문에 숨이 멈출 것 같아. 엄마 담장에 내가 깔려 죽겠어."

막내의 그 부탁은 가급적 빨리 들어줘야 했다. 그런데 마침 감기에 걸려 꼼짝할 수 없었다. 겨우 기침이 멈추자 서둘러 집을 나선 것이다. 자꾸 미루면 성미 급한 막내가 부산에서 올라올지 모르기 때문이었다. 핸드폰에서 막내 번호만 삭제하고 요양원을 금방 나올 생각이었다.

세월을 거슬러 오르던 어머니의 시간은 키 큰 남자와 담장에서 멈춰 버린 게 분명했다. 어머니로부터 천만번도 더 들었던 담장 너머 인민군 이야기를 인혜는 이제야 이해할 수 있을 것 같았다. 어머니는 혹시 그 남자가 지나가지 않을까 담장에 매달려 후퇴하는 인민군들을 지켜보았을 것이다. 돌이켜 보면 인혜가 중학생이 되고서야 외갓집에 갔던 게 수상한 일이긴 했다. 그 시절에는 다 그렇게 살 수밖에 없어서 그랬다고 생각했는데 어쩌면 어머니는 고향에 갈 수 없었을 지도 모를 일이었다. 그때 어머니가 어머니의 고모와 둘이서 다녀온 병문안도 그 집안과 관련이 있었을 거라고 이제야 짐작할 뿐이었다. 어머니와 그 고모가 작은 소리로 소곤거린 건 아마도 감추어야 할 그 시간들 때문이었을 것이다.

요양원 유리문을 열고 들어가 벽에 붙은 벨을 눌렀다. 관리실에서 일하는 사람이 나와서 방문록을 작성하게 한 다음 카드키를 대자 엘리베이터 문이 열렸다. 어머니가 있는 3층에서 엘리베이터 문이 다시 열리고 역한 냄새가 확 밀려왔다. 노인들이 차고 있는 기저귀 냄새였다. 기저귀에 스며있을 소변 냄새에 대변 냄새가 섞인 그 냄새가 인혜는 갈수록 견디기 힘들어졌다. 어머니는 잠이 들었고 텔레비전이 혼자 떠들고 있었다. 어머니를 덮고 있는 이불을 가만히 재끼고 요양복 상의 주머니에서 핸드폰을 꺼내는데 어머니가 깜짝 놀라며 인혜의 팔을 잡았다.

"엄마, 나예요. 핸드폰 충전이 되어 있나 보려고요."

어머니는 떠지지 않는 눈을 벌리려 애를 썼다. 인혜는 어머니의 핸드폰에서 재빨리 막내의 단축키를 없애고는 천천히 어머니의 상체를 일으켜 세웠다. 이제 어머니가 연락을 할 수 있는 사람은 인혜와 둘째, 둘만 남았다. 어머니는 여간해서는 핸드폰을 손에서 놓지 않았는데 밥을 먹을 때나 잠을 잘 때는 상의 주머니에 반드시 집어넣었다.

막내는 아직도 믿지 않는 눈치지만 요양원으로 보내 달라는 말을 먼저 꺼낸 것은 어머니였다. 요양병원에서 퇴원을 하고 돌아온 지 며칠 지나지 않아서였다.

"나를 다시 병원으로 데리고 가. 거기서는 여럿이 있으니까 심심하지 않았는데 집에 오니까 외로워서 못 살겠다."

인혜는 요양원 문제로 막내와 한 달 넘게 실랑이를 벌여야 했다. 요양원에 어머니를 두고 떠나지 못하는 딸들을 향해 어머니가 말했다.

"이거만 있으면 됐다."

그 효도폰도 막내가 사 준 것이었다. 막내는 어머니에게 핸드폰을 잘 관리하라고 신신당부를 하고 요양원을 나왔다.

막내는 어머니처럼 예민한 성격이었다. 인혜도 원래 비슷한 성격이었지만 세월이 그의 신경을 무디게 해 주었다. 애면글면해도 손가락 사이로 빠져나가는 모래알 같은 인생을 어쩌지 못한다는 것을 알게 되면서 인혜의 마음에서는 다가오는 것들을 기꺼이 수용하는 편안함 같은 게 조금씩 자라나고 있었다.

"너는 왜 맨날 머리에 불을 때고 살아? 네 머리에서는 항상 연기가 풀

풀 난다."

둘째가 막내를 놀린 적이 있었다.

"태생이 그런 걸 어떡해? 나도 열을 내지 않고 살 수 있으면 좋겠어. 이렇게 가다가는 언니들보다 내가 먼저 고장이 날 것 같아."

"나이를 먹으면 저절로 식는다. 세상사에 심드렁해지거든."

인혜가 그렇게 말했는데 막내가 그의 말을 가로막았다.

"엄마는 안 그렇잖아. 나이가 들수록 걱정도 많아지고 잔소리도 늘고."

"엄마야 불안한 시대를 살았으니까. 전쟁을 겪은 엄마와 비교하다니 말이 돼?"

둘째가 막내를 나무랐었다.

핸드폰을 다른 손에 쥔 어머니는 인혜가 건네는 증편을 받아들고 잇몸으로 베어 물었다. 헐거워진 의치를 끼우지 않게 된 건 일 년도 더 된 일이었다. 요양보호사가 이제는 어머니에게 간식을 주지 말라고 했지만 인혜는 어머니가 좋아하는 증편을 드리지 않을 수 없었다.

"담장 너머로 사람들이 지나갑니다. 키 큰 남자는 없습니다."

어머니는 어린이가 국어책을 읽는 것처럼 소리 높여 말했다. 같은 방에 있는 다른 세 명의 노인들은 결코 잠에서 깨어나지 않았고 텔레비전에서는 아프리카 야생 동물들이 달리고 있었다.

"갈게요."

침대 모서리에 앉았던 인혜가 일어서자 어머니는 손을 흔들었다. "내가 누구지요?" 인혜는 어머니에게 묻고 싶었지만 차마 그럴 수가 없었다. 어머니 모습을 찍어 동생들에게 보내는 걸 깜빡 잊었다는 건 엘리베이터에서 내린 다음에야 알았다.

어디로 가는가

어디로 가는가

시범공단 앞에 있는 주차장에 차를 세우고 한길을 건너 천천히 언덕을 올랐다. 절은 잿빛 공장 지대 한가운데 있었다. 절 근방을 감싸고 있던 바다를 매립해서 공단이 조성되었기 때문이라고 했다. 공기는 텁텁하고 시야는 뿌옇고 흐릿했다. 위패 신청을 하러 처음 절에 왔던 날도 오늘처럼 구름이 잔뜩 끼어 하늘에는 빛이 없었다. 그러나 얼마 전 중창 불사를 끝냈다는 절은 말끔하고 단정했다. 돌담장을 따라 늘어선 소나무와 대나무들이 경내를 혼잡한 바깥세상과 경계 지었고, 적막감이 감도는 절 마당에 다다르자 조용한 사찰 분위기를 확연하게 느낄 수 있었다. 공장들이 밀집된 열악한 지역 한가운데 번잡한 마음을 내려놓을 수 있는 고즈넉한 공간이 확보되어 있다니 다행스러운 일이었다. 지난번에는 얼떨결에 따라나섰다가 급하게 떠나느라 미처 살피지 못했던 절 풍경이었다.

아버지가 돌아가시고 성당에서 장례미사를 지낼 때만 해도 내가 절에 오게 될 줄은 몰랐다.

"만년위패라고, 한 번 모시면 스님들이 매일 축원을 드려준다더라고. 날짜에 맞춰서 제사를 신청하면 제사도 지내 준대."

그 절에다 외할아버지를 모시고 싶어 한 것은 어머니였다. 아버지가 병원 생활 두 달 만에 황급히 세상을 떠난 다음 어머니는 어머니의 고향을 찾아가고 싶다고 말했다. 산 아래 초가집과 기와집들이 옹기종기 모여 있던 어머니의 고향 마을은 오래 전에 사라졌다. 그런데도 어머니는 그곳을 보고 싶어 했다. 어머니의 고향 마을은 우리가 찾아가지 않은 동안에도 개발을 멈추지 않는 바람에 흔적조차 찾을 수 없게 변해 버렸다. 그래도 산은 그대로 있구나, 어머니는 애써 고향의 자취를 찾아내고는 환하게 웃었다. 마을 뒤에 겹겹이 있던 낮은 산들은 없어지고 높은 산이 남았다. 고향을 다녀온 뒤 어머니의 노화는 더 빠르게 진행되었고, 어머니는 머지않아 자신에게 찾아올 죽음을 돌아가신 친정 식구들과 만나는 시간으로 받아들이는 것 같았다. 어머니는 일찍 돌아가신 자신의 어머니와 전쟁 때 돌아가신 두 오라버니에 대한 이야기를 빈번하게 꺼냈다. 어머니의 일생에서 고향집에서 보낸 시간보다 남편과 딸들과 지낸 시간이 훨씬 더 길 텐데 어머니는 밖에서 뛰어 놀다가 저녁이 되어 집으로 돌아가는 어린아이처럼 그 시절로 돌아가고 있었다. 부쩍 고향집 얘기를 하던 어머니는 이웃집 아주머니를 따라 절을 다니기 시작했는데 어릴 때 증조할머니와 고모들과 함께 다녔던 절이 생각났다는 것이었다.

내가 한글을 깨친 것은 학교에 들어가기 전이었다. 그 시절엔 학교에 입학을 하고도 곧바로 글자를 배우지 않았다. 옆으로 줄긋기, 아래로 줄긋기, 세모, 네모, 동그라미 그리기를 한 동안 한 다음에야 글자 쓰기에 들어갔다. 어머니가 내게 글자를 서둘러 가르친 것은 어쩌면 외할아버지에게 편지를 쓰게 하기 위해서였는지 모른다. 어머니는 내게 철마다 편지를 쓰도록 했다. 어머니가 부르는 대로 썼던 그 편지는 "외할아버님 전상서. 그간 기체후 일향 만강하옵신지요."로 시작했다. 끝맺음도 한결 같았다. "항상 건강하시옵기를 바라오며 이만 총총 줄입니다." 어머니 방식의 구식 편지가 창피했지만 외할아버지가 옛날 사람이어서 어쩔 수 없다고 생각했다. 물론 답장을 받은 적은 한 번도 없었다. 중학교 입학시험 공부를 해야 했던 6학년이 되면서 그 편지 쓰기는 동생에게 넘어갔지만 연필을 꾹꾹 눌러가며 썼던 편지 봉투의 주소는 아직도 잊히지 않았다. 전화도 텔레비전도 없던 시절이었다. 도, 군, 면, 리, 마을 이름으로 나열되었던 그 주소가 어린 나에게는 산 너머에 있다는 호랑이 마을처럼 현실성이 없게 느껴졌다.

편지로만 부르던 외할아버지를 처음 본 것은 외할아버지의 회갑 때였다. 어머니는 딸들에게 그때 유행하던 빨간 스펀지 나일론 잠바와 코르덴바지를 사 입히고 터울이 많이 지는 막내는 등에 업고 길을 나섰다. 외할아버지의 마을은 과연 호랑이 마을만큼이나 멀고 낯설었다. 나지막한 토담을 돌고 돌아 커다란 기와집 앞에 섰을 때 활짝 열린 대문으로 높다란 섬돌 위에 꽉 들어찬 신발들이 먼저 눈에 들어왔다.

"이게 누구야? 길자 아녀?"

부엌에서 나오던 아주머니가 소리를 치자 여기저기 방문이 열리고 비슷하게 생긴 얼굴들이 고개를 내밀었다. 마당으로 달려 나온 여인들에게 둘러싸여 어머니는 한바탕 눈물을 쏟아냈다.

"길자도 딸만 기른 겨?"

여인들 속에서 튀어 나온 말에 딸들인 우리들은 움츠러들었다. 딸만 있다는 말은 언제나 우리 식구를 주눅 들게 만들었다. 그 말을 듣는 순간 어머니는 죄인의 표정을 지었고, 아버지는 고개를 푹 숙이고 반성하는 사람이 되었다. 회사 때문에 아버지가 함께 오지 못한 게 다행이었다.

어머니는 우리를 데리고 노인들이 술상을 마주하고 빙 둘러 앉아 있는 큰 방으로 들어갔다. 갓을 쓰고 앉아 있는 외할아버지에게 절을 올렸지만 외할아버지 대신 주위에 앉아 있는 노인들이 소란스럽게 우리들의 절을 받아 주었다. 문지방을 사이에 두고 아랫방엔 여인네들이 들어앉아 있었다. 그 방 귀퉁이에 새로 상이 놓이고 음식이 차려졌다. 한참을 지나서야 연방 음식을 날라다 우리들 앞에 놓아주는 사람이 외할머니라는 걸 알았다. 이튿날은 잔치를 하느라 아침부터 떠들썩했다. 알록 달록한 사탕이며 과자, 약과, 다식, 떡, 과일 같은 음식을 높이 쌓아올린 회갑 상을 받은 외할아버지 주변으로 몰려들어 사진을 찍고 종일 분주 했다. 우리들은 어른들 틈에서 잔치 구경을 하랴, 맛있는 걸 먹으랴, 정 신이 없다가 작은 방에 들어가 쓰러지듯 잠이 들었다.

회갑 잔치 다음날 어머니의 막내 작은 아버지 집을 방문했다. 그곳에 어머니의 할머니가 계신다고 했다. 마을 옆으로 펼쳐진 논과 밭이 끝나 는 곳에서 작은 산을 넘었다. 우물가를 지날 때 물동이를 들고 물을 길 러 나온 여자애들을 만났다. 치마저고리를 입고 머리를 길게 땋아 내린 아이도 있었는데 그 아이는 단발머리를 하고 학생 오버코트를 입은 나 를 오랫동안 바라보았다. 들녘을 걸어갈 때는 개울가에서 빨래를 하는 한 떼의 여자애들을 보았다. 햇살이 따사롭긴 했지만 아직 추운 겨울이 었다. 그들도 중학교 교복을 입은 나를 부러운 눈으로 바라보았다. 아직 농촌 해체가 본격적으로 진행되기 전이어서 마을에 젊은이들과 아이들 이 많았지만 여자애들은 국민학교만 졸업시키고 집안일을 거들게 하던 때였다.

어머니의 막내 작은 아버지 집은 외할아버지의 집보다 규모가 훨씬 컸다. 원래 그곳이 외가의 종택이었다. 어머니의 막내 작은 아버지는 어 머니의 할아버지가 늦게 얻은 새 부인에게서 얻은 자식이었다. 외할아 버지는 계모와 아버지가 사는 종갓집에서 떨어진 이웃 마을로 분가를 했던 것이다. 할머니는 거동이 불편해서 큰아들의 회갑 잔치에 오지 못 했다. 비록 전처소생의 아들에게서 얻은 딸이지만 할머니는 어머니를 무척 귀여워했고 어머니는 그런 할머니를 그리워했다.

"길자가 왔다구. 길자가 왔어."

머리가 새하얗고 이가 없는 할머니는 자리에서 일어나 어린 아이처럼 기뻐했다. 할머니는 앙상한 손으로 우리들의 얼굴을 어루만지면서 눈물을 흘렸다. 집성촌이었던 그 마을에서 어머니는 몇 집을 돌며 준비해 온 버선과 양말을 선물했다. 친척들의 온화한 표정과 느릿하고 특이한 억양의 말투, 방 안의 따스한 온기와 냄새는 낯설면서도 익숙했다. 어머니의 일가친척들은 집집마다 참깨, 찹쌀, 고추, 콩, 밤, 대추 따위의 적잖은 농산물을 손에 들려주었다.

대학생이 되었을 때 나는 다시 외갓집을 방문했다. 어머니는 대학생이 된 딸을 자랑하고 싶어 했다. 도회지에서도 아직 여자 대학생이 흔하지 않았다. 어머니는 동생들을 데리고 다녀오라고 했다. 어머니는 남녀 양말 수십 켤레에다 거북선 담배를 몇 보루 사서 가방에 넣어 주었다. 외갓집 마을은 그대로 있었지만 바뀐 것도 있었다. 구불구불한 개울가 둑길 대신에 넓은 길이 마을까지 곧게 뚫렸다. 초가집 지붕들도 슬레이트 지붕으로 바뀌었다.

외할머니는 웃는 얼굴로 우리에게 살갑게 대했다. 외할아버지의 회갑날에 외할머니는 우리를 말없이 지켜보기만 했다. 바빠서 그랬을 것이다. 그렇지만 외할아버지는 여전히 무덤덤한 얼굴로 담뱃대만 물고 있었다. 저녁을 먹으며 "그 대핵교는 총장이 여자쟈?" 하는 질문을 한 번 던졌을 뿐이었다. "교수님도 여자들이 많아요. 외국에서 박사를 따 가지고 온." 나는 여자에 힘을 주어 말했다. 여자는 배우면 안 된다고 학교를 보내주지 않았다는 어머니를 생각해서였다. 외할아버지는 말이 없었다. 외할아버지와 외할머니, 우리 네 자매, 여섯이 잠자기에 방은 좁지 않았다. 먼 길을 오느라 피곤해서 그랬는지 눕자마자 금방 잠이 들었다.

이튿날엔 종갓집을 가야했다. 어머니를 따라 산 고개를 넘었던 종갓집 가는 길은 예전 그대로였지만 우리들의 얼굴을 어루만져 주던 할머니는 없었다.

"최고루 높은 핵교를 갔다구?"

"졸업하면 미국 가는 겨?"

대학생이 된 나에게 친척들은 여전히 참깨며 찹쌀, 콩 같은 것들을 손에 쥐어 주었다. 당시 미국이라는 나라는 참으로 화려한 별천지를 의미했고 미국엘 간다는 건 최고로 출세를 했다는 뜻을 담고 있었다. 종갓집에서 돌아온 그날은 불을 끄고 자리에 누워서도 금방 잠들지 못했다. 멀리서 기차 달리는 소리가 들렸다. "막차가 가는구먼." 혼잣말처럼 중얼거리는 외할아버지의 음성을 들으며 겨우 잠이 들었다.

지글지글 끓어대는 트랜지스터라디오 소리에 잠이 깼다. 사방이 캄캄했다. 눈이 어둠에 익숙해지자 방 안이 어슴푸레하게 눈에 들어왔다. 창호지 문 앞에 앉아 있는 외할아버지의 뒷모습이 보였다. 나는 이불 속에 가만히 누워 라디오에서 흘러나오는 뉴스를 듣고 있었다. 창호지 문으로 희뿌옇게 동이 트기 시작했다. "첫차가 가는구먼." 외할아버지가 또 혼잣말처럼 중얼거렸다. "첫차가 가는 겨?" 외할머니도 일어나 주섬주섬 옷을 걸치고 밖으로 나갔다. 외할아버지가 아궁이에 불을 때고 쇠죽을 끓이는 동안 외할머니는 밥을 지었다. 방바닥은 점점 따뜻해지고 이불 속은 아늑하고 훈훈했다. 쇠죽 냄새와 밥 냄새가 퍼지는 속에서 나는 깜박 다시 잠이 들었다. 문이 열리는 소리에 눈을 번쩍 떴을 때는 날이 밝았고 외할아버지는 화롯불을 방 안으로 들여놓고 있었다.

지금도 외할아버지를 생각하면 잡음이 지글대던 라디오 소리와 쇠죽 냄새와 가마솥에서 나오던 허연 김이 아련한 향수처럼 떠오른다. 그렇지만 어둑한 방 안에 우두커니 앉아서 동이 트기를 마냥 기다리던 외할아버지의 뒷모습은 고독하고 쓸쓸해 보였다. 생각해 보면 외할아버지의 얼굴은 언제나 무표정했고 초점을 잃은 두 눈은 망연히 허공을 응시

했던 것 같다. 무료한 시간을 화석처럼 버티고 있는 외할아버지를 움직이게 하는 것은 외양간에 있는 소였다. 외할아버지는 고향을 떠나는 날까지 소를 한 마리씩 키웠다.

외할아버지는 건넌방에서 말린 고추 포대와 고구마 포대를 들고 나왔다.

"고구마는 무거워서 안 가져갈래요."

나는 고구마 포대를 밀어냈다. 지난 방문 때 고구마 자루를 들고 기차를 오르내리느라 고생을 했던 기억 때문이었다. 외할머니는 말린 고추 포대를 머리에 이고 앞장을 섰다. 우리는 종갓집에 갔을 때 얻은 찹쌀과 참깨, 콩 보따리를 나누어 들고 외할머니를 따랐다. 개찰구 앞에서 외할머니는 돌돌 말린 지폐 다발을 막내의 손에 쥐어 주었다. 기차에 올라 펴 보니 꽤 큰 액수였다. 막내가 돈을 다시 세어보고 말했다.

"가짜 외할머니가 웬일이지?"

집에 돌아와서 외할머니가 준 지폐를 건넸을 때 어머니도 같은 말을 했다.

"웬일이지? 연세가 들어서 변하셨나? 네가 대학에 들어갔다니까 주신 거다."

외할머니는 딸을 하나 데리고 개가를 했다. 계모가 데리고 온 딸은 어머니보다 한 살 어렸다. 몇 년을 계모와 함께 살았던 어머니는 계모와 의붓동생을 좋아하지 않았다.

"외할머니는 지금도 자기 딸을 챙기느라 힘들 거다. 그 딸이 결혼을 잘못해서 고생을 많이 하며 산다고 했거든."

어머니의 고향을 다시 찾은 것은 외할아버지가 돌아가셨을 때였다. 도서관에서 근무하고 있던 나는 동생으로부터 외할아버지 소식을 들었다.

"외할아버지 돌아가셨대. 엄마, 아버지 다 거기 가셨으니까 제천에 전화해 봐."

외할아버지의 양자가 살고 있는 곳이 제천이었다. 전화 속 어머니는 목이 쉬었다.

"안 와도 된다. 출근해야지."

"외할머니 돌아가셨을 때도 못 갔는데 이번에는 가야지요."

"정 오고 싶으면 이리 올 것 없이 모레 곧장 작은 집으로 가거라."

새벽에 집을 나섰다. 운전 안내 지도를 따라 달려야 했다. 희미하게 드러나기 시작하는 산야엔 이른봄 서리가 하얗게 덮여 있었다. 경부고속도로를 달리다 갈아탄 중부고속도로는 한산했다. 여유 있게 달려 오래 전 동생들과 기차에서 내렸던 그 역 앞에 섰다. 어머니 말로는 마을 앞으로 큰 도로가 뚫리고 새 건물이 몇 채 들어섰을 뿐 크게 변한 게 없다고 했다. 그러나 기차역 앞에서 보이는 풍경은 예전과 많이 달랐다. 자동차로 달리는 아스팔트길은 낯설었다. 외할아버지 집은 흔적 없이 사라졌다. 작은 할아버지 동네로 들어가는 길을 알 수 없어 양지 바른 마당에서 싸릿대를 묶고 있는 노인 앞에 차를 세웠다.

"네가 길자 딸 아니냐. 그러잖아도 슬슬 넘어가보려던 참이었어."

주름투성이의 검은 얼굴에 반가움이 가득했다.

"서당골 갈 사람들 어서 가자구."

노인은 이 집 저 집을 다니며 느릿느릿 소리를 질렀다. 노인들을 가득 태우고 야트막한 언덕길로 들어섰다. 얼었던 땅이 녹아서 차체에 탁탁 진흙이 달라붙는 소리가 요란했다. 산을 조금 돌아가자 멀리 작은 할아버지 집이 보였다. 어머니 말대로 그 마을은 변한 게 없었다.

종갓집 대문 앞에 꽃상여가 있고 한 떼의 사람들이 주변을 서성이었다.

"아직 안 온 겨?"

싸릿대를 묶던 그 노인이 차에서 내리며 물었다. 제천에서 출발한 영구차가 도착하지 않은 것이다. 꽃상여 주위에 있던 노인들이 나를 보고는 굵은 주름을 지으며 웃었다. 양반탈을 꼭 닮은 그 넉넉한 웃음이 외할아버지의 얼굴에는 없었다는 생각이 문득 들었다.

"먼 데서 오느라 고생 많았쟈? 언제 올 지도 모르는 걸 들어가서 쉬어라."

작은 할아버지의 재촉으로 나는 대문으로 들어섰다. 마루 밑에 벗어 놓은 신발들이 빽빽했다. 여인네들이 가득 모여 있었다. 너희 엄마가 고생이 많다. 아버님한테 섭섭한 게 어디 한둘 뿐이겠냐마는 그래도 하나밖에 없는 내 피붙이라 도리가 없제. 꽃상여도 돈 든다고 안 한다고 하는 걸 길자가 했다잖여. 돌아가신 양반이 백 번 잘못 하신 거여. 딸한테 몇 푼이라도 떼 줬어야지. 아, 딸은 출가외인이라잖아. 그래서 일절 없이 다 양자에게 넘긴 거라구. 여인네들은 주거니 받거니 한참 동안 푸념을 늘어놓다가 나에게 화살을 돌렸다. 그래 아직도 좋은 사람 없는 겨? 여자가 너무 많이 배워 놔서 그렇제. 능력 있겠다. 돈 있겠다. 혼자 사는 것도 맘 편하고 깨끗해 좋지유. 아우들은 출가했다잖유. 나중에 외롭지. 무척 정감이 가는 목소리들이었지만 앉아 있기가 거북해진 나는 밖으로 나왔다.

꽃상여 위로 화사한 봄볕이 비치고 있었다. 이 사람이 왜 안 죽나 했더니 이 좋은 날 가려고 여태 살아서 그 고생을 했구먼. 복 받은 날 가신 거유. 우리덜 고생 안 시킬려구 형님이 날을 잡아서 가신 거지유. 노인들의 사설을 들으며 나는 꽃상여를 찬찬히 둘러보았다. 난생 처음 보는 꽃상여였다. 흰 상여 위에 소담한 종이꽃이 세 층 달렸다. 붉은 꽃, 흰 꽃 그리고 노란 꽃이었다. 사방으로 호랑이와 용을 그린 민화가 붙어 있었다. 호랑이 머리 위에는 연꽃이 있고 그 위로 한문이 한 줄 적혀 있었다.

生從何處來 死向何處去
생종하처래 사향하처거

나는 글귀를 해석하느라 글자들을 한참 들여다보았다. 태어남은 어디서 오며 죽음은 어디로 가는가. 아직 젊었던 내게 그 구절은 절실하지 않았다. 심오한 듯하면서도 상투적으로 느껴졌다. 외할아버지는 조상으로부터 와서 조상에게로 갔을 것이라고 간단히 넘겨버렸다. 외할아버지는 조금이라도 떳떳하게 조상에게 돌아가기 위해 저승 갈 여비까지 고스란히 양자에게 내주었을 것이다. 비록 가짜 할머니라고 투덜대긴 했어도 외할머니가 오래 사시기를 바랐다. 외할머니가 말년에 거동이 불편해서 외할아버지가 살림을 해야 했지만 그래도 두 노인이 의지하며 지낼 수 있었다. 그런데 막상 외할아버지가 혼자되었을 때 외할아버지는 양자에게 가겠다고 고집을 피웠다. 어머니가 모시겠다고 하고 이웃 친척들이 돌보아드리겠다고 그대로 집을 지키시라고 권하기도 했지만 외할아버지는 양자에게 가야 한다고 막무가내로 우기는 것이었다. 양자가 근방에 사는 것도 아니었다. 외할아버지의 바로 밑에 동생인 둘째 작은 할아버지는 고향에서 멀리 떨어진 제천에서 살고 있었다. 제천 작은 할아버지는 계모와 불화를 해서 집성촌을 떠났다고 했다. 종갓집에서 살고 있는 배다른 작은 집 아들을 양자로 들이자는 의견도 있었지만 외할아버지는 제천 동생의 아들을 양자로 삼았다.

외할아버지는 양자를 찾아 제천으로 떠났다. 세간을 낼 여유가 없어서 3대가 한 집에 살고 있는 아우네 비좁은 집으로 들어갔다. 넓고 양지

바른 자기 집을 버리고 양자네 어두운 골방으로 들어가 스스로를 유폐한 것을 두고 외할아버지는 아들을 기르지 못한 죗값이라고 말했다.

"고려장이 따로 없더라. 내가 고향으로 돌아가시자고 자꾸 권했는데 조상님들에게 도리를 다 하는 거라고 하시곤 입을 꽉 다무시더라고."

외할아버지를 제천으로 모시고 갔던 어머니는 자꾸 눈물을 흘렸다.

"판잣집들만 다닥다닥 붙어 있는 시내 한복판이라 나가 댕길 곳도 없어."

어머니는 가엾은 외할아버지 때문에 며칠을 끌탕을 치더니 양자를 원망하기 시작했다.

"내가 모셔가겠다고 했더니 눈을 동그랗게 뜨고는 누님은 출가외인이십니다. 아버님은 내가 모십니다. 대들더라고."

"엄마, 딸에게도 상속권이 있어요. 그냥 물러서지 말고 산이라도 달라고 하세요."

나는 동생이 하는 말을 농담쯤으로 듣고 있었는데 어머니는 정색을 했다.

"싫다. 출가외인이라고 참견 말라고 펄쩍 뛰는데 어떻게 끼어드냐."

"하긴 외할아버지 입장에서는 딸에게 주었다가는 면구스러워서 조상님들을 어떻게 만날 수 있겠어."

동생이 웃으며 얼버무렸다.

양자네로 거처를 옮긴 뒤 외할아버지는 금방 기력이 떨어져 벽을 짚고서야 일어설 수 있을 지경에 이르렀다. 안 가시겠다는 걸 어머니가 억지로 병원으로 모시고 갔더니 잘 드시고 운동을 해야 한다고 했다.

"그냥 고향에 계셨으면 수족을 놀리면서 십 년도 더 사실 양반이 몇 달 새 벌써 망가졌어. 저 양반이 빨리 돌아가시기로 작정을 한 거야."

어머니는 눈물을 펑펑 쏟아냈다.

그해 겨울 생신에 내가 어머니를 모시고 외할아버지를 방문했을 때 외할아버지는 벌써 불구가 되어 있었다. 양쪽에서 부축을 해야 겨우 발걸음을 떼었고 손이 부들부들 떨려 위태롭게 숟가락질을 하는 것이었다.

"엄마, 이제라도 우리가 모시고 가면 좋겠어요. 차로 모시고 올라가요."

내가 졸라보았지만 외할아버지는 말이 없었다. 볕 한 점 들지 않는 좁은 골방에 틀어박혀 가실 날만 기다리는 외할아버지를 두고 발길을 돌리는 건 쉽지 않았다.

"미련한 할아버지. 팔도유람이나 하시고 정 뭣하면 유료 양로원이나 들어가시지. 조상은 무슨. 요즘 조상들이 후손들한테 제삿밥 얻어먹기 바라기나 하겠어요?"

뒷좌석에 앉은 어머니는 연신 손수건으로 눈물을 닦고 있었다.

"그렇지 않아도 손주며느리가 교회에 나간다더라. 조상 제사는커녕 당신 제사도 못 받아 잡수시게 생겼다."

"할아버지는 정신병원부터 모시고 갔어야 했어요."

"이편이 아들을 못 기른 죄인이라고 철석같이 믿고 계신대야 별 수 있냐. 양자한테 모든 걸 넘기고 가는 게 당신이 해야 할 책임이라고 여겨서 저러니 고집대로 하시게 해야지."

이듬해 봄에 외할아버지를 방문하고 돌아온 어머니는 더 나쁜 소식을 전했다. 외할아버지가 다리가 오그라붙어서 일어서지도 못한다는 것이었다.

"손주며느리가 점을 치고 왔는데 올여름을 못 넘길 거라고 하면서 무척 좋아하더라는 거야. 그걸 아버지가 다 들으셨대."

그들은 외할아버지의 유산으로 집을 사서 분가할 날을 손꼽아 기다리고 있었다. 모두들 어서 죽어 없어지기를 학수고대하고 있는데 왜 안 죽어지는지 모르겠다며 그 표정 없는 양반이 서글픈 웃음을 띠었을 때 어머니는 억장이 무너져 내리는 것 같았다고 말했다. 어머니는 자주 외할아버지를 찾았다. 사골 뼈를 고아서 영양 죽을 만들고 보약을 달여 그 먼 곳을 달려갔다. 제천집 사람들은 어머니가 찾아오는 걸 노골적으로 싫어했다.

여름이 다 가도록 외할아버지는 돌아가시지 않았다. 그들은 이편이 다 들리도록 왜 안 돌아가시는 거냐고 수군덕거렸다. 혹여나 노인이 변심하지 않을까, 딸이 문제를 일으키는 게 아닐까, 밤낮으로 노심초사하는 그들에게 외할아버지는 땅 문서를 내주었다. 외할아버지의 양자는 값은 따지지 않고 임자만 나타나면 땅을 팔아치웠다. 조상대대로 내려오던 논밭과 산들이 삽시간에 타성바지에게 넘어갔다.

"고향에 사촌들과 오촌들만 없었어도 선산까지 팔아넘겼을 위인들이야."

어머니는 한숨을 쉬면서도 언제 마지막이 될지 모를 외할아버지를 뵈러 다녔다. 점쟁이가 여름에 돌아가신다고 했다는 외할아버지는 가을을 넘기고 겨울을 지나 봄의 문턱에 들어서서야 돌아가셨다.

외할아버지가 돌아가시고 통장을 손에 쥐게 된 양자가 장례비용을 아끼려고 안간힘을 쓰고 있다는 말은 막내 작은 할머니 입에서 나왔다.

"오늘 쓸 음식 값도 안 내줘서 내가 싸워서 쬐끔 받아냈어유. 길자가 많이 내 놨지유."

어머니가 아니었으면 꽃상여도 못 탔을 뻔했다고 작은 할머니는 몇 번이나 친척들에게 그 얘기를 꺼냈다. 양자네 식구들이 꽃상여는 쓸데없는 낭비라고 펄쩍 뛰는 바람에 어머니가 꽃상여를 주문했다는 것이었다.

산길을 돌아 하얀 영구차가 들어오고 있었다. 문이 열리고 흰 옷을 입은 상제들 속에서 어머니가 보였다. 흰 저고리 치마에 머리에는 둥글게 새끼줄을 동여맸다. 아버지도 사위 노릇을 하느라 흰 저고리에 무릎 밑으로 누런 삼베를 둘렀다. 고향으로 돌아온 외할아버지의 영정 앞에 둘러서서 절을 하고 한바탕 곡을 한 뒤 상여꾼들이 어깨에 꽃상여를 둘러맸다. 소리꾼이 앞서 가며 땡그랑 땡그랑 종을 흔들면서 기세 좋게 소리를 메겼다.

가세. 가세. 어서 가세. 저승길이 멀다 하니 빨리 가세.

상여꾼들이 일제히 그 소리를 받았다.

오호오오 오오와아아

우리 인생 한 번 태어나 빈손으로 왔다 빈손으로 갑니다.

오호오오 오오와아아

소리를 메기고 받으며 꽃상여는 논밭 둑길을 따라 천천히 움직였다. 아직 들판에 푸릇한 기운이 돋기 전이었다. 메마른 억새가 성긴 머리털을 흔들고 지난 가을 말라붙은 풀과 나무들이 바스락거리는 들판은 텅 비었고, 그 호젓한 시골길을 상여꾼들의 처량한 곡조에 맞춰 긴 상제 행렬이 움직이고 있었다.

마을이 끝난 지점에서 상여는 나지막한 고개를 넘었다. 질척한 붉은 흙이 신발 바닥에 무겁게 묻어났다. 맞은편으로 얕은 산이 나타났다. 외갓집 선산이었다. 경사가 완만하고 옆으로 길게 펼쳐진 산이었다. 산발치 널따란 평지에선 먼저 온 여인네들이 가마솥을 세 개나 걸어 놓고 음식을 만들고 있었다. 육개장 냄새, 밥 냄새가 멀리 퍼져 나갔다. 남향 양지바른 산이었다. 수많은 무덤들이 내려다보고 있었다. 외할아버지가 묻힐 곳은 붉게 파헤쳐져 있었다. 하관을 마치고 흙을 덮는 동안 나는 근방을 돌며 비문들을 읽어 내려갔다. 오랜 된 묘비들에선 세월의 풍화작용으로 글자가 뭉개지기도 했다.

선산을 돌며 외할아버지를 이해할 수 있을 것 같다는 생각이 들었다.

외할아버지는 어린 시절부터 증조할아버지나 할아버지, 아버지, 친척들과 자주 그곳에 왔을 터였다. 어쩌면 선산 일대가 친척 형들이나 동생들과 뛰어놀던 놀이터였을 지도 모를 일이었다. 선산은 외할아버지가 분가하기 전까지 살았던 종갓집 뒷산과 이어져 있었다. 외할아버지는 자신을 끔찍이도 귀여워해 주던 할머니와 할아버지, 어머니와 아버지, 많은 친척들이 선산에 묻히는 걸 보았을 것이고, 성묘를 하면서 그들의 숨결을 느꼈을 것이다. 종갓집 종손으로 막중한 책임감도, 선비 집안으로서의 긍지도 있었을 것이다. 나는 음울하고 완고한 노인 뒤에 묻혀 있었을 외할아버지의 지난 모습을 상상했다. 외할아버지도 한때는 애정 깊은 소년이었고, 다감한 청년이었을 것이다. 외할아버지에게는 마땅히 그 선산이 웅장한 우주였을 것이고, 자신이 지켜야 할 절대 왕국이었을 것이다. 그래서 양자네 골방에다 자신을 유배시키는 것에 주저하지 않았을 것이다.

"시장들 허실 텐데 어이들 내려 오셔유."

일이 몸에 밴 아낙들은 그 많은 조문객이며 인부들의 식사 시중을 척척 해냈다.

"그런데 저것들이 아버지 제사나 지대로 지내고 조상 무덤이나 돌보겠냐. 잘못 하다간 선산도 넘어가게 생겼다. 길자, 네가 좀 나서야 하지 않겠냐."

고모할머니가 영정 앞에 모여 앉아 밥을 먹고 있는 양자네 식구들을 힐끔거리며 말했다.

"난 철저히 출가외인이라잖아요."

"오라버니가 공연히 헛수고허신 거야. 오라버니 맘을 손톱만큼이라도 알면 저러지는 않을 텐데. 고양이한테 생선을 물려놓은 격이지."

바람이 휙 불어오는 바람에 외할아버지의 영정이 뒤로 넘어졌다. 양자네 식구들은 알아채지 못하고 있었다. 내가 달려가 영정을 바로 세웠다. 영정 속에서도 외할아버지의 얼굴은 음울했고 그런 외할아버지가 나를 눈물짓게 했다.

"빨리 가자. 차 막히기 전에."

취기가 오른 아버지가 아까부터 나를 재촉하고 있었다.

"아니 봉분제도 안 지내구 가려구."

작은 할머니가 말렸지만 아버지는 비틀거리며 먼저 산길을 내려가기 시작했다. 나는 허둥지둥 아버지를 뒤따랐다. 어머니는 삼우제를 마치고 올라온다고 했다.

"장인 양반한테 사위 본분은 다 했으니 이제 가야지. 안 그러냐? 더 늦으면 너 운전하느라 고생한다."

차에 올라탄 아버지는 옆으로 몸이 기울고 이내 잠이 드는가 싶었는데 허리를 곧추 세우고 머리를 운전석으로 내밀며 말했다.

"참 한심한 어른이지. 자기 몸 하나 죽어 없어지면 고만인 걸. 그 고생을 사서 했어. 참 용해 빠진 노인이야. 사람은 말이야. 이 넓은 세상에서 잠깐 훨훨 날아다니다 가면 그뿐인 거야. 안 그러냐? 뭐가 있다구."

아버지의 고향은 휴전선 너머 이북이었다. 전쟁 통에 고향과 가족을 등지고 낯선 땅에서 발붙이고 살아야 했다. 일찍이 뿌리가 뽑히는 경험을 했던 터라 아버지는 종족 보존에 무심한 것처럼 보였다. 내가 결혼을 하지 않는 것에 대해서도 관대했다. 그러나 아버지가 젊은 날에도 그랬던 것은 아닐 것이다. 나는 아버지의 축 처진 어깨를 기억하고 있었다. 둘째가 태어날 때는 내가 아직 어려서 기억이 없지만 셋째가 태어나는 날 나는 동생을 데리고 집 밖으로 나가 있었다. 멀리 가 있어라, 아버지의 분부대로 집에서 한참 떨어진 어둑한 골목길에 쪼그리고 앉아 이번에는 우리 집에도 아들이 태어나게 해달라고, 내가 알고 있는 세상의 모든 신들에게 빌었던 기억이 난다. 골목길 저 편에서 우리를 부르러 걸어오는 아버지의 늘어진 어깨에서 이번에도 딸이구나, 짐작을 했다. 막내가 태어났을 때는 집안을 누르고 있는 무겁고 스산한 공기와 이웃의 동정어린 시선이 오랫동안 우리 식구 주변을 맴돌았다.

어머니가 성당을 다니게 된 것도 장례를 치러 줄 아들이 없어서였다. 성당에서는 죽은 사람 뒤치다꺼리를 깨끗하게 잘 해 준다고 했다. 죽어서 묻히고 싶었던 교외의 천주교 묘지가 아파트 건설로 없어지는 걸 보고 어머니는 적잖이 실망을 했지만 그래도 성당만한 곳이 없다고 믿고 있었다. 아버지도 어머니를 따라 성당에 열심히 다녔다. 퇴직을 하고는 신부님 곁에서 미사 진행을 돕는 복사까지 맡았다. 그러나 병상에서 지낼 때 성경책을 끼고 지내던 간병인이, 천국에 가셔서 하나님을 만나세요, 했는데 그런 소리 말아요. 천국이 있는지 없는지 어떻게 알아요. 가봐야 아는 거지, 하는 말씀을 천연덕스럽게 했다. 아버지에게 신심이 있었는지의 여부는 알 수 없지만 아버지가 돌아가셨을 때 성당 교인들이 애를 써 준 것은 사실이었다.

외할아버지의 선산은 외할아버지가 돌아가시고 몇 년 뒤 사라졌다. 집성촌을 지키고 있던 노인들은 저승으로 가고 젊은이들은 도시로 떠나 선산을 돌볼 사람이 없다는 게 가장 큰 이유였다. 종갓집 옆에 있는 야산 기슭에 가옥 모양으로 납골묘를 조성하고 선산을 통째로 이장했다. 외할아버지의 유골함을 그 납골묘 안에 안치하고 돌아온 뒤 어머니는 고향을 찾지 않았다. 어머니는 고향을 잊은 것처럼 보였다. 그런 어머니가 아버지가 돌아가신 뒤 고향 이야기를 하기 시작했고, 지난여름에는 어머니를 모시고 어머니의 고향을 찾아가야 했다. 어머니의 고향 마을은 완전히 없어졌지만 그곳에서 떨어져 있던 어머니의 종갓집은 사촌이 지키고 있었다. 우리가 찾아갔을 때 외할아버지의 유골함을 안치한 납골묘는 사람 키만큼 자란 풀에 묻혀서 접근을 할 수가 없었다. 어쩔 수 없이 길가에 제물을 늘어놓고 멀리 있는 납골묘를 향해 절을 올려야 했다.

어머니가 이웃 아주머니를 따라 절 구경을 간 게 어머니 말씀대로 어린 시절 추억 때문이었는지 아니면 외할아버지의 제사가 새삼 중요한 일로 떠올라 그 문제를 알아보러 간 것인지는 알 수 없는 일이었다. 아무튼 어머니가 외할아버지의 만년위패 봉안을 제안했을 때 거절할 수가 없었다. 절 사무실에서 외할아버지의 만년위패를 신청하면서 나란히 두 분을 모셔도 된다는 말을 듣고 어머니는 외할아버지 이름 옆에 일찍 돌아가신 외할머니의 이름을 함께 올렸다. 처음 듣는 외할머니의 이름이었다. 한 번도 뵌 적 없는 외할머니가 오래 전부터 알고 지내던 사이처럼 가깝게 느껴졌다. 위패 신청을 마치고 어머니는 대웅전으로 나를 데리고 갔다. 넓은 법당 벽면을 돌아가며 만년위패들이 빼곡하게 모셔져 있었다. 위패 크기가 학생들 가슴에 다는 명찰보다 작았지만 어머니는 절 안에 가득한 위패들을 경탄어린 눈으로 바라보았다.

"돌아가신 분들을 정말 잘 모셔놓지 않았냐?"

어머니에게 성당이냐, 절이냐는 문제가 되지 않았다. 돌아가신 분을 얼마나 잘 모시는가가 중요했다. 절에 두 분 부모를 모시고 제사까지 올리게 되어 기뻐하던 어머니는 갑작스럽게 병원에 입원을 하면서 제사에 참석할 수 없게 되었다.

절 마당을 지나 높은 층계를 올라 대웅전 안으로 들어서자 먼저 와 있던 동생이 내게 손짓을 했다. 나는 동생 뒤에 엉거주춤 앉았다. 불단 앞으로 나란히 제상이 줄지어 놓여 있고, 나무 위패와 잔을 올린 제상 앞에는 각기 한 줄로 그 가족들이 길게 앉아 있었다. 기일을 맞은 가족들이 법당에 모여서 제사를 지내는 것이었다.

"내가 하는 대로 따라 하면 돼."

동생이 뒤를 돌아보며 속닥였다. 동생은 시어머니를 따라 절에 다니고 있었다. 결혼 전에 성당에서 영세를 받았던 동생은 절에서도 법명을 받았다. 천국에 가도 통과, 극락에 가도 통과, 종교도 결국 문화 아니겠어? 축구를 좋아하냐 야구를 좋아하냐 같은. 동생의 종교관은 다원화되는 요즘 세상과 잘 어울리는 것 같았다. 미국에서 살고 있는 두 동생들도 종교가 각기 달랐다.

스님들이 법당으로 들어왔다. 제사를 시작하는 목탁 소리가 울렸다. 스님의 목탁 소리와 염불 소리를 들으며 동생이 하는 대로 일어났다 앉았다 하는 동작을 반복하기도 하고, 거북이처럼 바닥에 엎드려 머리를 조아리기도 했다. 그러나 한문으로 된 불교 의식은 도통 알아들을 수가 없었다. 지루한 의식이 어서 끝나기만을 기다리던 내가 퍼뜩 정신이 든 것은 스피커에서 나오는 큰스님의 녹음 법문을 들을 때였다.

"생종하처래 사향하처거(生從何處來 死向何處去), 태어남은 어디서 오며 죽음은 어디로 가는가."

외할아버지의 꽃상여 위에서 본 한문 구절이었다. 그때 처음 보았던 그 문장을 나는 잊지 않고 있었다. 나는 숨을 죽이고 녹음테이프에서 흘러나오는 법문에 귀를 기울였다.

바다 건너 그곳

바다 건너 그곳

　교동도는 세 번째 방문이었다. 내가 바다를 처음 본 것은 아마 태어나자마자였을 것이다. 바닷가 마을에서 태어났으니까 말이다. 여름이면 바다에서 살다시피 했다. 물결을 따라 밀려온 고동과 조개껍데기들이 모래톱 위에 기다란 줄을 만들었다. 고동을 깡통에 담아 들고 오면 어머니들이 해감을 해서 삶아 주었다. 오후반 아이들끼리 바닷가에서 놀다가 지각을 한 적도 있었다. 한참 재미있게 놀고 있는데 한 아이가 학교에 늦었다, 소리를 질렀다. 몇 시인지 알 수는 없었지만 이글이글 타오르는 해가 정수리 위에 떠 있었다. 각자 집으로 달려가 가방을 둘러맸다. 어머니들은 어디로 갔는지 문이 활짝 열린 집들은 텅 비어 있었다. 학교를 향해 정신없이 질주하다가 산 고개를 넘을 때에야 옷을 안 입고 왔다는 것을 알았다. 바닷가에서 놀던 대로 팬티만 입고 학교에 갈 수는 없었다. 팬티만 입은 꼴을 서로 바라보고는 깔깔 웃으며 다시 집으로 돌아왔다.

　그 신비하고 재미있는 놀이터, 바다가 무서운 얼굴을 드러낸 것은 여름 방학 때였다. 나는 물가에서 물장구를 치다 해변 둔덕에 누워 구름을 보고 있었다. 파란 하늘에 하얀 뭉게구름이 둥실둥실 떠 있었다. 어린 날엔 그렇게 구름을 바라보는 일이 많았다. 마루에 누워도 구름이 보였고, 마당 평상 위에서도 보았고, 언덕에 누워서 흘러가는 구름을 보는 날도 있었다. 그 시절엔 높은 건물들이 없었다. 사람들의 시야에 들어오는 대상은 지상의 것들보다 하늘이 차지하는 비율이 훨씬 컸다. 마을에서나 학교에서나 길에서나 드넓은 하늘과 구름이 두 눈 가득 들어왔다. 시간이 멈춘 듯한 바닷가에서 무료함을 달래며 시시각각 모양이 달라지는 구름을 보고 있을 때였다. 어디선가 울부짖는 소리가 들렸다. 저 멀리 방파제 위에 사람들이 모여 있었다. 바다가 깊어 아이들은 가지 않는 곳이었다. 앞서 뛰어가는 아이들을 따라 나도 달렸다. 아이들이 달려가는 동안에도 울부짖는 소리는 계속 들렸다. 달려오는 아이들을 향해 어른들은 오지 말라고 소리를 질렀지만 아이들은 달리기를 멈출 수 없었다. 어른들이 빙 둘러 선 틈으로 가마니에 덮인 주검이 두 발을 오도카니 가마니 밖으로 내밀고 있는 것을 보았다. 허연 두 발이 얼마나 큰지 거인의 발 같았다. 두 발 밑에서는 아주머니가 데굴데굴 구르며 울부짖고 있었다. 하필이면 왜 누나네 집에 놀러 와서 죽냐. 막내야, 네가 나와 무슨 원수가 져서 이 누나한테 와서 죽냐고. 서울에서 놀러 온 대학생이 헤엄을 치다 죽었다. 나중에 도착한 순경 아저씨가 쫓아내는 바람에 아이들은 집으로 발걸음을 돌려야 했다.

　돌아오는 길엔 뜨거운 햇볕이 사정없이 쏟아져 내렸다. 가마니 밑에 있는 대학생이 얼마나 갑갑하고 더울지 걱정이 되어서 자꾸 숨이 막혔다. 타는 듯 뜨거운 한낮의 열기가 주검을 녹여버릴 것 같았다. 나는 며칠을 앓아누웠다. 가마니 밖으로 나온 두 발이 밤낮으로 어른거렸다. 잠을 자다가 한밤중에 일어나 꺼이꺼이 울어대는 바람에 식구들이 고생을 했다. 가까스로 자리를 털고 일어나 다시 바다로 나갔을 때 나는 바다가 끝나는 먼 곳을 바라보았다. 그 전에 나는 먼 바다를 볼 줄 몰랐다. 어린 나에게 바다는 마을 아이들이 노는 모래밭과 바닷가와 둔덕이 전부였다. 그런데 그때부터 나에게는 해변을 지나 드넓은 바다 아득히 멀리 수평선 너머를 바라보는 버릇이 생겼다. 나는 죽은 대학생이 바다 건너 먼 세상으로 갔다고 믿었다. 푸르른 바다 너머 아득히 먼 그곳은 청량한 세상일 것 같았다.

학년이 올라갈수록 나는 바다 건너 먼 그곳을 바라보는 일이 잦아졌다. 그리움이나 안타까움, 슬픔 같은 감정들이 일어날 때면 나는 바닷가로 달려가 그곳을 바라보았다. 내가 기르던 병아리와 강아지가 죽었을 때 나는 그들이 그곳으로 갔다고 믿었다. 태어났을 때부터 단짝이었던 동갑내기 복희가 이사를 갔을 때도 복희와 놀던 시간들은 그곳에 머물고 있을 거라고 믿었다. 장독대 아래서 날마다 펼쳤던 우리들의 소꿉놀이가 자취 없이 사라진다는 그 허무를 도무지 용납할 수 없었다. 악다구니를 쓰는 어른들의 세상을 이해할 수 없을 때도 나는 그곳을 바라보았다. 나의 사고와 감정은 시간을 따라 확장이 되었지만 바다 건너 그곳은 무한의 공간이었다. 내 머리로 도무지 이해할 수 없는 갖가지 의문들과 감당할 수 없는 감정들을 그곳에선 훤히 알고 있을 거라고 믿었다. 아무튼 어린 내게 바다 건너 그곳은 세상의 시원이었고, 모든 것들이 상존하는 이데아의 세계였다.

고향 마을에 있던 바다는 내가 중학생이 되었을 때 사라졌다. 산을 깎아 바다를 매립하면서 마을도 없어졌다. 그렇지만 내가 다닌 중, 고등학교에서도 바다가 보였고, 운동장 조회 때마다 부르던 교가에도 첫머리에 바다가 언급되었다. 바람이 부는 날 복도에서 내다보면 파도가 하얗게 너울지며 몰려오는 게 보였다. 저녁에는 바다 노을빛이 교정을 온통 붉게 물들였다. 나는 날마다 바다를 바라보았고, 바다 멀리 아득한 그곳이 내게는 여전히 인간의 인지를 초월한 무한하게 열린 시공간이었다. 슬픔이나 의문의 불길에 휩싸여 숨이 턱턱 막힐 때, 내가 조급증에 시달릴 때 나는 그곳에다 내 모든 것들을 유예시킬 수 있었다. 출렁이는 바다 멀리 아득한 하늘 끝에 있을 어떤 세상은 내가 상상하고 바라는 모든 것이었고, 인간 이성 너머의 어떤 곳이었다. 고등학교를 졸업하고 한동안 나는 바다와 멀어졌다. 그러나 그때도 나는 위험에 부닥칠 때면 바다를 찾았다. 도무지 뚫을 수 없는 철벽에 갇힌 듯 내 영혼이 막막했던 어느 시기에는 폭우처럼 쏟아지던 내 형이상학적 질문에 답을 준 곳도 그곳이었다.

어른이 되면 확연하게 그 정체를 드러낼 것 같았던 세상은 어린 시절이나 학생 때보다 오히려 더 복잡하고 혼돈스러웠다. 바다 건너 그 먼 곳을 자주 바라보다가 어느 때부터인가 나는 바다 건너 섬들을 다니기 시작했다. 우리 도시에 부속된 섬은 유인도만 서른 개가 넘었다. 어떤 섬들은 백 번도 더 갔고, 어떤 섬은 수십 번을, 어떤 섬은 한 번 다녀왔다. 배를 타고 섬으로 가는 길은 아웅다웅 복닥거리며 살고 있는 지구를 빠져나가는 일이었다. 거미줄처럼 나를 사로잡고 놓아주지 않던 잡다한 번뇌와 망상 같은 것들은 바닷바람이 흩어버렸고, 육지에서는 심각했던 일들이 섬에서는 도무지 별 거 아닌 것이 되어버리기 때문이었다. 신기하게도 섬에서는 타인은 물론 나 자신의 누추함과 부끄러움에도 너그러울 수 있었다. 배를 타고 떠나는 탈 일상의 섬 여행이 나를 건강하고 무사하게 일상으로 복귀시키는 역할을 톡톡히 해냈던 것이다.

인생의 중반을 넘고 넘어 끝 지점에 더 가까이 다가선 지금에 와서 돌이켜보면 바다가 있는 마을에서 태어난 것이 내게는 행운이었다. 마음에 새겨지는 번다한 것들이 나를 할퀴지 않은 것은 모래밭에 새겨놓은 글씨가 물결 따라 사라지는 것을 일찍부터 보아버린 덕분이었다. 내가 아프지 않고 직장 생활을 오래 견딜 수 있었던 것도, 결코 호의적이지 않은 세상살이를 무난히 넘기며 지낸 것도 바다와 섬들이 품은 여백 때문이었을 것이다. 그러나 바다 건너 아득히 먼 그곳에 대한 기억들은 아직 그대로 남아 있어서 나는 여전히 바다와 섬을 버릇처럼 맴돌고 있는 것이다.

교동대교에서 바라보는 바다는 검푸르렀다. 그 빛깔 때문에 우리 도시 인근 바다는 종종 더럽다는 오해를 받는다. 그러나 조류가 세고, 조차가 커서 비록 투명도는 낮지만 그로 인해 오히려 좋은 수질이 유지된다고 한다. 탁도가 높아 생물들이 산란하고 서식하기에도 최적의 환경이라는 것이다. 썰물 때면 넓게 드러나는 검은 갯벌과 움죽움죽 밀려드는 검은 밀물은 내게 익숙한 풍경이었다. 맑고 짙푸른 동해 바다를 보았을 때 나는 동해 바다가 낯설고 기이했다.

　오래 전에는 배를 타고 교동도엘 왔었다. 군사보호지역이라 아무나 들어갈 수 없는 곳이었다. 교동도에 거주한다는 지인의 먼 지인의 주소를 알아내서 그 먼 지인을 의지처로 삼아 교동도에 들어올 수 있었다. 삼엄한 경계와 긴장 속에서 군인들의 검문을 받아야 했다. 교동에 살고 있는 친척을 방문하러 온 것처럼 둘러대느라 지인의 먼 지인의 전화번호를 대며 분주했던 기억이 난다. 그렇게 어렵게 들어왔는데 막상 내가 섬에서 본 것은 철책선 너머에서 출렁이는 빈 바다와 평범한 농촌 마을뿐이었다. 출입이 제한된 섬으로 바람을 쐬러 간 것, 그 이상의 의미는 없는 여행이었다. 얼마 전에는 교동 다리가 개통된 걸 보기 위해 찾아왔었다. 여느 관광객들처럼 전쟁 때 이북에서 온 피란민들이 만들었다는 대룡시장을 구경하고 인근에서 점심을 먹었다. 시장 구경 말고는 달리 본 게 없었다.

　교동대교를 건넌 승합차가 우리를 바닷가에 내려놓았다. 겨울이 끝나가는 계절이었다. 구름 한 점 없이 맑은 날이지만 기온은 아직 낮았다. 바람이 세차게 불어서 더 춥게 느껴졌는지 모른다. 매운바람에 놀란 몇몇은 금방 승합차로 돌아가 버렸다. 맹추위가 이어졌던 지난겨울 날씨가 남긴 유빙이 스티로폼 조각처럼 바다에 둥실둥실 떠 있었다. 그 바다 건너가 바로 북한 땅이라고 했다. 파도가 허옇게 높이 일긴 했지만 북한

이 너무나 가까워서 놀랐다. 급하게 가방에서 카메라를 꺼냈다. 이남에서 보는 북한 땅은 헐벗은 산이나 스산한 유령 마을이 전부인 줄 알았는데 망원렌즈에 잡힌 북한 마을은 남한의 여느 농촌과 비슷했다. 연거푸 셔터를 눌렀다. 카메라를 든 손이 아리도록 시렸다.

"저기가 북한 어디쯤인가요?"

누군가 질문을 했다.

"연백평야예요."

나는 하마터면 카메라를 떨어뜨릴 뻔했다. 추위에 손이 곱기도 했지만 연백이라는 지명에 놀란 것이었다. 연백 땅을 보게 될 거라는 건 상상도 못한 일이었다.

연백군은 아버지가 두고 온 땅이었다. 집에는 황해도나 연백군, 글자가 찍힌 수건이 많았다. 황해도 도민 체육대회, 연백군민회 회장 아무개, 연백군 향우회 누구, 수건에 적힌 그 글씨들이 빨랫줄에 매달려 출렁일 때면 나는 가슴이 먹먹했다. 내가 아주 어렸을 때 아버지는 술에 취하면 엉엉 큰소리로 울었다. 이북 고향 생각이 나서 그런 거라고 어머니는 잔뜩 골을 내며 말했지만 나는 하늘이 무너지는 것처럼 무서웠다. 내가 학교에 들어가고부터 아버지는 더 이상 울지 않게 되었는데 그 대신 아버지는 내가 학교에서 가지고 온 지리과 부도를 펼쳐보기를 즐겨 했다. 내가 아버지더러 무엇을 보냐고 물으면 아버지는 황해도 땅이라고 대답했다.

아버지가 들려주는 황해도 땅은 복잡했다. 아버지의 황해도 이야기에서 어느 날은 연안이 등장했고 다른 날엔 배천이 그리고 벽란도와 예성강이 나오고 개풍과 개성도 나왔다. 지리과 부도에선 벽란도나 개풍, 개성은 경기도였지만 아버지에게는 그곳도 황해도였다. 나중에야 아버지의 복잡한 황해도가 정리되었는데, 아버지는 개풍에서 태어나 자랐고,

아버지의 큰누나가 벽란도로 시집을 갔고, 아버지가 양자를 간 곳이 배천이었는데, 연안과 배천을 합쳐서 연백으로 불렀다는 사실을 알게 된 것이다. 아버지의 황해도에는 기름진 들판이 지평선 가득 펼쳐지고, 봄이면 복숭아꽃이 지천으로 피었고, 일 년 내내 뜨거운 온천물이 흘렀다. 물고기는 너무나 흔해서 아무에게나 퍼 주었고, 어머니 손을 잡고 찾아가던 아버지의 외갓집은 대궐 같은 기와집이었다. 아버지는 이 세상에서 황해도만큼 살기 좋은 땅은 없다고 했다. 나도 심심할 때면 지도를 펼쳐놓고 아버지의 황해도를 들여다보았다. 아버지가 걸었던 산길과 들판과 강변과 바닷가가 보이는 것 같았다. 아버지의 친척들이 두런두런 이야기를 나누는 소리도 들리는 것 같았다. 지도를 오래 들여다보고 있으면 해주와 연안, 배천, 벽란도와 개풍에 살고 있다는 큰아버지와 고모와 사촌 형제들과 아버지의 당숙과 아버지의 외가 친척들이 지도에서 와락 튀어나올 것만 같았다.

"내 어린 시절엔 북한이 이쪽보다 잘 살았습니다. 컴컴한 밤에 이쪽에서 보는 북한은 불빛이 찬란한 부촌이었지요. 70년대까지 그랬어요. 여긴 칠흑인데 저쪽에선 밤마다 불야성을 이루었지요."

교동의 향토사를 연구한다는 노인은 목소리가 우렁찼다. 나는 그의 주위에 몰려 있는 사람들을 뚫고 노인 곁으로 다가갔다.

"이 교동도가 현재 행정구역상 주소는 인천광역시 강화군 교동면이지만 전쟁 전까지는 강화가 아니라 연백군에 속했습니다."

연백이라는 지명이 나를 다시 긴장시켰다. 전쟁 전에는 교동과 강화 사이에는 교류가 없었다는 것이다. 강화는 물살이 세서 배가 접근하기 어려웠고 연백 쪽으로는 물이 빠지면 걸어갈 수 있었다. 아버지가 살아 계셨더라면 당장 전화를 걸어 북에 살 때 교동에 오신 적이 있었냐고 물었을 것이다.

"그래서 교동에서 물류이동이나 물물교환 같은 건 전부 연안읍성에서 이루어졌지요. 자연히 교동 사람들의 생활은 모든 게 연백과 이어졌더랬지요. 교동 문화는 북방 계통의 황해도 문화였습니다."

교동의 문화가 북방 계통이라는 걸 증명이라도 하듯 노인의 말투에선 억센 이북 억양이 드러났다.

교동이 연백군에 속했다는 설명을 들을 때까지만 해도 나는 돌아가신 아버지만 생각했다. 그런데 전염병 이야기가 나왔을 때 나는 마침내 들고 있던 카메라를 놓치고 말았다. 손이 꽁꽁 얼었던 것이 문제였으리라.

"전쟁 때 3년간 비가 내리지 않아서 흉년이 들고 전염병이 퍼졌지요. 전쟁이 나던 해 콜레라가 돌고 51년, 2년에는 홍역과 마마가 번졌지요. 홍역과 마마로 많이 죽었어요. 그 전염병이 다 쓸어낸 집안도 있었지요. 홍역과 마마가 창궐하고 3년 내내 흉년이 들어서 섬 전역에서 울음이 그치지 않았어요. 들판에 난 쇠비름으로 죽을 쑤어 먹거나 이북 피난민들이 밤에 몰래 연백으로 건너가서 구해 온 쌀로 목숨을 건졌지요."

카메라는 언 땅 돌멩이 모서리에 세게 부딪친 것 같았다. 진즉에 카메라를 가방에 넣었어야 했다. 그런데 노인의 말을 놓칠세라 카메라에 신경을 쓰지 못했던 것이다. 발밑에 나동그라진 카메라를 경황없이 내려다보고 있는데 곁에 서 있던 이가 카메라를 들어 올리고서는 이리저리 살폈다. "렌즈가 깨진 것 같아요." 나는 고맙다는 표시로 고개를 끄덕이고는 카메라를 받아 가방에 넣었다. 일행을 따라 차에 올라서도 나는 기운을 차릴 수 없었다. 머리가 깨질 듯 아프고 현기증이 났다. 망가진 카메라 때문만은 아니었다. 일행을 태운 승합차는 교동 바닷가를 달렸다. 나는 어지러움증에서 좀체 벗어날 수 없었다.

연백군이었던 그곳에서도 같은 시기에 홍역과 마마가 창궐했을 테고,

어린 아기가 먼저 죽고 연달아 그분도 돌아가셨을 게 확실했다. 우리 형제들은 그분들의 존재를 몰랐다. 그분들은 우리가 벌인 굿판에서 처음으로 알려졌다. 만약 그때 굿을 하지 않았더라면 우리 형제들은 그분들을 전혀 몰랐을 것이다. 우리가 굿을 하다니, 그것은 누구도 예견하지 못한 일이었다. 굿에 대해서 나는 부정적인 이미지를 갖고 있었다. 하지만 우리는 그때 굿을 했고 조상굿을 할 때 전염병으로 돌아가신 그분들이 자신들의 존재를 드러냈던 것이다.

"언니, 우리가 어제 입춘맞이굿을 했거든."

동생은 시어머니가 굿을 좋아해서 질색을 했다. 무슨 일만 생기면 무당집으로 쪼르르 달려가시는 거야. 사람이 살다 보면 몸이 아플 때도 있고 안 좋은 일도 일어나고 하는 거지. 동생은 친정에 올 때마다 시어머니 흉을 보았다. 무당집을 다니면서 위로도 받고 힘을 얻는다면 그것도 그 양반 취미인데 네가 맞춰 드려야지. 사돈이 하시자는 대로 따라라. 어머니가 동생을 달랬다. 어머니도 젊은 시절에는 이웃들과 어울려 무당집엘 드나들었다. 옛날에는 마을마다 단골 무당집이 있었어. 무당집에 가서 신년 운수도 보고 치성도 드리고 무꾸리도 하고 다들 그렇게 살았지. 지금에야 곳곳에 교회도 있고 성당도 있지만 그 시절엔 다들 무당집엘 다니며 그렇게 살았던 거야. 어머니가 옛날부터 내려오던 풍습이라고 말해도 동생은 불평을 했다. 그런 동생이 굿 얘기를 꺼낸 것이다.

"첫 거리에서부터 친정아버지에게 변고가 있을 거라고 딱 짚어 공수를 내리더라니까."

동생은 말끝에 아버지를 위해 액막이굿을 하겠다고 했다.

"여덟 시까지 굿당으로 와. 아침은 안 먹고 와도 되거든. 굿당에서 먹을 테니까."

굿당이라는 단어가 참 생소했다. 예배당, 성당, 굿당, 그런 공간들이 새삼스럽게 느껴졌다. 그곳들은 인간의 그림자를 길게 드리우고 있는 은밀한 장소들 같았다.

돈만 내면 굿상을 차리는 거며 식사며 모든 게 해결된다는 얘기도 덧붙였다. 우리는 몸만 갔다 오면 되는 거야. 예전에는 집에서 굿을 하니까 상도 차리고 무당이며 찾아오는 손님들 치다꺼리가 여간 힘든 게 아니었대. 하루, 이틀도 아니고 사흘 밤낮을 꼬박 새우며 굿을 하는데 무당을 찾아가서 굿 날을 받아오는 것부터 시작해서 제물을 준비하고 굿 시중을 들고나면 완전히 녹초가 되었다는 거야. 그래서 우리 시어머니는 하도 굿하는 게 힘들어서 시할머니 돌아가시자마자 삼 년에 한 번씩 하던 굿을 그만 두었다는 거야. 그러다가 예술회관으로 외손주 따라 공연을 보러 갔는데 마당에서 굿을 하더라나. 거기서 김 만신을 만나서 요즘은 굿당에서 굿을 해 준다는 말을 듣고 아주 기쁘셨다는 거야. 다시 굿을 시작해도 되겠구나 싶어서 발을 들여놓은 거래. 우리 시어머니는 조상 대대로 해 오던 굿을 자기가 끊었기 때문에 그 많던 땅을 남의 손에 넘기게 되었다고 믿고 계셔. 지금처럼 굿당에서 다 알아서 해 주었더라면 굿을 그만두지 않았을 거래. 동생은 청하지도 않은 집안사를 장황하게 늘어놓았다.

동생이 일러준 대로 음식점 앞에 차를 주차시키고 산길을 조금 더 올라야 했다. 텃밭에 푸성귀가 심어져 있는 평범하고 낡은 살림집이었다. 금방이라도 주저앉을 듯 균열이 가고 노후된 낮은 담장이 마당과 바깥을 경계 짓고 있는 집안으로 들어섰다. 굿당이라는 표시를 어디서 찾아야 하나, 두리번거리다 마당 귀퉁이에 서 있는 나무를 발견했다. 오색 헝겊 조각들이 나무에 치렁치렁 매달려 있었다. 어린 시절 살았던 마을 고갯마루에 있던 서낭당과 흡사한 광경이었다. 두구당, 두구당 장구소리가 울렸다. 소리를 따라 걸어가 촛불이 어둑한 방 안을 들여다보았다. 둘러앉은 사람들 속에 아는 얼굴이 없었다. 집 옆으로 함석지붕의 별채가 보였다. 후미지고 귀중중한 곳에 위치한 그 별채 문 앞에 벗어 놓은 신발들이 수북했다. 그곳으로 가서 기웃거렸더니 동생이 먼저 알아보고 손짓을 하였다. 어머니도 와 있었다. 울긋불긋한 무신도가 걸려있고 떡과 과일 같은 제물이 차려진 제단이 윗목을 차지하고 아래에서는 아침을 먹고 있었다. 우리 식구를 빼고 무당 일행만 해도 여남은 명은 되어 보였다.

다앙, 다앙 느리게 울리는 장구 소리를 신호로 나이 지긋한 무녀가 부채와 상쇠방울을 잡았다. 화려한 무복을 걸친 무녀는 훤칠한 키에 얼굴이 갸름하고 인상이 부드럽고 온화했다. 무당은 눈 꼬리가 매섭게 올라가고 귀기가 서리거나 요사스런 얼굴을 가져야 할 것 같았다. 아마도 그 시절 비디오테이프를 틀면 어김없이 나오던 경고 만화 속 무당의 모습 때문에 그런 선입견이 생겼는지 모르겠다. 그런데 가까이에서 본 무당들의 얼굴은 지극히 평범해 보였다. 장구와 제금이 시끄럽게 울리는 속에서 어머니가 나를 툭 쳤다.

"아니, 왜 이렇게 굿판을 크게 벌이는 거야?"

어머니는 나를 책망했다.

"아버지가 나쁘다는 데 어떻게 안 해요."

나는 어머니를 달랬다.

"간단히 한다더니 크게 벌이고 있잖아. 언니인 네가 말렸어야지."

"엄마 몰래 하지 그랬어?"

하릴없이 동생에게 타박을 주었다.

"굿하기 전에 먼저 동티를 잡아야 한다고 해서 엄마한테 말하지 않을 수 없었어. 엄마네 집 고친 걸 만신이 알더라고. 벽도 헐고 나무도 새로

들이고 쇠도 박았으니까 동티가 난 것 같대."

부모님 두 분이 살고 있는 집이 지은 지 오래 된 구옥이라 생활하기 불편하고 겨울에 춥고 해서 집을 수리해 드렸다. 다락을 없애고 부엌 천장을 높여 욕실과 화장실을 만들고 마루를 뜯어내고 주방과 거실로 바꾼 게 지난가을의 일이었다.

"팥하고 수수 같은 붉은 것을 넣고 오곡을 볶아서 집안에 연기를 자욱이 내어 동티를 잡아야 한다나. 엄마한테 얘기했더니 아시던데. 그래서 엄마더러 하시라고 할 수밖에. 그리고 말 나온 김에 여기까지 모셔왔지."

"부정 타게 뭐예요? 정성을 드려야지."

막내가 어머니에게 조용히 핀잔을 주었다. 대학에서 풍물패 활동을 했던 막내는 굿에 호의적이었다. 어머니는 영 마뜩잖은 얼굴이었다. 자지러지던 장구 소리, 제금 소리가 갑자기 뚝 멈추었다.

"어서들 일어나. 공수를 내릴 거야."

둘째는 능숙하게 비손을 하였다. 나와 막내도 엉거주춤 일어나 어색하게 손바닥을 비벼댔다. 만신은 가쁜 숨을 몰아쉬며 말했다.

"너희들이 굿을 벌여놓고 잘 했느니, 못 했느니, 의견이 분분하구나. 하지만 잘 한 일이다. 이 정성을 드리니 신통하고 신통하다. 고맙고 고맙다. 우리 신령님들이 모두 기뻐하신다."

나는 깜짝 놀랐다. 귀청이 떠나가라 쳐대는 장구와 제금 소리에 우리들이 귓속말로 소곤거리던 소리가 들렸을 리 만무했다. 만신은 구석에 앉아 있는 어머니에게 다가갔다. 어머니는 마지못해 자리에서 일어나 두 손을 모았다.

"무당들이 앞날을 어찌 알 것인가 의문이 가시지요? 하지만 우리 무당들이 어찌 있지도 않을 일을 거짓으로 말하겠습니까? 우리는 그런 사람들이 아니니 걱정을 놓으시고 정성을 쏟으셔야지요. 이번 굿 잘 하

는 것이니 의심일랑 버리시고 기쁘고 고마운 마음으로 정성을 드리셔
야지요."

속내를 들킨 어머니는 면구스러워 했다.

만신은 맏이인 나에게 다가와 내 손을 꼭 쥐고는 지긋이 나를 바라보
았다. 그가 내 마음속을 훤히 꿰뚫어 볼 것 같아 두려웠다. 내시경으로
보듯 숨기고 싶은 부끄러운 것까지 들여다볼 것만 같았다. 하지만 그는
복잡한 내 마음을 상세하게 들춰내긴 했지만 나를 책망하거나 비난하
지는 않았다. 누가 그에게 내 신상을 미리 알려 준 것도 아닐 텐데 내 생
활을 낱낱이 끄집어내는 게 신기했다. 만신은 건강을 잘 챙기고 남편과
사이좋게 지내라는 위로와 당부를 하고는 둘째에게 다가갔다. 둘째의
근심은 시집 식구들과의 잡다한 갈등이었다. 시부모 모시고 사는 게 힘
들겠지만 그 덕을 톡톡히 보게 될 것이며 얼마 전 공장 자리에 만든 주
차장에도 차량들이 꽉꽉 차게 될 것이라고 기분 좋은 예언을 들려주었
다. 막내는 공수를 받기 위해 만신 앞으로 성큼 걸어 나와서는 부지런히
비손을 했다. 막내는 만신의 신통력에 잔뜩 기대를 걸고 있는 것처럼 보
였다. 만신은 막내에게 대뜸, 남편이 어린애처럼 굴어서 성에 차지 않아
한다고 해서 우리를 웃음 짓게 만들었다. 그는 막내의 좋지 않은 건강에
대해 염려하고 주의 사항을 알려 준 다음 바깥양반이 직장에서 경쟁이
심하구나, 해코지하는 사람이 있구나, 하면서 막내의 남편에게로 주의
를 옮겨갔다. 아, 네, 알고 있어요. 막내가 고개를 끄덕였다. 그 사람이
다른 부서로 옮길 터이니 얼마간 더 참고 견디라 하여라. 아, 저런 술 먹
고 늦게 다니지 말라고 해야지. 막내가 환하게 웃었다.

김 만신이 첫 거리를 끝내고 다른 만신들이 나섰다. 김 만신과 연배
가 비슷해 뵈는 무녀들이 굿 한 거리씩을 했다. 무녀들은 김 만신이 했
던 것처럼 어머니에게 다가가서 당부했다. 이번 정성 바치지 않았으면

우리 아버님 올해를 넘기시지 못하셨을 겁니다. 이제 조금 있으면 딸들에게 고맙고 무당에게 고맙고 신령님에게 고마운 마음 들 것이니 쓸데없는 일을 하는구나 하는 불안과 우려는 버리시고 즐거운 마음으로 정성을 드리십시오. 어머니는 그런 무녀들에게 네, 죄송합니다. 네, 알겠습니다. 네, 고맙습니다, 하면서 고개를 조아렸다.

　무녀들과 악사들이 쉬는 틈에 우리는 밖으로 나왔다. 마당으로 눈부신 햇살이 쏟아져 내리고 있었다. 남루하고 초라한데다 괴기스럽기까지 했던 굿당이 어느새 여느 시골집처럼 편안하게 느껴지게 된 것은 화창한 날씨 때문이기도 했고, 굿에 대한 두려움과 긴장이 풀렸기 때문이기도 했을 것이다. 어머니는 마당가에 노랗게 핀 씀바귀 꽃 앞에서 얼굴이 밝아졌다. 하지만 동생이 "엄마, 굿을 하기 잘 했지요? 정말 잘 맞추지요?" 했을 때 "그런 것도 못하면서 어떻게 남의 돈을 먹을 수 있겠냐? 무당들이 지나간 것은 다 맞춘다. 그렇지만 앞으로 다가올 일들은 무당들도 몰라." 하면서 심드렁하게 말했다. 어머니는 무당들 앞에서는 어쩔 수 없이 고개를 숙였지만 큰 굿을 벌인 게 여전히 못마땅한 눈치였다.

　눈매가 초롱초롱한 젊은 무녀가 입고 있던 물빛 한복 위에 남색 전복을 걸치고 굿판에 나섰다.

　"굿 잘 하고 영험하기로 이름 난 무당이래."

　동생이 내 귀에 대고 속삭였다. 한참 울려대던 장구와 제금 소리가 일순간에 그치고 무녀는 어머니 앞으로 우르르 달려와서는 털썩 주저앉았다.

　"하얀 바지저고리를 입은 젊은 청년이 왔네요. 누구지요? 열여섯, 열일곱 쯤 되어 보이는데 어머니 같기도 하고 누이 같기도 하다는데."

　"이게 누구야? 우리 동생 아냐? 동생이 왔나 보네."

　어머니는 "우리 동생, 우리 동생." 하면서 무녀의 손을 잡고 흐느꼈다.

그러자 그 무녀도 "아이고, 우리 누님. 우리 누님." 하면서 통곡을 했다. 어머니와 무녀는 오래 헤어졌다 만난 남매처럼 서로 부둥켜안고 서럽게 울었다. 무당들과 악사들도 눈시울이 붉어지고 어리둥절하던 우리 형제들도 눈물을 흘렸다.

"그 곱던 누님이 이렇게 몰라보게 늙으셨네요. 내가 먼저 갈 때 누님이 애가 타서 통곡을 했는데, 아, 그때 내 가슴이 미어졌는데. 누님, 우리 어머니 같으신 누님."

"네가 갈 때 나도 같이 가자고 했는데. 금방 따라 가고만 싶었는데. 일찍 어머니를 여의고 우리 남매 의좋게 살았는데 어머니가 돌아가실 때 일곱 살 어린 내 손을 꼭 쥐고 네 살 난 너를 부탁했건만 다 키워 놓고 열여섯 장성한 너를 죽이면서 내가 얼마나 애가 탔던지. 얼마나 아까웠던지. 나도 그 길로 가고 싶었는데 나는 목숨이 질겨 그때 생긴 속병을 끌어안고 아직도 살고 있구나. 원수 같은 전쟁 때문에 동네 사람들도 모두 피난을 가고 의원들도 피난을 가고 굴다리에 폭탄 떨어지는 밤에 너 죽어갈 때 아버님은 한숨만 쉬고 나는 울고 그때가 어제 같은데 지금 세상만 같아도 너를 살렸을 텐데 너무나 원통하게 너를 죽여서 내 평생 가슴에 한이 되었더니 네가 왔구나, 네가 왔구나, 나의 동생아."

어머니는 신경정신과 약과 소화제를 달고 살았다. 이 약은 내가 죽을 때까지 먹어야 한다더구나, 어머니는 약 봉지 앞에서 한숨을 짓곤 했다.

"누님, 누님, 우리 누님, 누님이 시집을 가서 잘 살고 있으니 그것으로 나는 기쁘네. 나의 조카들아, 내가 네 외삼촌이다. 고맙다. 내가 너희들을 생전에 만난 적은 없지만 이렇게 잘 자라 우리 누님 잘 모시고 있으니 고맙다. 우리 누님 잘 모시어라. 누님 잘 살아야 해요. 우리 조카들 효도 받고 속병일랑 씻은 듯이 나아서 오래오래 살아요."

죽은 외삼촌이 된 무녀는 우리 형제들의 손을 일일이 잡아 보고 어머니의 손을 다시 잡아 보고는 눈물을 흘리며 돌아갔다. 장구와 제금이 울리고 거친 춤사위가 이어지더니 무녀는 이윽고 제단에 절을 하고 장삼을 벗었다. 무녀는 땀을 닦으며 어머니 곁에 앉았다.

"키도 크고 눈매도 서글서글하니 잘 생긴 청년인데 일찍 죽다니 너무 아깝네요."

어머니는 젊은 무녀의 두 손을 맞잡고 넋두리를 늘어놓았다. 우리 동생이 몸이 아파 누워 있었는데 의원도 피난을 가고 약방도 문을 닫고 온 동네가 피난을 가서 사람이 하나도 없었어요. 강원도에서 내려온다는 피난민들이 우리 동생을 들여다보고는 난초 뿌리를 삶아서 감주를 해 먹이면 낫는다고 하더라고요. 그래서 난초 뿌리를 삶아 먹였는데 금방 눈이 돌아가더니 숨을 헐떡이다 죽더라고요. 감주를 해 먹이라는 걸 그냥 달여 먹였더니 그 독 때문에 죽은 것 같아요. 감주를 해 먹여야 하는 걸. 내가 어리석게도 뿌리를 삶아 그냥 먹였더니 뿌리가 독해서 그 자리에서 숨이 끊어졌으니. 어머니는 말을 잇지 못하고 다시 흐느끼며 울었고 젊은 무녀는 어머니의 등을 토닥여 주었다. 생때같은 내 동생 죽여 놓고서 너무 억울해서 가슴을 치고 그 동생을 거적에 말아 아버지가 내가는데 내가 통곡을 하다 까무러쳐 드러누웠지요. 보는 이들마다 나도 죽을 거라 했다는데 나는 명이 길어 살았어요. 이 미련한 내가 급한 김에 그 독한 뿌리를 그냥 삶아 먹였더니, 내 동생 살리려고 했는데, 내가 동생을 죽였어요. 내가 죽였어요. 무녀는 어머니의 손을 잡고 다정하게 말했다. 동생분이 타고난 명이 그것뿐이니 그렇게 된 거지요. 좋은 곳에 가서 잘 살고 있으니까 죽은 동생 일은 잊으세요. 젊은 무녀의 위로를 받으며 어머니는 고개를 끄덕였다.

"엄마가 한풀이를 했으니까 굿 잘 한 거야."

막내가 내 귀에 대고 속닥였다.

몇 번의 굿판이 더 이어지고, 김 만신이 작두를 타고, 그렇게 시간은 급하게 흘렀다. 해가 뉘엿뉘엿 기울고 방 안으로 땅거미가 밀려들었다. 무녀들은 무신도며 알록달록 제물을 늘어놓았던 신단을 거두기 시작했다. 무녀들과 악사들뿐 아니라 우리들의 얼굴에도 피로한 기색이 역력했다.

 굿이 끝난 줄 알았는데 조상굿을 한다고 했다. 방문 앞에 따로 차려져 있던 작은 떡시루와 나물 접시들이 조촐하게 진설된 상이 조상 상이라고 했다. 김 만신이 연분홍 보자기에 싸인 커다란 옷 보따리를 풀었다.

 "조상님들이 오시면 옷을 새로 해 드리는 거지요. 아이 때 죽은 분들은 때때옷을 입혀 보내드려야 해요. 조상님들은 돌아가실 때 모습으로 찾아 오시니까요."

 여러 빛깔의 남자용 저고리와 바지, 여자들의 치마저고리와 아이들 색동옷들이 쏟아져 나왔다.

 "정말 죽은 사람의 혼이 있는 건가요?"

 "그분들은 어디에 있다가 찾아오는 걸까요?"

 내가 연거푸 물었다. 동생이 내 옆구리를 툭 쳤다. 김 만신이 나를 보고 빙긋 웃으며 대답했다.

 "우리는 신령님들이 시키는 대로 하는 거예요."

 조상굿에는 아담한 체구의 나이 든 만신이 나섰다. 동생은 그 무당을 소래 만신이라고 불렀다. 소래에서 살고 있어서 이름만 그렇지 황해도 만신이야. 여기서 나이 좀 드신 분들은 전부 황해도에서 피난 나오신 분들이야. 황해도 굿이 유명하거든. 동생은 묻지도 않은 설명을 덧붙였다. 아버지의 말처럼 황해도는 신비한 땅임에 틀림없었다. 장구와 제금이 울리고 격렬한 춤이 한참을 이어지더니 소래 만신은 춤을 멈추고 망자를 들이기 시작했다.

"허허허 내가 누구인 줄 아느냐? 나는 너희들 할아버지니라. 허허허 술 잘 먹고 노래 잘 하고 풍류 좋아하던 네 할아비다. 어째 네 아비도 나를 닮아 술을 많이 허지? 술 많이 한다고 타박 말아라."

잔뜩 긴장을 하고 서 있던 우리들은 할아버지가 호쾌하게 너털웃음을 터뜨리는 바람에 덩달아 웃음을 지었다. 할아버지의 혼이 실린 만신은 어머니 손을 잡고 반가워하고 어머니도 살아계신 시아버지를 뵙는 듯 고개를 조아렸다. 할아버지는 우리 삼 형제에게도 일일이 덕담을 들려 주고는 작별 인사를 하였다.

"잘들 살아라. 내 며늘아기야. 그리고 내 손주들아. 내가 본래 늠름한 사람인데 작별을 하려니까 눈물이 나는구나."

할아버지가 된 소래 만신은 연신 흘러내리는 눈물을 닦았다.

"할아버지 안녕히 가세요."

막내가 큰 소리로 인사말을 건네고, 소래 만신은 할아버지 몫으로 지어진 바지저고리를 휘휘 두르며 춤을 추어 할아버지를 보냈다.

할머니는 상냥한 성격이었는지 말씨도 나긋나긋하고 발걸음도 사붓사붓했는데 우리들을 하나하나 다정하게 안아 주었다. 그렇지만 온화했던 할머니의 얼굴은 금방 수심 가득한 얼굴로 바뀌었다. 아버지를 어려서 친척집 양자로 보내고 해질녘이면 아들이 보고 싶어 대문 밖으로 나와 먼 하늘을 바라보며 울었다는 할머니의 말에 우리도 눈물을 글썽이었다.

"나는 다리를 건널 때 폭격을 맞아 죽었다. 나다. 내가 왔다."

할머니를 보내 드리고 만신은 다시 춤을 추는가 싶었는데 느닷없이 고함을 지르고 가슴을 치며 통곡을 했다. 삼촌이 오셨구나, 나는 금방 눈치를 챘다. 삼촌이 된 만신은 목을 놓아 울며 겨우겨우 말을 이어갔다. 울부짖는 만신을 따라 방 안은 울음바다가 되었다.

"내가 정말 왔었다고 너희 아버지에게 전해라… 내가 왔었다는 증거를 하나 보여 주겠다. 네 아버지와 내가 헤어지기 전에 사진을 찍었다… 그 사진을 네 아버지가 가지고 있다… 그 사진 얘기를 하면 네 아버지가 진짜 내가 왔었다는 걸 알게 될 것이다."

"삼촌 말씀은 들었지만 사진은 못 봤어요."

막내가 눈물을 닦으며 말했다.

"아니다. 친구라고 속였지만 그게 나다. 네 아버지에게 말하면 안다. 그 말을 하면 진짜 내가 왔었다는 걸 너희 아버지는 알게 될 것이다. 아아, 우리 형님. 그리운 형님… 처음 뵙는 나의 형수님, 반갑고 고맙습니다. 그리고 나의 조카들아, 고맙다. 우리 형님 잘 받들고 잘 살아라."

삼촌이 된 만신은 눈물을 쏟으며 작별을 했고, 좋은 데로 가세요, 여기저기서 축원의 말들이 쏟아져 나왔다.

"동생은 국방군으로 끌려오고 형은 피난을 왔는데 잠깐 만났다는 거예요. 그러다 헤어졌는데 고향에서 같이 살았던 누가 그러더래요. 그 동생이 한강 폭격 때 죽었다고. 그게 사실이었네요. 혹시 어디 살아있지 않을까 하는 눈치였는데."

어머니가 눈물을 훔치며 삼촌에 대해 말했다.

"네, 그때 돌아가셨던 거예요."

소래 만신이 고개를 끄덕이었다. 어머니는 외삼촌이 찾아왔을 때처럼 서럽게 울었다.

"그런데 여기 웬 여자가 아까부터 서 있는데요. 서너 살쯤 되는 남자 아이를 안고 서 있는데요. 누구지요?"

만신은 우리를 둘러보며 물었다.

"누구신가? 아버지와 아주 가까운 사이라는데. 형제는 아니구요."

소래 만신은 재차 물었다. 남자 아이를 안고 서 있는 여자가 어디에 있다는 것인지 나는 허공을 휘휘 둘러보았다.

"누구지요? 생각나는 분 없으세요?"

만신은 안타까운 듯 다시 물었다.

"부인일 거예요. 피난 오기 전에 혼인했다는."

하는 수 없다는 듯 어머니가 모기만한 소리로 말했다. 우리 형제들은 어리둥절해서 서로를 바라보았다. 아버지가 피난을 오기 전, 북에서 결혼을 했었다는 사실을 우리는 알지 못했다. 그런 일은 상상조차 하지 않았다. 어머니는 무안을 당한 사람처럼 얼굴을 붉히고 여전히 작은 소리로 말했다.

"거기서 아들을 낳았대요. 피난 나올 때 부인이 아이를 업고 좇아오는 걸 금방 올 텐데 들어가라고 눈을 부릅떠서 돌아갔는데 그게 마지막이 되고 말았대요."

"맞아요. 금방 돌아오겠다고 간 사람이 영영 돌아오지 않아 눈물로 세월을 보냈답니다."

"지금 찾아오신 걸 보니까 그분들은 돌아가셨나 보네요."

둘째가 어머니의 눈치를 살피며 만신에게 물었다.

"아아, 나는 죽었느니라… 전쟁 뒤 얼마 안 있어 병에 걸려 죽었다… 우리 아이도 죽었느니라… 아들이 먼저 죽고 며칠 있다 나도 따라 죽었다. 전염병이었느니라… 홀로 그 고통을 견뎌내자니 어찌나 애가 타고 원망스러웠는지… 그 괴로운 심정을 어찌 누가 알겠느냐."

부인의 혼이 실린 소래 만신이 통곡을 했다. 어머니는 방바닥에 털썩 주저앉았다. 외삼촌을 맞이했던 무녀가 달려와 어머니를 벽에 기대게 하고 음료수를 권했다.

"이북에 살 때 그 부인에게 네 아버지가 자주 노래를 불러주었다. 논에 나가 일을 하면서도 들길을 걸으며 산길을 돌며 둘이 있을 때는 노래를 불러주었다. 피난을 와서도 부인이 그리워 술만 먹으면 노래를 불렀다. 그 부인이 생각나서 불렀다. 지금도 이북에 두고 온 부인과 아이가 생각나면 마음이 울적해서 공원을 헤매고 다니는구나. 먼 북쪽 하늘을 바라보며 그들을 그리워하느니라. 그 마음이 오죽 괴로운 줄 아느냐?"

우리는 만신이 일러주는 아버지의 그 노래를 짐작했다. 아버지가 술에 취하면 부르는 그 노래에 아버지의 지난 시간이 담겨 있었던 것이다. 아버지는 인근에 있는 공원에 자주 가셨다. 공원에서 아버지는 이북 땅을 걷고, 젊은 시절을 걸으며, 그곳을, 그 시절을 살다 돌아오시는 것인지도 몰랐다.

"나는 일찍 갔지만 오래오래 잘 사세요. 서방님에게 잘 해 주세요. 아버님 잘 보살펴 드리세요."

소래 만신은 흐느껴 울면서 어머니와 우리 형제들의 손을 잡고 일일이 작별 인사를 하였다. 어머니도 가까스로 일어나 만신의 손을 공손히 잡고 고개를 깊숙이 숙여 인사를 하였다. 무녀들도 울고, 악사들도 울었다. 커다란 수건에 얼굴을 묻고 엉엉 소리 내서 우는 무녀도 있었다. 부인의 몫으로 만신이 한복 더미에서 꺼낸 분홍 치마저고리 위에 어머니가 지폐를 올리고 우리 형제들도 연달아 노잣돈을 놓으며 "안녕히 가세요." 두 손을 모으고 고개를 숙여 인사를 하였다. 연이어 만신의 손에 색동저고리가 들려졌다. "나도 줘. 나도 까까 사 먹게 나도 돈 줘." 하며 만신은 어린 아이 흉내를 냈다. 어머니가 성큼 만 원짜리 지폐를 올렸더니 어린 아이가 된 만신은 바닥에 돈을 팽개쳤다. "이거 말고 까까 사 먹을 돈 줘." 우리가 어리둥절해 하고 있는데 장구 치는 노파가 소리를 쳤다. "어서 동전을 줘요." 내가 지갑에서 백 원짜리 몇 개를 꺼내어 색동옷 위에 올려놓았다. "아이 좋아라. 아이 좋아." 만신은 양손에 색동옷과 동전을 각각 쥐고 어린애처럼 폴짝폴짝 뛰었다. 그러나 만신의 아기 시늉에 웃음을 짓는 사람은 없었다. 잘 자랐으면 우리들의 오빠가 되었을 죽은 아이의 혼은 그렇게 잠시 소래 만신에게 실렸다가 우리 곁을 떠났다.

전혀 예상치 못했던 아버지의 전 부인과 아들의 출현은 우리 형제들의 넋을 절반 쯤 앗아 갔다. 이번에는 또 어느 분이 찾아오실 것인지, 자못 가슴을 졸이며 혼을 맞이하기 위해 격렬하게 춤을 추고 있는 만신의 동작이 멎기를 기다렸다. 소래 만신을 따라 외갓집 식구들이 찾아왔다. 외할아버지와 외할머니 그리고 전쟁 때 죽은 그 외삼촌이 차례차례 찾아왔다. 외삼촌이 돌아간 뒤 소래 만신은 이제 조상님들 영접은 얼추 끝났는가 싶은데 아직도 찾아오는 분들이 많다며 모두 영접할 수는 없지만 학생복을 입은 청년이 자꾸 앞으로 나서는데 누구시냐고 물었다.

"우리 사촌인가 봐. 우리 사촌이 왔나 보네."

어머니가 벌떡 일어나 만신의 손을 덥석 잡았다.

"소꿉동무처럼 함께 자랐던 우리 사촌, 우리 동네에서 신동이 나왔다고 했는데, 우리 가문에 인물이 나왔다고 했는데, 대학 가서 빨갱이가 되어 가지고 이북으로 간다고 했는데, 가다가 죽었다고도 하고 이북으로 갔다고도 했는데, 찾아오는 걸 보니 죽었나 보네. 혹 이북에 가서 출세도 하고 아들, 딸 낳고 잘 사나 했는데 죽었다는 말이 맞나 보네. 아이고, 가엾어라. 그 잘난 우리 사촌. 청춘에 죽었나 보네. 우리 사촌, 너무 억울하고 한이 맺혀 여기까지 찾아왔네. 시절을 잘못 만나 청춘에 원통하게 죽은 우리 사촌, 잘난 우리 사촌…."

어머니는 작은 집 장남이었다는 사촌에 대한 추억을 많이 갖고 있었다. 딸은 학교에 보내지 않던 그 시절 어머니에게 글자를 가르쳐 준 것도, 책을 갖다 준 것도 그 사촌이었다. 어머니의 사촌에게 좋은 옷을 입혀 보내야겠다며 만신은 하늘빛 바지저고리를 들어 올리고 우리는 우르르 몰려가 지전을 얹어 정성을 바치고 그의 명복을 빌었다.

"아직도 여러분들이 쭉 둘러 계신데 앞으로 나서는 분들이나 모시지 뒤에 서신 분들은 시간도 없고 내가 힘이 부쳐서 일일이 대접하지 못하겠네요. 저분들 다 맞으려면 오늘 날밤을 세워도 끝내지 못할 테니 그만 해야겠네요. 인연이 있는 분들이 방 안 가득 병풍을 친 것처럼 서 계십니다만…."

만신은 가쁜 숨을 몰아쉬며 우리를 바라보았다. 우리는 주위를 휘휘 둘러보았다. 만신에게 보인다는 그분들을 우리는 볼 수 없었다.

"그분들도 오늘 정성 받고 다들 기뻐하실 터이 염려 마시게나."

장구 치는 노파가 둥둥 장구를 울리며 만신의 말에 응답했다.

조상굿을 끝낸 소래 만신은 쓰러지듯 벽에 기대어 앉았다. 돌아가신 분들의 혼을 맞아들여 우리와 상봉하게 하고 다시 춤을 추어 그들을 돌려보내기를 거듭했던 만신의 얼굴은 땀으로 범벅이 되었다. 나는 그 만신에게 미안한 마음이 들어 나도 모르게 자꾸 고개를 숙여 인사를 했다. 만신은 괜찮다고 손사래를 치면서 웃었다.

"굿 장면을 전부 캠코더에 담았더라면 좋았을 걸, 아깝다."

아쉬워하는 막내를 앞세우고 우리는 서둘러 굿당을 나왔다. "무당들과는 작별 인사를 하지 않는 거래." 하면서 둘째가 우리 등을 떼밀었기 때문이었다. 어머니는 굿당 앞 공터에 세워 놓은 둘째 차에 오르며 "너희들한테 미안하고 고맙구나." 하고 말했다. "엄마, 오늘 굿하기를 잘 했지요?" 막내의 물음에 어머니는 고개를 크게 끄덕였다.

막내와 나는 내 차로 가기 위해 조금 더 걸어야 했다.

"오늘 하루, 백 년의 일들이 벌어졌던 것 같아. 할머니, 할아버지, 삼촌들, 그분들이 정말 오신 걸까?"

"전염병에 돌아가셨다는 그분들, 그분들이야말로 신기하잖아? 큰언니는 어떻게 생각해? 그분들은 정말 돌아가셨을까?"

막내네 집은 멀었다. 그 먼 거리를 가기 위해 불빛이 휘황한 시내를 오래 운행하면서도 나와 막내는 현실이 아닌 다른 세상 속에 있었다.

교동 바닷가를 달리던 승합차는 야트막한 산고개로 접어들었다. 막내에게 전화를 하려고 핸드폰을 꺼내들었는데 답사 안내를 맡은 노인이 말했다.

"이건 아주 비밀인데요. 교동도에서는 개를 기르지 않아요."

노인의 말에 나도 모르게 냉큼 끼어들었다.

"왜요?"

"제사를 지내려고 이쪽저쪽 오갈 때 개가 짖으면 안 되니까요."

지금도 바다 건너 연백과 남몰래 왕래를 하고 있는지 물으려고 하는데 노인은 재빨리 말문을 돌렸다.

"물이 빠지면 걸어갈 수 있어요. 남북이 자유롭게 오갈 수 있는 날이 오면 정식으로 다리를 놓겠지요."

아버지는 그 굿을 하고 스무 해를 더 사시고 아흔 나이에 돌아가셨다. 정말 굿을 하지 않았더라면 그 스무 해를 못 사셨을지 아니면 굿을 안 했어도 그렇게 사셨을지 아무도 모르는 일이었다. 그 굿을 하고 나서 막내는 김 만신을 따라다니며 굿을 연구해서 논문을 쓰고 학위를 땄고, 대학에서 강의를 맡게 되었다. 다시 핸드폰을 들고 막내에게 전화를 하려는데 안내하는 노인이 말했다.

"자, 내리세요. 고구려 땅, 고목근현지입니다. 고구려 읍성이 있던 곳이지요. 광개토대왕이 걸으셨던 땅입니다."

답사 일행을 따라 차에서 내려야 했다. 고구려 땅에서도 바다가 보였다. 바다 건너에 아버지의 땅이 있었다. 나는 바다 건너 먼 곳을 바라보았다. 바다 건너 먼 곳을 바라보는 것은 내 오래된 습성이었다.

호랑나비

호랑나비

  심심할 때 소파에 누워 스마트폰으로 유튜브 방송을 듣는 버릇이 생겼다. 그곳은 세상 온갖 이야기들이 밤낮으로 쏟아져 나오는 신세계였다. 눈이 아파서 화면은 가끔씩 들여다보곤 하지만 귀로 듣는 것으로도 충분했다. 언론에서는 들을 수 없는 경제 뉴스를 듣기도 하고, 정치계나 역사의 뒷이야기를 들을 수도 있었다. 딸아이 말로는 세계 유명 대학의 강의도 마음대로 들을 수 있다고 했다. 저녁마다 식구들이 라디오 곁으로 모여 연속극을 듣던 어린 시절을 생각해 보면 격세지감이 저절로 느껴졌다. 나는 점점 유튜브에 빠져들면서 은퇴 후 노후 대책이라든지, 건강 관련 방송들을 찾게 되었고, 드디어 인생의 아름다운 마무리, 죽음 그 이후, 영혼의 세계 같은 것들까지 찾아내게 되었다. 꽤 많은 유튜버들이 그런 문제를 균형 잡힌 시선으로 심도 깊게 다루고 있다는 것에 놀라면서도 고마운 생각이 드는 것이었다. 그들은 현실을 초월하는 그 미지의 비과학적인 세상에 대해서 체계적이고 과학적으로 접근을 하려고 노력하고 있었다. 무엇보다 세상 만물에 감사하는 태도와 인간에 대한 깊은 이해와 애정을 바탕으로 강의를 하기 때문에 나는 그들의 강의를 신뢰할 수밖에 없었다.

  그렇게 나는 그런 분야의 유튜브 방송을 시청하게 되었는데 어느 유튜버가 나비 이야기를 꺼냈을 때 적잖은 충격을 받게 되었다. 그 유튜버에 의하면 가족 중에 누가 돌아가시고 나서 나비가 다가와 맴도는 것을 보는 경우가 있다는 것이었다. 그것은 죽은 사람이 인사를 하듯이 둘러보고 가는 것이며 영혼은 사람 눈에 보이지 않기 때문에 나비에게 붙어서 찾아오는 것이라고 했다. 나는 깜짝 놀라서 인터넷에서 그와 관련된 글들을 검색해 보았는데 뜻밖에도 그런 비현실적인 경험을 했던 사람들이 꽤 있다는 사실을 알게 되었다.

몇 달 뒤, 나는 죽은 사람이 나비로 찾아온다는 이야기를 다른 유튜버로부터 또다시 듣게 되었다. 그 유튜버 역시 꽤 알려진 사람이었는데 그의 방송을 오래도록 보면서 배울 게 많은 사람이라고 믿고 있었다. 그에게 중요한 일이 있을 때면 돌아가신 부모님이 나비로 찾아온다고 했다. 부모님이 나비로 환생했다는 뜻이 아니라, 나비에 기운을 실어서 나타나는 것이라고 했다. 그 유튜버는 그것에 대해 상세하게 자신의 경험을 밝히면서 나비 이야기를 삿되거나 불결한 마음으로 받아들이지 말 것을 당부했다. 자신의 나비 이야기를 안 믿는 것은 좋지만 이상한 잣대로 부정하지는 말아 달라고 했다. 그 유튜버는 상식이나 과학에 맞지 않는 이야기로 사람을 미혹하게 하거나 마음을 교란시킨다는 오해와 의심을 받고 싶지 않은 것 같았다. 그가 여러 차례 나비를 보았으며 한겨울에도 나비가 찾아왔다는 그의 이야기를 나는 믿었다. 나 역시 똑같은 일을 겪었는데 그 일의 시작은 삼십 년도 더 전이었다.

"왜 상을 두 개나 차리나요?"

시어머니가 생활하던 안방에 굿상을 차린다고 했다. 늙은 무녀의 분부대로 안방 창문 앞에 교자상 두 개를 나란히 펼쳐놓았다. 청천동 만신으로 불리는 그는 시어머니에게 내림굿을 받은 시어머니의 신딸이었다.

"하나는 혼상이고 하나는 넋상이야."

"혼과 넋이 다른 거예요?"

"그러엄."

어떻게 다른데요, 묻고 싶었지만 나는 무녀의 근엄한 표정에 눌려 물러서고 말았다. 꼬치꼬치 캐묻는 게 예의에 어긋나는 일 같기도 했다. 남도 아닌 시어머니의 진오귀굿이었다. 해가 긴 여름날이지만 종일 내리는 비 때문에 밖은 벌써 어둑했다. 장례를 치르고 집으로 돌아와 곧바로 하는 굿이었다. 맥을 놓고 있으면 금방이라도 무너져 내릴 것처럼 피곤했지만 무녀들의 잔심부름을 하며 굿 준비를 거들고 있었다.

혼상, 넋상 두 개의 상 위에 음식을 차리고 혼상 밑으로는 쌀을 펴고 그 위에 시어머니의 한복과 속옷, 버선을 밀어 넣었다. 그리고 넋상엔 넓은 한지로 입을 봉한 시루를 올려놓았다. 그 검은 시루 안에선 불꽃이 환하게 타오르고 있었다. 종지에 식용유를 붓고 한지를 얇게 꼬아서 심지를 만들어 불을 붙여 두었던 것이다.

"이제 봐라. 어머니 넋이 그려질 테니."

무녀는 죽은 이의 넋이 한지 위에 나타난다고 말했다. 나는 호기심 가득한 눈으로 하얀 한지 밑으로 노란 불이 비치는 시루를 들여다보았다.

"현관 앞에다 작은 상을 차려라."

무녀는 시루에 정신이 팔려 있는 내 어깨를 툭 치며 다시 분부를 내렸다.

상 위로 국과 밥, 나물이 세 그릇씩 올랐다. 굿판을 따라다니며 무당 수업을 받는 나이 어린 무녀가 한지로 신발을 세 켤레 접어 짚신과 함께 그 상 밑에 넣었다.

"이 상은 무슨 상인가요?"

"사자 상이다. 사자가 먼 길을 오가는데 배도 고프고 신발도 닳지 않겠냐?"

"그런데 왜 세 개씩 준비하나요?"

"원래 저승사자는 셋인 게야."

왜 셋인가요? 하는 질문이 목구멍까지 튀어 올랐다 가라앉았다.

"그나저나 어서 시작해야겠다. 형님들 불러들여라."

청천동 무녀는 무복을 걸치며 재촉했다. 형님들은 두 달이 넘었던 병구완과 한 주일이나 이어진 밤샘으로 지칠 대로 지쳐 있었다. 시어머니의 장례를 마치고 영구차에서 내리자마자 곧바로 곁방으로 들어가 그대로 쓰러져버렸다. 직장에 다니는데다 어린애가 딸려 병시중이나 밤샘에 동원되지 않았던 덕분에 나는 시어머니의 진오귀굿 준비를 거들 수 있었다.

남자들은 벌써부터 어디론가 전부 내빼 버려 그림자도 찾을 수 없었다. 시댁에서 굿을 하는 걸 몇 번 보았지만 남자들이 참석하는 경우는 없었다. 남자들은 집 안에 있다가도 굿이 시작되면 어디론가 감쪽같이 사라졌다. 어쩌면 형님들도 일부러 자는 척하고 있는지도 모른다. 아들들이나 며느리들 누구도 시어머니의 무업을 좋아하지 않았다. 시어머니 역시 가족 앞에선 절대 무녀 티를 내지 않았다. 아들들과 며느리들은 시어머니의 죽음을 끝으로 무당과는 깨끗이 인연을 끊고 싶어 했다. 장례를 마치고 연이어 올리게 된 진오귀굿도 작은 어머니의 성화에 못 이겨 마지못해 하게 된 것이었다.

다앙, 다앙, 다앙, 다앙, 당, 장구 소리가 울려 퍼지며 굿이 시작되었다. 죽은 사람을 저승으로 천도하는 굿이었다. 장구와 제금 소리는 점점 요란하게 울리고 그에 맞춰 무녀의 춤 동작은 빨라지고 있었다. 죽음은 세상에서 가장 낯설고 두려운 사건일 것이다. 몇 달 간에 걸쳐 진행된 시어머니의 죽음은 집안에 무거운 우울을 드리웠다. 그런데 신기하게도 귀를 때리는 제금 소리와 무녀의 춤이 침울한 공기를 걷어내고 상갓집에 활기를 불어 넣고 있었다. 춤사위가 점점 빨라지고 이윽고 망자의 혼이 실린 무녀는 갑작스럽게 춤을 멈추었다. 무녀의 동작을 따라 요란하게 울려대던 제금과 장구도 동시에 딱 멈춰 섰다. 순간적으로 찾아온 정적은 무녀의 가쁜 숨소리로 채워졌다.

"아, 내가 이제 저승에 가게 되었으니 못 다한 일도 많고, 못 다한 말도 많으나 그래도 내 비교적 아들, 며느리 효도 받고 살아 무슨 큰 원이야 있겠느냐마는 그래도 내 너희들이 걱정이 되어 몇 마디 하려 하니 귀담아 들어야 한다. 알겠느냐?"

"아, 네, 아무렴, 여부가 있겠습니까. 어서 다 풀어놓으세요."

장구를 치는 무녀가 그의 말을 받아넘겼다.

"너희들이 내가 병이 들자 효부, 효자라 정성은 다 했다만 나는 폐암에 걸린 게 아니었느니라. 다만 폐에 있는 줄이 두 개 삭았을 뿐이다."

돌아가신 시어머니가 무녀의 입을 통해 다짜고짜 자신의 병명을 밝힌 것이다. 나는 깜짝 놀라서 주위를 둘러보았다. 멀찌감치 뒷전으로 물러앉은 형님들은 듣는 둥 마는 둥 하는 눈치였다. 작은 어머니 때문에 마지못해 굿판에 끌려나오기는 했지만 형님들은 굿을 무시하고 있었다.

먼저 입원했던 병원에선 연세가 높으신 노인인데다 폐가 망가졌으니 회복은 어려울 거라며 집으로 편히 모실 것을 권했다. 병명을 정확히는 알 수 없지만 정밀 검사는 해 봤자 노인에게 고통만 드릴 뿐이라는 것이었다. 의사의 권고대로 집으로 모시자는 주장도 나왔지만 몇 아들들이 더 큰 병원으로 모시고 가겠다고 했다. 아들들은 직함까지 이용해서 며칠을 기다려야 자리가 난다는 그 병원 특실에 즉시 입원실을 마련했다. 우리 도시에서 가장 큰 종합 병원이었다. 하지만 지역 주민들 사이에선 그리 평이 좋지 않았다. 시설과 장비는 훌륭하지만 원체 많은 돈을 투자해서 지은 병원이라 환자들에게 과잉 진료를 한다는 소문이 돌았다. 지난 병원에서는 조직 검사를 해봐야 정확한 병명을 알 수 있다고 했는데 그 병원에선 이틀 만에 폐암이라는 진단이 나왔다. 방사선 치료를 한다고 했다.

여든이 넘은 노인에게 방사선 치료를 한다고? 병사선 치료는 젊은 사람들에게도 힘겨운 치료인데 돌아가시는 마당에 왜 그 고통을 겪게 해드린다는 거지? 병원에서 근무하고 있는 친정 동생이 펄쩍 뛰었다. 결혼한 지 얼마 되지 않아 시집 식구들과 스스럼없는 관계를 아직 형성하지 못한 상태에서 나이 어린 내가 어쭙잖게 나설 수도 없는 일이었다. 그렇지만 동생이 나에게 재촉을 했다. 환자야 어떻게 되든 되도록 수술을 많이 하고 가능한 모든 의료행위를 쏟아 붓는 게 그 병원 경영 방침이거든. 그 집에 딸이 없어서 그런 거야. 며느리들도 집으로 모시면 골치 아프니까 병원에 계시는 게 좋겠지. 사둔어른이 참 가엾게 됐다. 언니라도 나서서 말려 봐야 하는 거 아니야? 가족들이 입원실에 모두 모였을 때 내가 용기를 내어서 어머니를 집으로 모시고 가야 하는 이유를 이야기했다. 누구도 대꾸를 하지 않는데 큰형님이 나를 복도로 불러냈다.

"이래 돌아가시나 저래 돌아가시나 돌아가시기는 매한가지인데 나서서 막았다가 돌아가시면 원망이나 듣지 별 수 있겠나. 나중에 괜스레 욕먹지 말고 아들들이 하는 대로 내버려두게나. 우리만 해도 한 치 건너며느리가 아닌가."

큰형님의 꾸지람 앞에서 나는 다시 방관자로 물러서야 했다.

처음 그 병원으로 옮겼을 때만 해도 시어머니는 외견상으로는 환자티가 나지 않았다. 시어머니는 연세에 비해 건강한 노인이었다. 유달리새까만 눈동자가 밝게 빛났다. 그리도 강렬한 눈빛을 두고 무당이기 때문에 그런 눈빛이 가능한 거라고 짐작했다. 시어머니는 한때 용한 만신으로 이름을 떨쳤고 그때까지도 신통력을 잃지 않고 있었다. 그런 노인이 방사선 치료 한 번에 혈색 좋은 얼굴에서 붉은 기운이 빠져 나가고,

두 번 치료에 낯빛이 백지장처럼 하얘지고, 방사선 치료 세 번에 눈자위가 허옇게 풀어졌다. 병세가 급속도로 나빠지는 가운데 자신을 붙들고 있는 수마에서 놓여나 제 정신으로 돌아올 때면 시어머니는 방사선 치료를 받지 않고 집으로 가겠다고 맨발로 뛰어나가 실랑이를 벌이곤 했다.

퇴근을 해서 형님들이 지키고 있는 병실을 찾으면 시어머니는 탈진한 상태로 잠이 들어 있었다. 병상을 가득 채울 만큼 풍채 좋던 시어머니는 방사선과 약물에 휘둘려 앙상하게 변해갔다. 시어머니의 몸은 갈수록 오그라들었는데 나중에는 병상이 벌판만큼 넓어 보였다. 내가 있을 때 시어머니가 깨어난 적이 있었는데 시어머니는 나를 붙들고 집에 보내달라고 어린애처럼 졸랐다. 시어머니 당신 소원대로 집에 계시다 돌아가시도록 해드리는 게 효도라고 해도 아들들은 막무가내였다. 소변에 피가 섞여 쏟아지고 있는데도 아들들은 몸 안에 있는 병균이 죽어 나오는 거라고, 병이 낫고 있는 징조로 거꾸로 해석을 했다. 아들들은 어머니의 죽음을 결단코 받아들이지 않겠다는 각오로 단단히 무장을 한 것처럼 보였다.

집으로 보내달라고 조르던 시어머니가 자기를 위해서 떡을 하고 과일을 준비해서 굿을 해달라고 애원하기 시작했다. 아들들과 며느리들은 어머니가 약 기운 때문에 헛소리를 하는 거라고 어머니의 요구를 간단히 일축해버렸다. 어머니가 보통 분도 아닌데 굿을 한 번 해 드리지요. 내가 그 말을 꺼냈을 때 아들들은 조용히 내 의견을 묵살했고, 난 학교를 졸업하고 몇십 년이 지났는데 아직도 지각하는 꿈을 꾸거든. 어머니야 반평생 한 일인데 그런 꿈을 안 꿀 수 있겠어? 형님들은 눈을 부라리며 나에게 성을 냈다.

시어머니의 신딸들은 벌써부터 문병을 올 때마다 어머니를 위해 굿을 해드리라고 성화였다. 여느 사람들도 병이 나면 굿을 하는데 큰 만신이 아픈데 왜 굿을 하지 않느냐는 것이었다. 무녀들이 아들들을 붙잡고 어머니가 바라는 대로 굿을 해드리라고 난리를 쳐도 소용이 없었다. 입원실로 신딸들이 들어서면 며느리들은 달아나기 바빴다. 무녀들은 가족 중에서 유일하게 자신들에게 친절한 나를 붙들고 굿을 해드려야 한다고 설득하려 했다. 나는 네, 그렇지요, 하면서 고개를 끄덕였는데 그럴 때마다 형님들은 나를 쿡 찔러 병원 복도로 불러내서는 무조건 모른다고 그래, 큰아버지들 크게 노하셔, 하고 단단히 주의를 주는 것이었다. 무당에 대한 그간의 사회적 시선을 모르는 바 아니었지만 시어머니의 무업이 가족 누구에게도 이해를 받지 못하고 무시를 당하는 것 같아 안타까웠다.

의사가 오전 회진을 하는 그때 마침 나와 남편이 입원실을 지키고 있었다. 드디어 스케줄대로 열 번의 방사선 치료가 다 끝나서 병의 진전 상황을 정확히 알아내기 위해 조직 검사를 하겠다고 했다. 시어머니는 이미 오래 전부터 실험실 생물 표본처럼 의식 없이 누워 있었다.

"먼저 병원에서는 병명을 정확히 알려면 조직 검사를 해야 하지만 노인이라 견뎌내기 힘들다고 안 했어요."

나는 자신도 모르게 의사에게 성을 내며 쏘아붙이고 있었다.

"아아, 네에, 그러면, 노인이시니까 약물 치료나 계속 해야겠군요."

시아주버니들이 그 자리에 있었더라면 치료에 도움이 된다면야 무슨 검사든 다 받아야지요, 했을 게 분명했다.

그날 아침 회진 때에도 의사는 여전히 오늘은 무슨 치료를 어떻게 하고 어떤 약을 투여하겠습니다, 친절하게 설명을 했고, 의학 용어를 모르는 시아주버니는, 아, 네, 잘 부탁드립니다, 공손하게 인사를 했다는 것이었다. 그런데 오후에 갑자기 곧 운명하실 것 같다는 진단이 내려졌다고 했다.

"어머니는 집으로 모시고 왔어. 오늘 밤을 넘기기 힘들다고 퇴원하려면 하시라고 했대."

형님의 전화를 받고 나는 아이를 맡기기 위해 친정집으로 전화를 했다.

"그 병원에서는 운명할 시간이 되어야 환자를 내놓는다고 하더니 과연 소문대로네."

전화기 속에서 동생은 사둔어른이 그 병원에 입원을 하지 않았더라면 더 오래 사셨을 거라는 주장을 한참 펼쳤다.

가래가 목에 걸려 그르렁거리는 소리가 아직 목숨이 붙어 있음을 알리고 있을 뿐 시어머니는 이미 돌아가신 상태였다. 병원에 입원해 있는 동안 시어머니는 죽음을 향해 전력 질주한 셈이었다. 그러나 그 밤을 넘기지 못할 거라던 시어머니는 밤새도록 목에서 그르렁 소리만 낼 뿐 돌아가시지 않았다. 시어머니 옆에서 임종을 기다리며 밤을 꼬빡 새우고 난 다음 날엔 아침부터 무더위가 기승을 부렸다. 가래가 끓어 숨을 헐떡이는 시어머니의 몸에선 땀이 비 오듯 했다. 이제나 저제나 임종을 기다리던 시어머니는 그 다음 날에도 숨이 차서 괴로워하며 종일 땀을 쏟아냈다. 곧 임종할 것 같다며 자고 있는 식구들을 흔들어 깨워 불러 모으기를 반복했지만 시어머니는 좀체 돌아가시지 않았다.

"이게 웬일이야. 하늘도 무심하시지. 살아생전에 하신 걸로 봐서는 이렇게 고생하며 돌아가실 분이 아닌데. 왜 이 고생을 하시나. 참 딱도 해서 못 보겠네."

동네 노인들이 찾아와 시어머니를 보며 안타까워했다. 오래 돌아가시지 않자 어머니가 소생하고 있는 중이라고 어처구니없는 희망을 갖는 아들들도 있었다.

나흘째 되는 아침에도 어머니의 상태에 변화가 없자 아무래도 며칠을 더 지내실 것 같다며 회사 업무가 바쁜 아들들은 출근을 했다. 이승을 떠나 저승으로 옮겨가기도 그토록 힘들고 어려운 일이었다. 꼼짝없이 뜬눈으로 숨만 헐떡이는 시어머니는 오직 목에만 목숨이 걸려 있는 것처럼 보였다. 집 안 어디에서도 들리는, 숨이 가빠 헐떡이는 소리를 나는 견뎌내기 힘들었다. 나는 살그머니 시댁을 빠져나왔다. 시장 구경도 하고 백화점에 들어가 진열대도 기웃거리다가 저녁이 되어서야 시댁으로 살금살금 기어들었다. 나는 다시 시어머니의 숨소리를 참아낼 각오를 하고 있었다. 그런데 현관문 앞에 이르렀는데도 그 소리는 들리지 않았다. 시어머니의 고통은 끝나 있었다. 장의사에서 나와 입관까지 마친 상태였다. 시어머니가 눈을 부릅뜨고 천장만 바라보며 삶과 죽음의 경계선을 넘지 못해 헐떡이며 누워 있던 방은 깨끗하게 치워져 있었다. 병풍이 쳐져 있고 향불이 피워져 있었다. 어디서도 그 거친 숨소리는 들리지 않았다. 임종을 지키지 못한 것이 죄스럽기는 했지만 시어머니의 죽음은 차라리 홀가분한 것이었다.

나는 폐암에 걸린 게 아니었느니라, 다만 폐에 있는 줄이 두 개 삭았을 뿐이다. 시어머니의 혼이 실린 무녀의 입에서 나온 그 말이 나는 사실일 거라고 믿었다. 시어머니의 병명을 밝힌 무녀는 시어머니의 가슴에 맺힌 한을 굽이굽이 풀어놓기 시작했다. 내가 무당이 되어서 네 시아버지가 나를 싫어했지. 자식들까지 나를 부끄러워했으니, 아무래도 나는 천벌을 받은 거다. 새마을 운동인가 뭔가 벌이면서 무당들이 미신타파에 걸려서 혼이 난 시절이 있었지. 굿을 하다가 순경들한테 쫓겨났어. 무당이라고 해서 사람들이 나를 냉대했다. 그렇지만 보람 있던 일도 있었다. 강화도 어느 집에서 오래된 우물을 메우는 바람에 과년한 딸이 미쳐 나간 걸 부산까지 내려가서 데려다 병을 고쳐 주었느니라, 덕적도에선 금방 죽어 넘어가는 남자도 살려주었지, 저 동막에선 물에 빠져 자살한 어느 집 며느리의 한을 풀어줄 때 며느리가 장롱 깊숙이 숨겨두고 못 먹고 간 사과 두 알까지 알아맞혀서 용한 만신이라고 일대를 떠들썩하게 했지. 하긴 나를 만나러 멀리 충청도, 전라도에서도 찾아 왔으니 나는 꽤나 이름난 만신이었느니라. 내가 한창 때는 나를 만나려고 우리집 앞에 사람들이 기나긴 줄을 지어 기다렸느니라. 마당을 넘어 골목 끝까지 멍석을 깔아야 했느니라. 사람들이 구름떼처럼 몰려들었지.

　망자를 청해 들이는 굿을 마치고 무녀들은 음료수를 마시며 휴식을 취했다. 돌아가신 시어머니의 넋이 하신 말씀들에 대해 이러쿵저러쿵 시비를 한 후 무녀들은 두런두런 일어나 현관부터 안방에 걸쳐 흰 무명천을 길게 늘어놓았다. 시어머니를 따라다니며 장구를 치다가 신이 내렸다는 도화동 만신이 무복을 입고 굿판에 나섰다. 이번 마당에선 저승사자를 직접 집 안으로 들여온다는 것이었다. 무녀는 사자 상 밑에 놓인 짚신을 신고 상 위에 있는 대신 칼 두 개를 양손에 갈라 쥐고 무서운 표정을 지었다. 저승사자가 된 무녀는 장구의 장단에 맞춰 집 안팎을 들락거리면서 춤을 추었다. 망자가 기거하던 방을 기웃거리다가 사자 상 위에 놓인 나물과 밥을 게걸스럽게 먹기도 하고, 막걸리를 마신 뒤 입을 닦으며 문 밖으로 뛰어나갔다가 되돌아와서는 문지방을 숫돌 삼아 칼을 가는 시늉을 하기도 하고, 칼을 마주쳐 소리를 내기도 했다. 그렇게 칼을 양 손에 들고 바닥에 길게 깔린 하얀 무명천을 따라 달려 나갔다 들어오기를 반복하며 무녀는 탈진할 때까지 춤을 추었다. 혼신을 다해 쳐대는 장구와 제금 소리에 천지가 폭발할 듯 귀가 멍멍하고, 망자를 잡으러 온 저승사자가 된 무녀의 춤은 숫제 거친 뜀박질이었다. 사자로 변신한 무녀의 험악한 표정과 위세에 눌려 주위에 늘어선 가족들과 무당들과 이웃들 모두 연신 머리를 조아리며 비손을 하였다.

무섭게 춤을 추던 무녀가 나무막대기처럼 쓰러졌다. 사람들이 사방에서 급히 달려들어 뻣뻣해진 무녀의 몸이며 팔과 다리를 주물렀다. 장구와 징을 울려대던 이들도 악기를 놓고 달려와 합세를 했다. 그런데도 무녀의 몸은 자꾸 꼿꼿해지고 눈동자가 위로 올라가는 것이었다. 숨이 막혀 헉헉거리며 푸푸 숨을 몇 번 내쉬고 고개가 뒤로 꺾이는 동작이 반복되었다. 수차례 그 동작을 반복한 끝에 드디어 몸이 풀리고 가사 상태에서 깨어난 무녀는 한없이 슬픈 표정을 짓고 꺼이꺼이 울었다.

　"아아, 내가 이렇게 죽었다. 이렇게 죽었느니라."

　쓰러진 그녀를 깨어나게 하려고 안간힘을 썼던 사람들이 무녀를 붙잡고 슬피 울었다. 온통 울음바다가 된 굿판에서 셋째 형님이 내 귀에 대고 속삭였다.

　"어머님이 저런 모양으로 돌아가셨어. 아주 똑같아."

　"저는 무당 아주머니가 진짜 아픈 건 줄 알고 깜짝 놀랐어요."

　춤을 격렬하게 추는 바람에 어딘가 잘못된 줄 알고 나는 정신없이 무녀의 팔을 마사지했던 것이다.

　"아냐, 원래 이 굿에선 죽는 사람 흉내를 내게 돼 있는 거야."

　"신기하네요. 보지 않고서도 어떻게 똑같이 흉내를 내지요?"

　"남의 돈 먹기가 그리 쉬운가. 그만큼 하니까 돈을 버는 거지."

　세상만사를 돈과 연결시키는 형님다운 답변이었다.

　"내 죽는 자리에 넷째와 오째가 없었다. 맞지?"

　울음을 그친 무녀가 주위를 둘러보며 말했다.

　"회사일이 바빠서 안 나갈 수가 없었어요."

　넷째 형님이 송구스러워하며 해명을 했다. 임종을 지키지 못한 나도 속으로 뜨끔했지만 다행히 무녀는 며느리까지 들먹이진 않았다.

　"관을 내가다가 층계에서 두 번이나 벽에 부딪쳤구나. 그리고 뭐냐.

무덤을 너무 낮게 파서 다시 팠구나."

"아, 네, 그랬지요."

잠자코 서 있는 며느리들을 대신해서 작은 어머니가 대답했다.

"근데, 저런, 묘소 향이 잘못 됐어. 아버님 산소하고 나란하지가 않구나. 저런, 아버님 묘석을 움직였구나. 그렇지?"

무녀는 시어머니가 임종할 때부터 무덤에 묻힐 때까지 일어난 일들을 소상하게 밝혀냈다.

"네, 맞아요. 맞습니다."

작은 어머니가 연신 고개를 조아렸다. 비가 쏟아지는 바람에 제대로 산소를 다듬을 수가 없어 조만간 다시 손을 보기로 하고 산을 내려왔던 것이다.

"내가 이런 일을 가지고 뭐 너희들을 탓하려는 게 아니다. 내 아들들이 하도 고집이 세나서 내가 하는 말을 곧이듣지 않을까봐, 내 말을 유념하지 않을까봐, 미주알고주알 밝힌 거다. 알겠느냐? 이 죽은 에미가 잔소리한다고, 늙은이가 투정을 부린다고 욕하지 마라. 너희들 정말 명심해라. 이건 진짜 내가 하는 말이다. 지금까지 쓸데없는 일을 가지고 이러쿵저러쿵 시시콜콜 따진 건 너희들이 내 말을 곧이듣지 않을까봐 염려해서 한 말이다. 잘 들어라. 형제 사이에 서로 사이좋게 화목하게 지내라. 꼭 명심해라. 우애 있게 지내야 한다. 그리고 나를 위해 특별히 번거롭게 일을 벌일 필요는 없다. 49재도 일없다. 내가 살아서는 부처님, 산신님을 열심히 공경했으나 너희들한테 폐를 끼치고 싶지 않다. 그저 조상님들처럼 나 죽은 날 기억했다가 제사나 지내주면 더 바랄 게 없다."

시어머니는 무녀의 입을 통해 자식들에게 당부를 하고 있었다. 시어머니다운 염려와 배려였다. 시어머니가 살아서 말씀을 했어도 그런 유언을 남겼을 것이다.

"신당에 모셔 놓은 것들은 어떻게 하면 좋겠냐고 여쭤봐 주세요."

무녀가 잠시 말을 멈춘 틈을 타서 큰형님이 다급하게 물었다.

"다 태워버려라. 깨끗이 없애라. 내가 다 거두어 갈 테니 염려 말아라."

맏동서에겐 시어머니가 돌아가시면 그 신을 어찌해야 하는가가 늘 걱정이었다. 시어머니의 신딸들이 어쩌면 맏동서의 딸에게 신기가 대물림 될지도 모른다는 예언을 했다는 것이다. 큰형님은 그 말을 듣고 기겁하지 않을 수 없었다. 그래서 큰형님은 오래 전 식구들이 모두 모인 자리에서 시어머니에게 그에 관해 물은 적이 있었고 그때 시어머니는 빙그레 웃으며 한참 동안 형님을 바라보더니 나직이 말씀하셨다는 것이다. 그래, 걱정이 돼지? 전생에 내 죄가 많아 천벌을 받아 무당이 되었는데 이 힘든 죄업을 누구한테 넘겨줘서야 쓰겠냐. 내가 다 안고 갈 테다. 내가 다 거두어 갈 테니 염려 말아라. 신당에 있는 것들은 깨끗이 태워버려라.

"이 양반, 딱도 하지. 신이 얼마나 센데, 그 신들을 혼자 다 어떻게 감당하려고."

청천동 만신이 무거운 표정으로 고개를 저었다. 다른 무녀들도 시어머니의 신당을 태워 없애는 것에 대해 반대의 뜻을 나타냈다. 그러나 모든 걸 시어머니 대에서 끝내도록 한다니 가족들에게는 고마운 일이 아닐 수 없었다. 큰형님의 얼굴에 안심하는 빛이 돌았다. 다른 동서들도 좋아하는 기색이 역력했다.

살아있는 이들에게 할 말을 마친 망자는 저승길을 가야 했다. 망자인 시어머니는 굿판에 모인 이들에게 작별 인사를 했다. 무녀는 제일 먼저 큰형님의 어깨를 감싸 안았다. 맏이야, 맏이야, 너 고생 많았다. 내가 하는 일이 이런 일이라 뒷시중 드느라 고생 많았다. 네 고생 만천하가 다 알지. 그저 팔자거니 생각해야지, 수고했다. 수고했어. 둘째야 네 마음 고생 누가 모르겠냐. 내가 아들을 잘못 기른 죄로 네가 고생이 많았다. 그러나 어찌하겠느냐. 잘나도 내 서방, 못나도 내 서방이라. 네가 잘 감싸줘야지. 고맙다. 고마워. 둘째 시아주버니는 사업을 한답시고 돌아다니다 번번이 빚을 지고 돌아왔다. 셋째야, 너도 고생이 많았다. 내 자식이 허약하여 네가 고생이 많구나. 그래도 네가 잘 보살폈으니 어찌 고맙지 않겠냐? 너한테 고마운 마음을 내 어찌 말로 다 할 수 있겠느냐. 셋째 시아주버니는 병치레가 잦았다. 넷째야 무자식이 상팔자라 자식 있어 뭐하겠냐. 그저 돈 아끼지 말고 세상 구경이나 하며 재미있게 살아라. 넷째 형님은 재산은 모았으나 자식을 낳지 못했다. 오째야, 너 수고 많았다. 내 집 가까이 사니 자연 내 치다꺼리를 많이 할 수밖에 없었구나. 네가 나한테 몹시 섭섭한 일이 하나 있지? 그 반지와 목걸이는 내가 줄만해서 주었으니 마음 풀어라. 미안하다.

무녀의 반지 이야기에 며느리들은 깜짝 놀랐다. 목걸이, 반지 사건은 며느리들만 알고 있는 비밀이었다. 그런 걸 무녀가 들춰내었다. 시어머니가 임종한 날 저녁, 시어머니의 사물을 정리할 때 다섯째 형님이 그 반지와 목걸이의 행방을 찾았다. 다섯째를 그 집에서는 오째라고 불렀다. 돌아가시기 전 어버이날 오째 형님이 남편의 승진 기념으로 큰맘을 먹고 해드린 패물이었다. 시어머니가 그 반지와 목걸이를 누구에게 주었다는 걸 큰형님이 밝히자 오째는 벌컥 화를 냈었다.

"네, 어머니 알겠습니다. 죄송합니다."

오째 형님은 겸연쩍어 하며 무녀에게 고개를 조아렸다. 다음은 막내인 내 차례였다. 무녀가 다가오자 긴장을 하지 않을 수 없었다. 잘못을 들춰내서 나무라거나 무안을 주면 어쩌나 가슴을 졸였다.

늦게 얻은 우리 맘씨 고운 막내야. 너한테 정말 미안하다. 불퉁스런 남편과 사느라 고생이 많다. 그 애가 좀 고집이 세고 퉁명스럽냐. 미안하다. 내가 꼭 마련해 주려 했는데 미처 못 하고 가게 됐구나. 미안하다. 살아계실 때 시어머니가 몇 번 나에게 했던 말과 똑같았다. 시어머니가 남편의 성격에 대해 쓰던, 그 특별한 단어, 불퉁스럽다는 말을 들으며 나는 깜짝 놀랐다. 마련해 주지 못해서 미안하다는 것은 집을 사주지 못했다는 말이었다. 돌아가신 분이 무녀의 입을 빌어 살아생전과 같은 말을 할 수 있다는 사실에 나는 전율했다. 시어머니는 더욱 놀랄 말을 했다. 종교는 다 똑같은 거다. 방향은 다르더라도 결국 길은 하나다. 바른 길을 가야 한다. 시어머니와 나는 종교가 달랐지만 그동안 종교에 대해 어떤 말도 나눈 적이 없었다.

이승을 떠나면서 시어머니는 가족들의 안녕과 재수도 빌어주었다. 둘째야, 너 걱정하지 마라. 내 잘 살게 해 주겠다. 셋째야, 건강 염려 말아라. 내 다 보살펴 준다. 모두들 잘 살아라. 며느리들은 고개만 조아리고 대신 다른 무녀들이 시어머니의 축원을 큰 목소리로 받아 주었다. 네, 네, 그러셔야지요. 자손들을 다 보살펴 주셔야지요. 사업들 잘 되게 해 주시고 건강 주시고 하는 일마다 만사형통하게 해 주셔야지요. 편안히 가세요. 무녀들의 인사를 마지막으로 도화동 무녀가 벌인 굿은 끝이 났다. 그 굿에서는 저승사자가 찾아오고, 시어머니가 돌아가시는 장면을 연출하고, 생전에 못 다 한 얘기를 듣고, 작별 인사를 나누었다.

망자의 넋을 청한다는 대내림이 이어졌다. 나뭇가지에 신을 내리게 한다는 것이었다. 소나무 가지에 돌아가신 시어머니의 저고리를 감아서 쌀을 담은 양푼에 꽂았다. 작은 어머니가 대를 잡았다. 대를 잡고 정신을 집중하면 대를 통하여 망인의 넋이 내린다고 했다. 정말이지 조금 있다가 대를 잡은 작은 어머니의 손이 마구 떨리다가 위아래로 격렬하게 움직였다. 시어머니의 넋이 내렸다고 했다. 대잡이, 작은 어머니는 넋대를 잡고 흔들리는 대를 따라 온 집 안을 돌아다니며 망자의 말을 전해 주었다. 앞서 벌인 굿판에서 무녀들이 전한 것과 비슷한 말들이었다.

"아아, 얘들아, 이것 좀 봐라."

청천동 무녀가 넋상 위에 올려두었던 시루를 들고 거실로 나왔다. 때마침 장례를 마치고 굿을 하는 동안 게임방으로 우르르 몰려갔던 아이들이 현관으로 들어서고 있었다. 손주들은 직장인부터 초등학생까지 나이 차이가 많이 났지만 모이기만 하면 격의 없이 어울렸다.

"이것 봐라. 너희들 할머니는 큰 호랑나비가 됐다. 어때, 이 노인네가 보통 노인네는 넘지? 이렇게 큰 호랑나비가 되는 사람은 백 명에 한 명이 될까 말까 하단다."

청천동 무녀는 흥분을 감추지 못했고 아이들 입에서도 감탄사가 터져 나왔다. 시루 입을 봉했던 한지 위로 그려진 그림은 영락없는 커다란 호랑나비였다. 굿을 하는 동안 밑에서 타오르는 불에 그슬려 한지 위에 호랑나비가 그려진 것이다. 한지에 그을린 자국을 보고 망자가 무엇으로 환생하는지 알아볼 수 있다고 했다. 나비나 새로 환생하는 것은 좋다고 생각하고, 소나 뱀으로 환생하는 것은 싫어한다고 했다. 나는 호랑나비에서 눈을 뗄 수 없었다. 널따랗게 펼쳐진 양날개에는 호랑나비 특유의 화려한 무늬가 알맞게 그려졌고, 더듬이도 두 가닥 멋지게 뻗어 있는 게 솜씨 좋은 화가가 그린 수묵화였다. 섬세하면서도 힘이 있고 위압적인 필치로 그려진 호랑나비를 바라보며 모두 경악하였다.

"작은 나비 모양은 흔히 나타나도 이렇게 장대한 호랑나비 그림이 그려지는 건 아주 드문 일이지."

무녀들도 넋 시루를 들여다보며 웅성거렸다.

"할머니가 돌아가시려고 할 때 안방으로 호랑나비가 들어왔다가 거실 창으로 해서 나가는 걸 내가 봤어요."

"나도 그 호랑나비 봤어요. 돌아가신 날에도 호랑나비가 들어왔었어요."

손주들도 와자하게 호랑나비를 들여다보았다. 시끌벅적하던 굿판이 창밖의 빗소리가 들릴 만큼 금방 고요해졌다. 봉분 작업을 마칠 무렵 쏟아지기 시작한 장대비가 굿을 하는 동안에도 내내 내리고 있었던 것이다. 떠들썩했던 굿판에 한동안 그 빗소리만 들렸던 것은 그곳에 있는 이들이 모두 호랑나비의 신비한 형상에 압도되었기 때문이었다. 한지 위에 선명하게 그려진 호랑나비는 불가사의한 세상이 실제로 존재함을 웅변으로 말해 주고 있는 것 같았다.

벌써 자정이 가까워오고 있었다. 살림집들이 빽빽하게 들어선 주택가였다. 굿을 하는 소리가 빗소리에 묻혀 덜 소란스러웠겠지만 설령 빗소리가 아니어도 대놓고 뭐라 할 사람은 없었다. 시어머니는 논밭뿐이던 그곳에 처음으로 집을 짓고 살아온 터줏대감이기도 했고, 전쟁 뒤 먹고 살기 어려웠던 시절, 시어머니의 굿을 거들면서 식구들의 먹을 것을 해결했던 이웃들이었다.

"어서어서 서둘러 끝냅시다. 어서 길 가르고 끝내자구."

호랑나비 때문에 중단되었던 굿은 다시 이어졌다. 장구와 제금이 잠든 도시의 고요를 흔들어대며 마지막 굿거리인 길을 가르는 의식이 시작되었다. 저승으로 갈 망자의 길을 닦는다는 것이었다.

두 무녀가 기다란 흰 무명천의 양쪽 끝을 팽팽히 펼쳐 맞잡았다. 다리를 놓는다고 했다. 무녀들이 무명천 위에 쌀을 뿌렸다.

"어서들 모여라. 어서."

청천동 무녀가 며느리들을 좌우로 정렬시키고 치마폭을 펼치게 했다. 천을 위아래로 흔들었다. 흔들리던 무명천 위에서 쌀이 치마폭으로 쏟아졌다. 망자가 못다 살고 간 남은 생명을 고루 나눠준다는 것이었다.

그 굿에선 예쁜이 만신이라고 불리는 젊은 무녀가 신칼을 들고 소리를 하며 춤을 추었다. 죽은 망자를 위한 넋풀이 춤이라고 했다. 무녀는 시어머니가 되어서 가족과 지인들에게 일일이 손을 잡고 마지막 작별 인사를 하였다.

"미안하다. 우리 착한 막내야. 내가 다 도와주마. 걱정마라. 아이 잘 돌보고 잘 살아야 한다. 잘 있거라."

다른 이들처럼 나도 시어머니를 뵙는 듯 무녀의 두 손을 잡고 공손히 인사를 했다.

"좋은 데로 가세요. 안녕히 가세요."

이승의 친지들과 작별을 마친 무녀는 다시 소리를 하고 춤을 추면서 자기 몸으로 그 긴 무명다리를 찢어나가기 시작했다. 망자는 이제 이승과 완전히 단절되는 것이며 완전한 해탈에 이르는 것이라고 했다. 작은 어머니와 시어머니의 지인들과 이웃 노인들과 다른 무녀들도 합세해서 춤을 추웠다. 함께 어울려 신명나게 춤을 추면서 망자의 극락 천도를 기뻐하는 잔치판을 마지막으로 굿은 끝이 났다.

망인이 된 시어머니는 잠시 살아있는 사람들 곁으로 돌아와 이야기를 나누고 작별 인사까지 마치고 먼 길을 떠났다. 굿을 해야 한다고 고집했던 작은 어머니와 무녀들의 지시에 마지못해 움직였던 형님들과 달리 나는 부지런히 시중을 들며 열심히 굿에 참여했다. 오랜 세월 굿을 보아온 형님들은 심드렁했지만 굿 구경을 해 본 적이 별로 없었던 나에게 굿판에서 벌어지는 일들은 모두 신기하고 흥미로운 것이었다. 시어머니가 못 다한 말을 쏟아놓고 저승으로 드시도록 굿을 해드린 게 여간 잘된 일이 아닌 성싶었다. 가엾게만 여겨지던 시어머니의 죽음이 기꺼이 받아들여야 하는 삶의 과정으로 생각되었다. 그 두렵고도 낯선 죽음을 자연스럽게 받아들이게 해주는 신통력을 가진 굿에 나는 감탄을 하지 않을 수 없었다.

밤을 꼬박 새우고 아침이 성큼 발을 내딛는 시각까지 무녀들은 시어머니의 짐을 정리했다. 살아생전 사용했던 알록달록한 무복들과 갖가지 무신도와 방울과 촛대, 신칼 같은 무구와 시어머니의 개인 물품 일체를 보따리, 보따리 지어 용달에 싣고는 무녀들은 굿당을 향해 떠났다. 그곳에서 간단히 예를 갖춘 뒤 전부 태워버린다는 것이었다. 무녀들을 배웅하고 나서 나는 잠자리에 들었다. 몸은 몹시 피곤했지만 쉽게 잠을 이룰 수 없었다. 겨우 잠이 든 나는 밥을 먹으라고 깨우는 소리를 몇 번이나 물리치며 하루 낮을 계속 깊은 잠 속에 빠져버렸다.

"야아, 무지개다. 무지개."

아이들이 환호성을 지르고 있었다. 밤새 내린 장대비가 내가 잠들 때까지도 쏟아졌는데 어느새 뚝 그치고 창으로 눈부신 햇살이 비치고 있었다.

"이제 일어났네. 배고프겠어. 어서 밥 먹게나."

텔레비전을 시청하던 식구들이 내가 무사한 것을 기뻐해 주었다. 무섭게 자기에 어디 병이라도 난 게 아닌가 걱정을 하고 있었다고 했다. 굿을 하는 동안 집을 나갔던 아들들도 돌아와 있었고 아들들 속에서 남편이 겸연쩍게 웃고 있었다. 후텁지근한 방에서 잠을 잤던 터라 바깥바람을 쐬고 싶었다. 무지개도 보아야 했다. 옥상으로 올랐다. 비가 말끔히 씻어낸 세상은 청명했다. 동편 하늘에서 무지개가 찬란하게 빛나고 있었다.

드높은 가을 하늘 아래 산은 온통 추석 성묘객들로 술렁이었다. 실제로 뵌 적이 없는 시아버지 묘소와 나란히 시어머니 묘소가 있었다. 시아버지의 무덤엔 연륜 같은 게 배어 있어 잔디에 윤기가 흘렀다. 옆에 있는 시어머니 무덤엔 떼가 아직 발을 붙이지 못한 탓인지 붉은 흙이 내비치는 게 거칠했다. 제석 위에 과일 접시며 떡 접시를 올리고 향을 피웠다.

"호랑나비다. 호랑나비."

아이들이 소리쳤다. 호랑나비 한 마리가 음식이 차려진 제석 위를 빙글빙글 돌고 있었다.

"정말 호랑나비네."

어른들도 호랑나비를 반겼다. 시어머니의 넋은 호랑나비가 되었다고 했다. 무덤 주변을 돌고, 무덤 곁에 있는 소나무와 밤나무 위에서 팔랑거리다가 산 고개를 넘을 때까지 온 식구들이 호랑나비를 지켜보았다. 시야에서 호랑나비가 사라지자 묘소에 절을 올리고 기슭에 옹기종기 모여 차려온 음식을 먹고는 산소를 손질하고 있었다.

"야아, 호랑나비가 또 왔어요. 보세요. 호랑나비예요."

한 아이가 외치자 떼를 입히던 남자들도 허리를 펴고 호랑나비를 바라보았다. 성묘를 끝내고 산을 내려오는 뒤로도 호랑나비가 너울너울 무덤가를 돌고 있었다.

추석 며칠 뒤 우리는 이사를 하게 되었다. 집을 장만한 것이었다. 시어머니가 살던 집을 처분하고 통장에 남긴 유산을 정리해서 나눈 게 의외로 큰 액수였다. 이삿짐이 다 나간 뒤 빠진 물건이 없나 확인을 하고 대문을 나서는데 느닷없이 내 앞으로 호랑나비가 날아오고 있었다.

'호랑나비다.'

가슴이 철렁 내려앉았다. 호랑나비는 한참이나 이삿짐 주위를 맴돌았다.

삼십 년 전 시어머니의 임종을 계기로 보았던 호랑나비를 나는 그 뒤로도 몇 차례 더 만났다. 과학으로 증명할 수 없는 영역이 이 세상에 존재한다고 하더라도, 그것은 지극히 사사로운 체험일 뿐 아니라 나 자신조차 확신할 수 없는 경험이었다. 그런데 나비를 통해 부모님을 본다는 그 유튜버는 나비의 신비한 출현을 두고 바르게 살라는 깨우침의 상징으로 여기고 있다고 말했다. 나 역시 그 상황을 비슷하게 해석하고 있었는데 어느 겨울날 호랑나비가 내 앞으로 날아왔을 때 나는 그것을, 조심해, 하는 메시지로 받아들였다. 나는 아무에게도 심지어 남편에게도 나를 찾아온 호랑나비에 대해 말하지 않았다. 남편은 쓸데없는 것에다 의미를 부여하지 말라고 나를 나무랄 게 뻔했다. 나는 그 비밀을 세상 누구에게도 발설할 수 없을 거라고 여겼는데 유튜브에서 나비 이야기를 들으며 같은 경험을 하는 사람들이 있다는 걸 알았다.

내가 시어머니의 진오귀굿에서 한지에 그려진 호랑나비를 보았을 때는 우리 것을 알자는 바람이 일면서 무속에 대한 연구가 활발하던 시기였다. 대학 교수들도 인류학이나 민속학, 무속학이라는 이름으로 연구 논문을 발표하고, 사진 작가들도 굿의 이모저모를 찍어 책으로 발간하던 시기였다. 무속을 우리 문화의 고유한 뿌리로 인식시키려는 지식인들의 작업은 한동안 이어졌던 걸로 기억한다. 그때 나는 30대의 젊은이였고 그 시대의 흐름을 타고 발간되는 책들을 닥치는 대로 읽어대던 책벌레였다.

젊었을 때는 나이를 먹은 사람들이 나와 다른, 아주 먼 색다른 세계에서 살아온 사람들처럼 이질적으로 느껴졌다. 그런데 내가 나이를 먹고 보니까 수십 년 지난 일들도 어제 일처럼 여겨지고 젊은이들도 며칠 전의 나처럼 가깝게 생각되는 것이었다. 진오귀굿을 하는 동안 불꽃이 그려낸 호랑나비를 보았던 날로부터 삼십 여년 세월이 흘렀는데도 나에게는 그게 며칠 전에 일어난 일처럼 느껴진다. 갑자기 생겨난 것들이 순식간에 사라지기도 하는, 무섭게 빠르게 변하는 세상에 살면서도, 내 기억의 세상에서는 시간이 별로 흐르지 않는 것 같다.

인어공주

인어공주

그 섬에서 인어공주를 보게 될 줄은 몰랐다. 더운 날 돌아다니는 것도 쉽지 않다며 가까운 섬이나 가자고 나선 게 장봉도였다. 그간 인근 섬을 무수히 다녔는데 그 섬이 빠져 있었다. 멀리 백령도와 연평도, 백아도와 울도까지 다녀왔으면서도 가까운 그곳엔 왜 가지 않았는지 모르겠다.

삼목 선착장은 피서객들로 북새통을 이루고 있었다. 배에 오르려고 줄을 선 차량들의 행렬도 길게 늘어섰다. 우리는 주차장에 차를 세워 놓고 곧장 배로 올랐다. 이 선착장도 머지않아 그 기능을 잃게 될 것이다. 섬을 잇는 연륙교들이 연달아 생겨나면서 배로 가는 섬이 점점 줄어들고 있었고, 인근 섬에도 다리를 놓는다는 공식 발표가 얼마 전 있었기 때문이었다. 우리를 실은 배는 신도와 시도와 모도를 차례로 지났다. 그 섬 뒤편으로는 강화도와 그 인근의 섬들이 언뜻언뜻 모습을 드러냈다. 바다 위에 떠 있는 섬들은 얼핏 비슷한 것 같으면서도 각기 다른 얼굴과 사연을 지니고 있다.

배가 섬에 닿기 전부터 기다란 구름다리가 먼저 보였다. 배에서 내린 관광객들은 선착장 앞에서 기다리고 있던 버스로 우르르 몰려갔다. 우리는 버스에 오르지 않고 구름다리부터 걷기로 했다.

"냉커피."

남편이 장봉도 여행자센터라고 쓴 큰 글씨를 가리켰다. 그 건물에 카페가 있었다. 하늘에서 쨍쨍 내리쬐는 볕이 벌써 심상치 않았다. 아래층 카페에서 주문한 음료수를 받아 들고 계단으로 올랐다. 단체 여행객으로 보이는 중년의 남녀 몇몇이 테라스에 앉아 있고 실내엔 사람이 없었다. 바다가 보이는 창가에 가지런히 꽂힌 책들이 눈에 들어왔다. 나는 레몬에이드가 담긴 테이크아웃 컵을 탁자 위에 놓고 창가로 다가갔다. 인어공주 동화책이 맨 앞자리에 있었다. 파란 바닷물에 주홍빛 긴 머리카락을 드리운 인어공주가 양 팔을 벌리고 바다 속을 유영하는 표지 그림이 눈길을 사로잡았다.

"이 섬에 정말 인어상이 있나 보네."

나도 모르게 소리를 질렀다.

여객선 객실 벽에 붙어 있던 섬 안내 지도에서 인어상이라는 글자를 보았던 것이다. 인어상이라니, 잘못 기재한 게 아닐까 해서 한글 아래 적어 놓은 영어 철자까지 확인했다.

"장봉도에 인어상이 있대요."

함께 지도를 들여다보던 남편에게 붉은 글씨를 짚어가며 말했지만 남편은 힐끗 바라보고는 이내 다른 곳으로 시선을 옮겼다. 남편은 인어 같은 것에 관심을 가질 사람이 아니었다. 나는 인어상 때문에 잠깐 흥분 했지만 금방 시들해졌다. 코펜하겐의 인어공주 동상을 흉내 낸 조야한 조각상일 거라고 지레짐작했다. 남의 나라 인어 동상을 여기까지 끌고 오다니, 천박한 발상이라며 슬며시 부끄러워하기까지 했던 것이다.

'인어공주' 옆에는 '상어를 사랑한 인어공주'라는 제목의 또 다른 동화책이 있었다. 작가 이름 옆에 패러디 동화집이라는 작은 글씨가 보였다. 내가 그 두 권의 동화책과 '장봉도 이야기'라는 인문 서적 한 권을 집어들자 남편은 테라스로 나갔다. 나는 탁자와 의자를 혼자 다 차지하고 '인어공주'부터 펼쳤다. 아름답고 마음씨 고운 인어공주는 멋진 왕자에게 버림받고 바다로 뛰어들어 물거품이 되었다. 아주 오래 전 국민학교 어둑한 도서실에서 읽었던 동화책과 같은 결말이었다. 원래 인어공주의 작가 안데르센은 공주가 공기의 정령이 되어 승천한 것으로 끝을 맺었다고 했다. 물거품이 되어 흔적 없이 사라지는 인어공주는 원본과 엔딩이 다른 버전이라는 것이다.

　나는 물거품이 무엇인지 분명하게 알고 있었다. 나는 바닷가 마을에서 살고 있는 어린이였다. 파도에 떠밀려 생겨났다가 순간적으로 스러지는 것이 물거품이었다. 어린 나에게는 물거품이라는 허무를 감당할 힘이 없었다. 나는 현실의 것들이 사라진다는 그 사실에 느닷없이 큰 충격을 받았다. 덧없음이라는 단어는 몰랐어도 직감으로 그것을 알아버린 것이다. 간신히 집으로 돌아와 그대로 방바닥에 쓰러졌다. 어디가 아프냐고 어머니가 물었을 때 인어공주님이 죽어서 그래, 하고 대답했더니 어머니는 심드렁한 얼굴로 부엌으로 가 버렸다.
　나는 한동안 인어공주의 물거품을 떨치지 못했다. 아주 낯설고 무서운 세상의 비밀을 혼자서만 남몰래 보아버린 기분이었다. 그것은 슬픈 것 이상의 어떤 알 수 없는 감정이었는데 그 비참하고 쓸쓸한 기분은 전에도 경험한 적이 있었다. 학교에 들어가기도 전이었다. 새벽에 배가 아팠다. 변소까지 가는 길은 멀었다. 아버지가 망을 보고 나는 밭 가운데 앉았다. 그때 파란 하늘에 뜬 가느스름한 그믐달이 내 눈에 들어왔다. 달과 하늘이 섬뜩할 정도로 매섭고 차갑게 느껴졌다. 나도 모르게 아버지를 다급하게 불렀다. 아버지 여기 있다 걱정하지 마라. 아버지는 내가 어둠이나 귀신이 무서워서 아버지를 찾는 줄 알았다. 그때까지 나는 달이나 하늘을 두려워한 적이 없었다. 오히려 달과 하늘을 좋아했다. 달이 밝은 밤에는 마을 아이들과 어울려 밤늦게까지 놀 수 있었다. 산 너머 이웃 마을 아이들과 전쟁놀이도 하고 철둑 건너 염전 소금 창고에서 숨바꼭질을 했다. 멍석에 누워 밤하늘을 올려다보는 것도 좋아했다. 그런데 그 새벽에 나는 하늘과 달이 낯설고 무서워서 급하게 아버지를 찾았던 것이다. 아버지가 나를 안심시켰지만 소용이 없었다. 나는 훌쩍 훌쩍 울다가 나중에는 흐느껴 울었다. 그때 내가 느낀 무어라 표현할 수 없는 막막하고 서럽기까지 한 그 느낌은 인어공주의 물거품에서 받은 느낌과 아주 흡사한 것이었다.

나는 '인어공주'를 금방 다 읽었다. 인어공주가 이렇게 짧고 건조한 이야기였던가. 그 책은 분명 요약본이 아니었다. 그런데 오래 전 어린 나이에 읽었던 것과 다른 책처럼 느껴졌다. 같은 책을 두고 다른 책이라고 생각하게 되는 이유를 곰곰 헤아려 보았다. 아무리 따져 보아도 그건 순전히 나이 때문이었다. 행간을 읽으면서 여백을 확장시키는 힘을 잃어버린 것이다. 나이가 들수록 책뿐만 아니라 자연과 인생 모든 면에서 행간을 읽어내는 능력이 줄어드는 게 분명했다. 나이가 들면서 약해지고 사라지는 것들이 얼마나 많은가. 그렇지만 나이가 들어 좋은 점도 있다. 허황되고 과장된 상상력이 줄어들고 현실이 날것 그대로 보인다는 장점도 그중에 하나다.

'인어공주'를 창가 제자리에 꽂아두고 탁자로 돌아와 패러디 동화집 '상어를 사랑한 인어공주' 표지를 들여다보았다. 바다 속을 두 마리의 물고기가 유영하고 있었다. 한 마리는 상어왕자이고 다른 하나가 인어공주였다. 보통 인어들은 허리 위는 사람이고 아래는 물고기인데 그 책에서 인어는 상체가 물고기이고 하체가 사람이었다. 사람 다리를 가진 인어공주는 왕자님의 보살핌을 받으며 화려한 삶을 꿈꾸는 연약한 공주가 아니라 우편배달부 일을 하는 씩씩한 공주였다. 결말도 달랐다. 상어왕자와 인어공주는 꼬리지느러미와 사람 다리라는 서로의 다름을 인정하고 행복하게 잘 살았다.

유리 문 너머로 테라스 의자에 앉아 있는 남편이 보였다. 그곳에 있던 단체 손님들과 벌써 인사를 주고받은 모양이었다. 남편과 나는 외모부터 달랐다. 남편은 뚱뚱한 체격에 사람 만나기를 좋아하는 성격이고 나는 깡마르고 사람을 피해 다니는 쪽이었다. 방금 전 읽은 패러디 동화의 한 구절처럼 남편과 나는 너무나 달라서 함께 다니는데 불편함이 많았다. 그러나 남편과 나에겐 공통점이 하나 있었다. 우리는 바닷가에서 어린 시절을 보냈고 매립으로 고향 마을과 바다를 잃었다. 바다 매립은 언제나 쉼 없이 이어졌다. 아마 우리가 세상을 떠난 뒤에도 매립은 계속될 것이다. 그러나 아무리 매립을 해도 바다는 없어지지 않았고 없어지지 않을 것이다. 우리는 휴일이면 바다로 나갔고 가까운 섬들을 여행했다. 바다를 보러 다니는 우리 부부를 두고 잉꼬부부라고 부르는 이들이 있었다.

느긋한 마음으로 '장봉도 이야기'를 펼쳤다. 장봉도에는 라인강을 왕래하는 배를 홀려 침몰시킨 로렐라이 인어 이야기와는 다른, 은혜 갚은 인어의 전설이 전해진다고 했다. 우리나라에도 인어 전설이 있다는 사실에 놀랍기도 하고 반갑기도 했다. 책장을 거의 다 넘겼을 때 때마침 테라스에 있던 사람들이 우르르 들어섰고 나는 책을 제자리에 꽂고 카페를 나왔다. 바깥 열기가 훅 몰려왔지만 인어상은 가까이 있었다.

"이게 뭐야? 왜 이렇게 작게 만들었어."

남편은 볼멘소리로 투덜댔다. 기대했던 것보다 훨씬 작은 인어상에 실망을 한 것은 나 역시 마찬가지였다.

"그렇지만 이 인어는 아주 착한 인어입니다."

남편을 놀리듯 내가 말했다. 인어상 아래 해설판에 새겨놓은 설명 글이라도 읽어 보았으면 싶었지만 남편은 금방 달아나 버렸다.

남편은 길 저편에서 해산물을 판매하고 있는 아주머니와 이야기를 하고 있었다. 달라도 너무나 다른 남편에게 나는 많이 너그러워졌다. 사교

적이지 못한 성격인데다 나이를 먹으니까 주위에 사람이 더 없었다. 언젠가는 내 옆에 남편만 남게 될 것이라는 냉엄한 진실을 깨닫게 된 것도 내가 나이를 먹었다는 증거일 것이다. 나는 그늘에 앉아 남편을 기다렸다. 먼발치에서 바라보는 남편은 뒷머리가 훤히 벗겨진 영락없는 늙은이였다. 새벽부터 늦은 밤까지 돈을 벌겠다고 뛰어다니며 세월을 다 보낸 남편이었다. 사람을 쉽게 믿고 좋아하는 바람에 지인들에게 여러 차례 돈을 떼이거나 사기를 당했지만 부지런하고 성실한 사람이었다.

"이따가 나갈 때 낙지나 팔아줘야겠어."

남편이 당장 물이 질질 흐르는 낙지 봉투를 들고 오지 않은 것만도 다행이었다. 예전의 그였다면 벌써 양손에 비닐봉지를 들고 나타났을 것이다.

우리는 작은 섬과 길게 연결된 구름다리를 향해 걸었다. 볕은 뜨거웠지만 섬의 공기는 시내처럼 후텁지근하지 않았다.

"무슨 인어가 여기도 있네."

앞서 걷던 남편이 인어벽화마을 그림지도 앞에서 멈춰 섰다. 발길이 저절로 그 마을로 들어섰다. 집집마다 벽에 인어를 그렸다. 긴 머리카락을 늘어뜨린 아름다운 인어들이 헤엄도 치고, 그네도 타고, 해변에서 바캉스도 즐기고, 달밤에 바위에 앉아 있기도 했다.

"남자 인어도 있다."

술병 속으로 들어간 남자 인어 앞에서 남편이 웃었다. 온통 인어 그림뿐인 마을에는 빈집들이 꽤 있었다. 마을이 끝나는 지점에서 발길을 돌리는데 바다로 통하는 길이 보였다. 물이 빠진 바다는 멀리까지 검은 갯벌을 드러냈다. 우리는 인어마을 바닷가에서 쉬었다 가기로 하고 그늘진 모래밭 위에 자리를 폈다. 남편은 짊어지고 온 가방에서 먹을 것들을 주섬주섬 꺼내 놓고는 내게 김밥을 내밀었다.

"나는 상어를 사랑한 인어공주입니다."

남편에게 김밥을 받으며 장난스럽게 말했다.

"뭐라는 소리야?"

"우리가 지금 인어마을에 있다는 얘기."

남편은 내 대답에는 관심이 없었다. 그런 사람이었다. 나는 애초부터 이 세상에 왕자님 같은 건 없다고, 화려한 공주님을 꿈꾸는 건 위험한 일이라고 믿었다.

나는 마을 아이들이 뛰어노는 골목에 앉아 사라짐, 쓸쓸함, 그런 것들을 골똘히 생각하는 걱정 많은 어린이였다. 내가 왜 그런 아이가 되었는지는 모르겠다. 아마도 나는 어둠에 예민하게 반응하는 아이로 태어난 것 같았다. 게다가 도서실에서 인어공주 동화책을 본 날부터는 인어공주의 물거품까지 내 머리의 한 구석에 자리를 잡았던 것이다.

중학생이 되어서도 나는 변하지 않았다. 과학 시간, 우주에 대해 배울 때였다. 무한대로 펼쳐져 있다는 우주의 아득함에 놀라서 몸과 마음이 마구 떨렸다. 그날 밤 별이 박힌 하늘을 올려다보았다. 별들 사이로 깊은 허공이 보였다. 그 캄캄하고 깊은 허공으로 내가 빨려 들어가는 공포를 느꼈다. 학교에 들어가기 전 새벽하늘에 뜬 달을 보고 왜 그토록 서럽게 울었는지 그 이유를 나는 그때 알았다. 나는 얼른 고개를 떨어뜨렸다. 다시는 밤하늘을 바라볼 수 없을 거라는 생각에 사로잡혔다. 하늘을 올려다보다가 우주의 바닷물에 흡입되어 인어공주처럼 흔적 없이 사라져 버릴 것만 같았기 때문이었다. 거대한 우주에서 내 존재는 물거품 같은 것이었다. 내 머릿속으로는 외로움, 허무 같은 절망적인 낱말들이 헤엄치듯 떠돌았다. 무력감과 공허감 속에서 나는 우울한 사춘기를 보냈다. 고등학교 때는 잠시 밤하늘 우주 공간과 인어공주의 물거품에 대한 생각을 잊고 지냈다. 시험 성적에 대한 부담감이 그것들을 의식의 수면 아래로 밀어뜨렸던 것 같다.

인어공주의 물거품이 내 의식의 수면 위로 떠올라 나를 완전히 지배한 것은 대학 때였다. 매우 불행한 일이었지만 얼마든지 아름다울 수 있었던 그 시절을 나는 무섭도록 우울하게 보냈고 그 시간의 기억을 한층 더 어둡게 만든 건 내 친구 명희였다.

예비소집일에 명희와 나는 입학시험을 치를 그 대학으로 가고 있었다. 서울 구경이라고는 고작 창경원과 남산 구경밖에 하지 못했던 우리는 복잡한 서울 풍경에 어리둥절했다. 국민학교부터 같은 학교를 다닌 우리는 대학도 같은 학교를 지원했다. 시내버스는 검푸른 물이 출렁이는 한강을 건넜다. 다리 밑으로 보이는 한강은 무척 거대해 보였다. 그 순간 내 눈 앞에 나타난 것은 어린 시절 새벽하늘에 떠 있던 낯선 그믐달과 파란 하늘이었다. 나는 얼른 내 곁에 서서 창밖을 바라보고 있는 명희의 팔을 잡았다. 명희는 내 얼굴을 힐끗 쳐다보고는 다시 창밖으로 시선을 돌리며 서울은 정말 넓고 크다, 하고 말했다. 명희의 음성이 새벽하늘에 놀란 나에게 보냈던 아버지의 인기척처럼 느껴졌다. 아버지의 목소리가 위로가 되지 못했던 그때처럼 감당할 수 없을 만큼 크고 깊은 공허감이 나를 엄습했다. 나는 휘청거렸고 그런 나를 근심스럽게 바라보는 명희에게 멀미 핑계를 댔다. 버스에서 내려 학교까지 걸어가는 길에서도 나는 현기증이 났고 그 어지럼증은 대학을 다니는 동안 내내 나를 괴롭혔다.

휘황찬란하게 보이는 상점들이 즐비한 거리를 지나 교문 뒤에 서 있는 고풍스런 석조 건물에 시선이 닿았을 때 나는 그 위용에 완전히 압도를 당하고 말았다. 우리 도시는 물론 복잡한 서울에도 아직 높은 건물이 많지 않았다. 명희도 걸음을 멈추고 눈앞에 펼쳐져 있는 대학 건물들을 바라보았다. 이번에는 명희가 먼저 내 손을 잡았다. 우리는 손을 잡고 구름같이 몰려가고 있는 인파를 따라 걸었다. 쟤들은 어디 시골에서 온 모양이지 운동화를 신었어. 누군가의 소곤거림에 우리 둘은 발밑을 내려다보았다. 다른 아이들은 온통 예쁜 여학생 구두를 신고 있었다. 시퍼렇게 물이 빠지고 낡은 운동화를 신은 것은 우리뿐이었다. 손에 들고 있는 가방도 달랐다. 아이들은 가죽으로 만든 가방을 들고 있었다. 가정 시간에 수를 놓고 바느질을 한 촌스럽기 짝이 없는 헝겊 가방을 들고 있는 것도 나와 명희 둘뿐이었다. 우리는 그 많은 아이들이 전부 서울 아이들이라고 생각했다. 나와 명희 둘만 시골 아이 같았다. 서울 아이들은 피부가 희고 이목구비가 뚜렷했다. 그 아이들은 아주 세련되었을 뿐 아니라 하나같이 똑똑해 보였다.

합격은 했지만 나는 낯선 서울, 드넓은 공간에 아무렇게나 던져진 것처럼 느껴졌다. 나를 둘러싸고 있던 보호막과 내가 딛고 있던 받침대와 내가 입고 있던 구명조끼가 홀연 한꺼번에 사라진 것 같았다. 갑작스럽게 주어진 주체할 수 없을 정도로 많은 시간도 나를 당혹스럽게 했다. 어디로 무엇을 하러 가야 하는 걸까? 보이는 것이라곤 치장한 여자들과 학교 앞에 늘어선 눈부시게 화려한 상점들뿐이었다. 여성들의 욕망을 자극할 수 있는 물품들은 죄다 그 거리에 몰려 있는 것 같았다. 길가를 따라 즐비하게 서 있는 양장점 쇼윈도에는 최고급으로 알려진 맞춤옷들이 진열되어 행인들을 유혹했고, 구둣방과 제과점과 경양식 집들은 낯선 외국어 간판을 내걸고 고급스런 이미지를 연출했다. 화장품이며 브로치, 귀걸이, 목걸이 따위를 늘어놓은 노점상들의 반짝이는 물품도 거리를 지나는 이들의 눈길을 잡아끌었다. 드문드문 남자들도 끼어 있었지만 학교 앞 거리는 쇼핑을 하러 나온 여자들로 항상 붐볐고, 우리는 학교를 오가는 길에 어쩔 수 없이 그 인파 속을 걸어야 했다.

그 거리를 지나다닌다는 건 이제 막 단발머리와 교복의 굴레에서 벗어난 여자 아이들에게 대단히 고단한 일이었다. 명희와 나는 부지런히 옷을 사러 다녔다. 우리들이 간 곳은 우리 도시에 있는 큰 시장이었다. 우리는 시장에서 값싼 기성복을 사 입었다. 어디서나 양장점 맞춤옷은 너무 비쌌고 아직 브랜드 기성복들이 등장하기 전이었다. 우리는 세련되어 보이는 서울 아이들을 닮아야 한다고 생각했다. 그러나 아무리 새 옷을 입고 머리를 커트하고 파마를 해 보아도 그 아이들만큼 예뻐지지 않았다. 해묵은 촌티가 쉽게 벗겨질 것 같지 않았다. 지방의 햇빛과 물과 흙과 바람은 피부색뿐 아니라 골격에까지 영향을 미치는 것 같았다. 교내 곳곳에서 만나는 전신 거울에 비치는 자신들의 모습을 우리는 외면해야 했고, 학교 앞 화려한 거리를 지날 때는 발걸음이 저절로 빨라졌다.

학교 앞 그 거리가 어떤 이들에게는 위험하기조차 했던 것 같다. 그 거리에서는 많은 여자들이 과장되고 기이한 몸짓들을 취했다. 서양 여배우처럼 웃옷을 벗어 엉덩이에 질끈 맨 여자가 아이스크림을 핥으며 진열장을 기웃거리다가 신경질적으로 웃어대기도 하고, 특이한 모양의 선글라스를 끼고 괴성을 질러대는 여자도 있었다. 무더위 속에 흰 롱부츠를 신고 도도하게 걷는 여자, 목걸이를 세 개나 걸친 여자, 한쪽 귀에만 귀걸이를 몇 개씩 매단 여자, 발목에 새빨간 발걸이를 찬 여자들도 지나갔다. 하다못해 어떤 여자는 짝짝이 신발을 신고서라도 그 거리에서 돋보이려고 애를 썼다. 한껏 차려입고 뽐내듯 걸어가는 여자들의 행렬이 이어졌던 것도, 여기저기서 끊임없이 젊은 여자들의 비명 같은 웃음소리가 들렸던 것도 그 거리에서 무시당하고 버림받지 않으려는 몸부림처럼 보였다.

신입생 때는 페스티벌이니 파트너니 파티니 하는 이국의 언어에서부터 겁에 질려 축제를 외면했다. 축제 기간 동안 집에서 잠이나 자기로 했던 명희가 2학년이 되자 축제 얘기를 하기 시작했다. 남학생이 우리 학교 축제에 참석하는 건 평생 이력서에 남는 일이래. 그래서 너나없이 축제 때가 가까워지면 학교 앞에서 얼쩡거리면서 아무나 붙들고 파트너로 초청해 달라고 사정사정하고 난리라지 뭐니. 명희가 축제를 말할 때 나는 국민학교 도서실에서 보았던 동화책 '인어공주'의 화려한 파티를 생각했다. 왕자의 생일 파티, 궁전의 무도회, 그것들은 결과적으로 얼마나 무서운 환상이었던가. 나는 그런 위험한 곳에는 가지 않아. 나는 속으로 중얼거리고 있었다.

명희는 서울에서 자취를 시작했다. 하루는 자신이 자취를 하고 있는 동네 허름한 양장점으로 나를 데리고 갔다. 나, 옷 맞춰서 오늘 가봉하는 건데 네가 좀 봐 줘. 점원이 걸쳐주는 노란 원피스를 입은 명희가 갑자기 낯설어 보였다. 어때? 예쁘니? 샛노란 원피스는 색깔부터 디자인까지 모조리 명희의 검은 얼굴과 볼품없는 몸매를 조롱하는 것 같았다. 초조한 눈빛으로 내 대답을 기다리는 친구가 가엾어 보였다. 이 옷 입고 쌍쌍 파티에 가려고. 쑥스럽게 웃는 친구에게 나는 있는 힘을 다해 칭찬을 해 주었다. 참 예쁘다. 아주 예뻐. 남자 파트너가 지을 난감한 표정이 떠올랐지만 나는 연신 예쁘다고 말해 주었다.

우리 학과 어떤 아이는 남자 모델을 파트너로 데리고 왔거든. 흰 양복을 입은 그 남자가 어찌나 멋있는지 전부 그 남자만 쳐다보더라니까. 파트너와 블루스를 추었다는 명희는 이제야 자기도 대학생이 된 것 같은 기분이 든다며 떠들썩하게 파티 이야기를 했다. 나는 명희에게 인어공주의 파멸에 대해 말하고 싶었다. 하지만 인어공주는 한낱 동화일 뿐이었다. 나하고 다니는 미애 있잖니? 그 앤 남자가 자가용을 몰고 왔어.

생긴 건 좀 뭣 하지만 매너가 얼마나 멋졌다구. 껌을 씹으며 큰 소리로 자랑하는 명희를 나는 잠자코 바라보기만 했다. 너, 서울대 배지에 있는 머리글자가 상징하는 게 뭔지 아니? 계집과 술과 담배래. 명희와 헤어져 돌아오는 길에 나는 지독한 멀미에 시달렸다. 다행스러운 것은 간신히 참았던 메스꺼움이 집에 도착해서야 구토로 이어졌다는 것이었다.

　나, 바지 맞추러 가는데 같이 안 갈래. 명희는 나를 끌고 학교 앞 바지 골목으로 들어섰다. 요즘 유행하는 몸에 꼭 달라붙는 청바지를 입어 보려고 그래. 점원 청년이 줄자를 들고 명희의 허리와 히프, 허벅지와 장딴지, 발목 둘레를 쟀다. 아휴, 깎아 줘요. 안 깎아 줄래. 명희가 청년의 손을 잡고 눈웃음을 치는 걸 보고 나는 앉았던 의자에서 벌떡 일어섰다. 나, 안 깎아주면 안 갈래. 명희는 청년의 손을 꼭 잡고 놓지 않았다. 새빨갛게 루주를 칠한 입술에서 흘러나오는 친구의 웃음이 부끄러워서 나는 고개를 돌렸다. 쇼윈도 밖으로는 화려하게 치장한 여자들이 몰려가고 있었다. 가게를 나오며 명희는 말했다. 옷을 많이 사 주는 남자만 있다면 나이가 얼마든 외모가 어떻든 무조건 사귈 거야. 옷만 많이 사 주면 돼. 나는 명희가 부유한 왕자님을 꿈꾸고 있다는 걸 알았다. 그런 꿈은 위험해. 정말이지 나는 명희에게 소리를 지르고 싶었다.

　나, 오늘 새끼줄 있어. 명희는 스케줄을 그렇게 불렀다. 날이 갈수록 친구는 바빠져서 나와 만나는 시간이 줄었다. 친구가 의기양양해서 어디론가 달려가 버리고 나면 나는 부지런히 우리 도시로 돌아왔다. 기차가 전철로 바뀌어 통학이 수월해졌다. 전철에서 내려 우리 도시의 공기가 내 얼굴에 닿는 순간 나는 기분이 좋아졌다. 공장이 많은 우리 도시에서 어떻게 숨을 함부로 쉬고 사느냐고 빈정대는 이들도 있었지만, 나는 오히려 서울의 공기를 호흡하는 게 고통스러웠다. 더군다나 패션가 1번지로 꼽혔던 대학 주변은 혼돈과 무질서가 난무하는 거리였다. 그때의 내 눈에는 그렇게 보였다. 그 거리에 열광할 만한 한창나이의 내 눈을 그렇게 만든 건 인어공주의 물거품이었을 것이다.

나는 할일이 없었다. 유리벽을 사이에 두고 세상과 차단된 것 같기도 하고, 전신을 마비시키는 거미줄에 걸린 것 같기도 한 상태에서 나는 허무의 늪에 빠져 들었다. 인간이 도대체 무엇을 의지하고 살 수 있는 건지, 세상에 의미 있는 것이라곤 하나도 없었다. 강의실에 앉아 있어도, 친구들과 웃으며 거리를 걸어도, 나 홀로 심연 같은 우주의 검은 공간에 빠져 허우적거리는 것 같았다. 어린 시절 나를 급습했던 밤하늘 우주의 공포와 인어 공주의 허무에 나는 완벽하게 잠식을 당한 상태였다. 나는 아무에게도 들리지 않는 무언의 비명을 질러댔다. 기막힌 슬픔과 무감각 상태에서 그저 살아남아야 한다는 본능으로 걸어 다녔지만 두 발은 결코 땅에 닿지 않았다. 우중충한 빗속이나 안개를 헤집고 유령처럼 떠다니는 기분이었다.

어느 날, 우리 도시에서 우연히 국민학교 동창들을 만났다. 그들은 공장에 다닌다고 했다. 나는 손에 대학 교재를 들고 있었다. 공부는 해서 뭐해? 그것도 여자가? 그들은 대학생을 가까이서 보는 건 처음이라고 했다. 표지가 두꺼운 내 책을 신기하다는 듯 바라보았다. 여자가? 하는 말이 귀에 거슬리긴 했지만 글쎄, 나도 몰라. 나는 무심코 대답했다. 공부해서 뭐해? 그 질문이 살아서 뭐해? 하는 물음처럼 들렸다.

명희가 오랜만에 강의실로 나를 찾아왔다. 얼굴이 초췌해 보였다. 노상 들떠 있던 친구가 말없이 걷기만 했다. 친구는 어두운 지하 다방으로 들어서더니 제법 능숙한 솜씨로 담배를 물었다. 나는 놀란 눈으로 친구를 바라보았다. 담배가 건강에 해롭다는 인식이 퍼지기 전이었고 몇몇 여대생들이 남녀평등 차원에서 담배를 피우기는 했다. 그러나 아직 젊은 여성이 담배를 피우는 건 특별했다. 술 마시러 안 갈래? 생맥주집으로 명희를 따라 들어간 나는 친구가 연방 잔을 비우는 것을 지켜보며 여간 불안한 게 아니었다. 그 새끼도 결국 나를 버렸어. 난 발음이 안돼. 서울 애들은 어떻게 그리 영어 발음을 잘 하는지 몰라. 아마 어려서부터 빠다를 먹고 자라서 그럴 거야. 나야 김치밖에 더 먹었니. 가난뱅이 촌년이 공장에 다니는 오빠들 덕에 대학엘 다니고 있는 거지. 온갖 화려한 딱지가 다 붙은 여자 대학 영문과에 말이야. 우리 학과 애들은 얼마큼 잘났는지 아니? 그 애들은 방학을 외국에서 보내는 거야. 한 주일은 미국 이모 집에서 그리고 두 주일은 삼촌이랑 스위스에서. 나 같은 거야 갈 데가 집밖에 더 있니? 그런데 불쌍한 우리 어머니, 아버지, 오빠들은 내가 여왕 급제라도 따러 다니는 줄 알지. 내가 도대체 영문과는 나와서 뭘 하겠니? 난 아무리 멋을 부려 봐도 우리 과 애들처럼 세련돼 뵐 않아. 정신없이 지껄여대던 명희가 비틀거리며 일어섰다.

나는 명희를 부축해서 뒷골목 쪽으로 걸었다. 우리 학과 애들은 전부 괜찮은 남자들을 하나씩 차고 다니지. 그런데 난 날 좋아해 주는 남자가 없어. 그 녀석들은 왜 나를 싫어하는지 몰라. 명희는 어느 집 낡은 담벼락에 대고 토악질을 하기 시작했다. 너 그거 봤지? 메이퀸 대관식 말이야. 맞다. 너랑, 나랑 나란히 봤지. 그 대관식이 내 넋을 다 앗아 갔어. 내가 여왕이 된 기분이 들었으니까. 아니지, 여왕이 아니라 공주님이 된 기분이었어. 너 그거 생각나? 내가 공주님 그림을 얼마나 많이 그렸는지. 백설 공주, 인어 공주, 엄지 공주, 신데렐라. 난 이 대학에 오면 저절로 공주님이 되는 줄 알았어. 아, 인어 공주는 빼야겠다. 공주는 끝까지 화려하고 행복해야지. 그런데 나는 지금 마녀의 저주에 걸린 걸까? 나는 왜 이렇게 비참해졌을까? 난 외로워. 외로워서 못 견디겠어. 난 어떻게 살아야 하는 거니? 뭘 해야 하는 거니?

비틀거리며 걷던 명희가 갑자기 걸음을 멈추고는 나를 뚫어지게 바라보았다. 근데 넌 뭐야? 아주 의젓하게 학굘 잘 다니고 있잖아. 나도 잘 다니는 건 아니라고, 그냥 버티고 있을 뿐이라고 말했지만 명희에게 내 말은 들리지 않았다. 자취방에 눕힐 때까지 명희는 혼자 중얼거리다 웃기도 하고 악을 쓰기도 했다. 간신히 막차에 올라타고 나서야 나는 내가 울고 있다는 사실을 깨달았다. 명희와 함께 운동장에서 거행된 메이퀸 대관식을 본 것은 신입생 때였다. 명희는 손뼉을 치며 좋아했지만 나는 시녀를 거느리고 천천히 걸음을 옮기는 여왕의 모습이 학교 앞 양장점 쇼윈도 안에 있는 마네킹의 세계와 다를 게 없다고 판단했다. 그건 위험한 환상이라고 나에게 경고를 한 것은 물론 인어 공주의 물거품이었다.

중년의 나이에도 눈빛이 초롱한 여교수는 인생에 이만저만 자신만만한 게 아니었다. 어릴 때 퀴리 부인을 존경해서 죽어라 공부했는데 수학에 재능이 없어서 과학자가 되는 걸 포기하고 아이를 셋이나 낳고 미국 유학을 가서 박사 학위를 땄고, 그것도 모자라 수필가로 등단을 했다는 것이었다. 생의 아픔을 알 겨를도 없었을 것 같은, 그래서 아름다운 언어를 교묘히 짜 맞추고 기교를 부려 글을 쓸 것 같은 그 노력파 여교수를 보면 괜스레 역정이 났다. 나는 지금도 매일 새벽 4시에 일어나 공부를 하거나 글을 씁니다. 위인들은 거개가 새벽에 일어나 일을 했습니다. 나는 하루 6시간 이상 자는 것을 허용하지 않습니다. 손님이 와서 부득이 얘기를 해야 할 경우라도 난 콩이라도 까고 뜨개질이라도 합니다. 어떤 시련에도 결단코 상처 같은 건 입을 것 같지 않은 그가 유치하기 그지없어 뵈는 소아적 성취욕을 자랑삼아 또 다시 발설하기 시작했을 때 나는 슬며시 자리에서 일어나 강의실을 빠져나왔다. 그 교수는 세상이 얼마나 넓고 인간의 현실이 얼마나 보잘것없는지 영영 깨닫지 못할 것만 같았다.

나는 애먼 교수에게 잔뜩 화가 난 채로 학교 뒤에 있는 산으로 향했다. 길가에는 작은 꽃들이 고개를 내밀었고 나무에는 파릇한 잎이 나오고 있었다. 지난겨울 혹독한 암흑의 시간을 겪었으면서도 다시 시작하려고 발버둥치는 초목들이 서글퍼 보였다. 뒷산에 오르자 나와는 아무 상관없어 뵈는 세상이 저 아래 그저 한없이 넓게 펼쳐져 있었다. 모든 게 덧없어 보였다. 눈에 보이는 세상은 견고한 것이 아니었다. 금방이라도 무너져 내릴 헛된 것들이 수증기처럼 아득하게 퍼져 있는 광경 앞에서 나는 숨이 막혔다. 나에게도 분명 그 여교수가 펼쳐 보이는, 하면 된다는 신념으로 가득 찬 그런 확고한 세상이 존재했었다. 명희와 야간 자습을 끝내고 집으로 돌아가는 길, 거리의 불빛은 얼마나 반짝였던가. 졸업을 하고 대학에 들어가면 아름다운 세상이 우리를 기다리고 있을 것이라고 얼마나 굳게 믿었던가. 우리가 받은 상장 개수만큼, 우리의 시험 성적표대로 인생에서 보답을 받을 거라는 생각을 의심 없이 받아들였다. 우리는 얼마나 강한 신념을 가졌었던가? 그런데 막상 우리가 대학에 와서 만난 현실은 암담하였다. 우리는 어디로 가고 있는 걸까? 사방을 둘러봐도 막막한 허공뿐, 그야말로 방향을 가늠할 표적조차 없었다.

전철에서 내려 다시 버스를 타고 한강을 건너는 그 먼 등굣길을 달려오면 가장 먼저 눈에 들어오는 건물은 대강당이었다. 정면으로 보이는 언덕 위에 웅장하게 서 있는 그 대강당 석조 건물 상단에는 십자가가 붙어 있다. 젊은 날, 남은 생을 예수에게 바치겠노라고 맹세를 했다는 기독교 학과 노교수의 강의는 믿고 구원받으라는 강요의 연속이었다. 교양 필수 과목이었던 그 수업에서 교수는 강의 중간에도 걸핏하면 기도를 하자고 했다. 청춘과 지성을 냉엄한 시간에게 빼앗기고 남은 게 예수밖에 없다는 평가를 받고 있는 그 독신 여교수의 기도가 길게 이어지는 동안 학생들은 눈을 뜨고 딴짓을 했다. 그날도 그는 강의에 들어오자마자 무턱대고 기도를 하자고 했다. 어젯밤 나는 운동장에 누워 학생들이 왜 기도하지 않는지 하늘을 보며 울었습니다. 그리고 통곡 중에 이 가엾은 아이들을 구원해 달라고 통성으로 기도하였습니다. 우리 진정으로 참회의 기도를 올립시다. 그가 두 손을 모으고 눈을 감았는데 가까이에서 양희은의 노래가 들렸다. 빈 강의실에서 몇몇 아이들이 부르는 노래였다. 눈을 부릅뜬 그는 그 강의실로 달려가 그 노래 소리보다 더 큰 소리로 악을 썼다. 야, 이 자식들아, 네까짓 것들도 대학생이냐? 밖에서 교수는 노발대발하였지만 강의실에 있던 학생들은 키득키득 웃어댔고 웃는 중에 누군가 말했다. 네까짓 것도 교수냐? 그 교수가 출제한 시험 문제는 교회에 다니지 않은 사람은 도무지 답을 쓸 수 없는 것들뿐이었다. 시험을 마치고 어떤 아이가 말했다. 이건 성경 경시대회 문제야.

어느 곳에도 구원은 없었다. 명희와도 소원해졌다. 학과가 달랐던 우리는 본격적으로 전공과목 수업에 들어가면서 학교에서도 만나지 못했다. 국민학교부터 모든 학교를 함께 다닌 명희였지만 방학 때도 명희는 서울에서 지냈다. 식당에서 점심을 먹고 막 일어서려 하는데 명희가 걸어오는 게 보였다. 안녕하세요. 예수 믿으세요? 기둥 뒤에 있는 나를 발견하지 못한 명희는 옆 좌석에 앉은 한 무리의 학생들에게 다가가 전교 사업을 펼치기 시작했다. 우리는 8학기 동안 내내 채플 시간을 이수해야 했다. 그 시간을 이수하면서도 그 종교가 나에게는 여전히 이질적이고 생소했는데 명희는 구원을 받은 모양이었다. 나는 슬며시 자리에서 일어나 살그머니 식당을 빠져나왔다.

4년의 시간을 버텨낸 내게 대학 졸업장이 주어졌고, 나는 우리 도시에서 취업하게 되었다. 우리 도시로 돌아오면서 서울 어지럼증도 끝이 났다. 나는 바쁘게 일하고 돈을 벌었다. 이 세상에서 먹고 살아야 하는 문제만큼 절실하고도 확실한 것은 없었다. 길었던 허무의 늪에서 나는 서서히 빠져나왔다. 추상적 관념에 잠긴 사람에게는 현실의 압박이 때로 구원이 될 수 있는 거라는 생각이 들었다. 명희가 우리 집으로 전화를 걸어온 것은 졸업을 한 그해 늦가을이었다. 나, 둘째 주 토요일에 결혼한다. 그인 아파서 법대 휴학 중인데 병이 치유되면 신학교로 갈 거야. 그이는 내 모든 걸 용서해 주기로 했어. 우린 하나님의 계시를 받았거든.

남자의 고향, 작은 읍내 허름한 예식장이었다. 남자는 그 지역에서 수재로 이름을 날렸고 농사를 짓는 부모는 장남에게 모든 걸 걸었다. 마룻바닥은 삐걱거리고 사과 궤짝을 이어댄 썰렁한 신부 대기실 문은 영 닫히지 않았다. 거칠한 얼굴에 화장이 받지 않아 분가루는 허옇게 밀리고 헐렁해서 뒤를 바투 잡아 무명실로 듬성듬성 꿰매 놓은 때 묻은 웨딩드레스는 멀리서만 화려해 보였다. 여러 형제의 맏며느리로 시집으로 들어가 살림을 해야 했던 명희는 투병하던 남편이 죽자 남편을 따라가는 길을 선택했다. 반지가 목걸이가 매니큐어가 번쩍이던 대학 앞 번화가가 나를 미치게 만들었던 거야. 그 거리를 지나치려면 난 왜 그렇게 비참해졌는지 몰라. 남편의 장례식장에서 명희가 했던 그 말은 오랫동안 나를 떠나지 않았다.

우리는 인어마을에서 오래 머무르지 못했다. 머리 위로 쉴 새 없이 오가는 비행기 소리에 머리가 아팠기 때문이었다. 공항이 생기기 전에는 고즈넉하고 아름답기만 했을 마을이었다. 폐가가 눈에 많이 띄었던 이유를 알았다.

"어쩔 수 없지. 비행기는 다녀야 하니까."

안타까워하는 내게 남편이 말했다.

우리는 구름다리를 건넜다. 바다 위에 걸쳐진 다리가 위태롭게 출렁
거렸지만 우리는 재미있어 했다. 구름다리 건너 작은 섬을 다녀온 우리
는 버스 정류장으로 걸어갔다. 여름 작업모자를 쓴 노파가 정류장 의자
에 앉아 있었다.

"여기 사시는 분이신가 보다."

넉살 좋은 남편이 먼저 인사를 했다.

"다리 건너 다녀오셨나 보네."

다리를 왜 저렇게 만들었는지 몰라. 밑에 녹이 잔뜩 슬었잖아. 언제
무너질지 몰라. 성수대교마냥 무너질 거야. 노파는 말이 빨랐다. 바다에
대해 아무것도 모르는 사람들이 만들어서 그래요. 남편이 노파의 말을
거들었다. 장봉도에는 언제부터 사셨어요? 남편과 노파의 대화는 이어
졌다.

폭염이 내리는 날씨에도 차양막이 있는 바닷가 정류장 안은 견딜 만
했다. 우리들의 대학 생활은 뜨거운 열기 속을 걷는 것이었다. 그때 우
리는 시간은 흐른다는 그 명확한 사실을 알아채지 못했다. 영원히 정지
해 있는 화면 속에서 사는 건 줄 알았다. 그래서 언제고 뜨거운 날이 가
면 서늘한 바람이 불어온다는 것을 그때의 우리들은 몰랐다. 그렇게도
번쩍이던 대학가의 화려함은 사람들이 변화를 감지하지 못하는 가운데
저물었다. 대형 쇼핑몰이 천지에 깔린 이제 그 대학 거리는 소박함을 넘
어 궁벽하다는 느낌마저 준다. 초고층건물들이 우후죽순처럼 올라오는
세상에서 그 대학 건물들은 아담하게 느껴지고 위풍당당하던 대강당마
저 절대적으로 왜소해 보인다. 명희가 살아 있다면 그때 우리들이 보았
던 것들이 찰나의 환영 같은 것이었다는 사실을 깨달았을 것이다.

옷을 많이 사주는 남자만 있다면, 옷만 많이 사주면 돼, 명희의 간절
했던 목소리가 들리는 것 같았다. 우리를 갈증에 헐떡이게 했던 것들,

옷, 구두, 가방, 목걸이, 귀걸이, 그것들 역시 신기루 같은 것이었다. 명희와 지금 함께 있을 수 있다면 이제는 옷이 얼마나 값싸고 흔해졌는지, 맨눈으로는 명품과 식별이 안 되는 가방과 구두도 얼마나 값이 싸고 품질이 좋은지, 진짜 보석과 똑같은 모양의 인조 보석과 모조 보석은 얼마나 반짝이고 아름다운지, 그때는 왜 그게 그렇게 귀해 보였는지, 우리는 그때 왜 그렇게 허기가 졌는지, 마구 수다를 떨면서 깔깔대고 웃을 것 같다. 우리는 각자 자가용을 타고 와서 만날 것이고 헤어질 때는 외국 여행을 같이 가자고 약속을 했을 것이다. 그때 우리가 그토록 부러워했던 것들이 지금은 아무것도 아닌, 누구나 가질 수 있게 흔한 세상이 되어버린 것이다.

"저기 버스가 오네."

노파의 목소리에 정신 줄을 놓고 있던 나는 의자에서 벌떡 일어났다. 텅 빈 버스가 우리 쪽으로 달려오고 있었다. 노파는 버스 기사와 인사를 나누고 우리는 노파의 뒷자리에 앉았다. 에어컨 바람이 시원했다.

"선착장에 한참 서 있다 갈 거지?"

노파와 기사는 아주 친숙한 사이인 것 같았다.

"오늘도 날씨가 어지간해서 배 손님이 많아요."

기사는 노파더러 더운 날 밭일은 하지 말아야 한다고 말했다. 노파는 섬 어딘가에 농토를 가지고 있는 것 같았다.

뜨거운 날은 위험하다. 열기 뒤에 도사리고 있는 깊은 어둠을 볼 수 없기 때문이다. 뜨거웠던 젊은 날로부터 수십 년, 긴 시간이 흘러갔다. 식어버린 눈으로 바라보는 세상은 젊은 날 바라보던 세상과 얼마나 다른가. 나이를 먹어 좋은 것들이 있다. 휘황한 것들에 취해 비틀거리지 않아 좋은 것이다. 놀라서 울거나 주눅이 들어 움츠러들 일도 없는 것이다. 화려한 거리에 서 있어도 흔들리지 않고, 막막한 바다 무수한 물거품에도 쓸쓸하지 않고, 밤하늘에 드러나는 그 깊은 우주와 홀로 조우를 하는 순간에도 두렵지 않아 좋다. 어린 날부터 오랫동안 나를 괴롭혔던 우주멀미에서 벗어난 것도, 내 영혼의 한 편을 점유했던 실존의 현기증이 사라진 것도 내가 늙었기 때문일 것이다.

차창 밖으로 긴 해변이 보였다. 이제 내 눈에 비치는 세상은 그다지 광활해 보이지 않는다. 명희와 같이 버스를 타고 다리를 건널 때 나를 놀라게 했던 거대한 한강은 이제 네모난 수족관이 기다랗게 늘어선 것처럼 작아 보인다. 아마도 양 옆에 늘어선 고층 건물들과 강을 가로지르는 수많은 다리들 때문이겠지만 더 큰 이유는 내가 나이를 먹었기 때문일 것이다. 지난 시절 내가 보았던 그것들은 과연 진실이었을까? 명희가 보았던 세상은 어떤 것이었을까? 우리는 허깨비를 보았던 게 아닐까? 여전히 알 수 없는 세계에서 언젠가 사라질 무상한 존재로 살아가지만 이제 나는 크게 섭섭할 게 없다. 내 나이가 어느덧 그런 지점에 이른 것이다.

우리는 종점까지 갈 계획이었다. 남편은 섬 트래킹을 하러 왔다는 중년 남자와 이야기를 나누고 있었다. 나는 원래 혼자 이것저것 생각하기를 좋아하는 사람이다. 그렇지만 오늘 유독 지난날의 기억에 자꾸 빠져드는 것은 장봉도에 인어상이 있기 때문이다.

우리 마을 전설

우리 마을 전설

우리 마을은 재개발 지역이다. 중개업자들이 인터넷에 올린 광고를 보면, 워낙 조용하고 빠르게 재개발이 진행된 구역이라 생소하겠지만, 빈 땅이 많아 조합원수가 일반분양 세대수에 비해 아주 적어서, 입주권 매물이 상당히 희소한 가치를 갖고 있으며, 가격 상승 요인이 무궁무진한 곳입니다, 이렇게 소개되는 지역이다. 경사가 완만한 산언덕을 따라 사람보다 꽃과 나무들이 더 많이 살고 있는 마을이다. 그 업계에서는 여우말 지구로 불린다. 여우말은 우리 마을의 옛 지명이다. 여우가 많아서 그렇게 불렸다고 한다. 행정구역 명칭을 버젓이 두고 재개발 지역 이름을 옛 지명인 여우말로 붙인 이유를 나는 모르겠다.

그 여자는 멀리서도 눈에 띄었다. 그 여자는 늘 흰색 투피스 차림에 흰색 하이힐을 신고 다녔다. 겨울에는 흰색 롱 밍크코트를 걸치고 흰색 부츠를 신었다. 짙은 화장으로 나이를 가늠할 수 없는 얼굴에 한 가닥으로 길게 땋아 내린 머리를 살랑거리며 사뿐사뿐 걸었다. 그 여자를 처음 보는 사람들이나, 눈이 나쁜 사람들 그리고 남자들에게 그 여자는 젊은 여인처럼 보인다고 했다. 주민들 중에는 그 여자에게 말을 거는 사람이 없었다. 그 여자가 지나갈 때면 마을 아주머니들은 땋은 머리가 짐승 꼬리처럼 매달려 있는 그녀의 뒤통수를 흘겨보며 수군거렸다.

"요물은 요물이야."

"대통령도 잘못하면 잡혀가는데."

아주머니들은 그즈음 텔레비전에서 연일 비추고 있는 전직 여자 대통령이 수갑을 차고 잡혀가는 흉내까지 냈다.

머리부터 발끝까지 치렁치렁 치장을 한 그녀는 우리 마을 재개발 조합장이다. 결혼을 했다가 석 달 만에 친정으로 돌아왔다고 했다. 부모와 큰오빠 부부가 살고 있는 집에서 더부살이를 했다. 오랜 세월 그 여자는 저녁마다 짙은 화장을 하고 돈을 벌러 다녔다. 오빠가 동네 반장 일을 보게 되면서 유치원 원장이 구의원에 출마를 할 때 선거 운동원으로 일을 했는데 그 일을 계기로 그 여자는 온갖 선거에서 여당 쪽 선거 운동원으로 일을 하게 되었다. 선거판을 따라다니며 못된 짓들을 배웠다고도 하고, 천성이 그런 여자였다고도 하는데, 그 여자의 짙은 화장 속 얼굴만큼이나 그 여자에 관한 진실은 알 수 없었다.

십 몇 년 전, 처음 재개발 사업을 시작할 때 ㅎ건설회사 아파트를 짓는다면서 조감도까지 그린 호화롭고 멋진 팸플릿을 집집이 돌렸는데 그때 왜 슬그머니 그만두었는지 그 이유를 아는 사람은 없었다. 소리 소문도 없이 재개발이 흐지부지 되었는데도 그 여자는 선물인지 뇌물인지 그 건설회사에서 받았다는 흰색 그랜저 승용차를 계속 운행했고, 자동차와 함께 받았다는 선물인지 뇌물인지 정체를 알 수 없는 빨간 기와집도 빈집으로 그냥 놓아두었다. 명절 때면 그 여자는 마을 노인들 몇몇에게 스팸이나 식용유가 들어있는 선물 세트를 돌렸는데 노인들은 그 돈이 조합비에서 나온다는 걸 몰랐다. 선물을 받으면서 노인들은 하나둘 세상을 떠났고 남은 노인들은 치매에 걸리거나 요양원에 입소를 했다. 주민들은 사라진 건설회사 팸플릿처럼 재개발 조합도 없어졌다고 생각했다. 그 여자가 여전히 조합장이고 주민들의 땅을 담보로 은행에서 돈을 빼서 쓰고 있다는 사실을 인지하지 못했다.

오래 전부터 지어진 집들은 시간이 흐르면서 곳곳이 무너져 내렸다. 어떤 이들은 낡은 집을 세 놓고 이사를 가고, 어떤 이들은 집을 크게 수

선하거나 개축을 했다. 재개발 소문을 듣고 투자자들이 일찌감치 사들였다는 집들은 오랜 기간 방치되면서 벽과 담장들이 쏟아져 내렸고, 업자들이 지어댔던 빌라들도 지저분하게 낡아갔다. 설령 금방 철거를 당하더라도 재개발 지역에서 빌라는 큰돈이 된다며 조용한 주택가에 서둘러 지어 올렸던 빌라들이었다. 노년의 주민들이 세상을 떠나는 동안 중년의 주민들은 은퇴자가 되었다. 그들은 마당에, 대문 주위에, 골목에 채소와 꽃을 키웠다. 시간이 흐를수록 마을에는 식물이 늘고 은은한 꽃향기가 하늘을 맴돌았다.

십수 년이 흐르는 동안 중간에 잠깐 이상한 일이 생기긴 했다. 그 여자가 이름을 바꾸었던 것이다. 멀쩡한 이름을 놔두고 다 늙어서 왜 이름을 바꾼대? 주민들은 그 여자가 이제라도 구식 이름을 버리고 세련된 이름을 갖고 싶었나 보다, 그런 생각들을 했다고 전해진다. 순정만화에 등장하는 여주인공 같은 새 이름에 피식 웃음을 짓기까지 했다고 한다. 주민들은 늙은 여자와 새 이름이 도통 어울리지 않는다고 생각했다. 사람 이름에도 그 시대의 흔적이 담기는 것이기 때문이다. 그 여자가 이름을 바꾼 뒤 얼마 있다가 낯선 여자들이 나타나 동네를 돌면서 아파트 신청을 받으러 다녔다고 한다. 나는 어머니로부터 그 일을 전해 들었다.

"모르는 여자들이 와서 아파트 신청을 하라고 하더라."

"뭐라고 하셨어요?"

"난 아파트에서는 안 산다, 못 산다. 늙은이가 뭔 아파트냐, 그랬다. 답답해서 못 산다고 했다."

그 여자가 이름을 바꾸고 나서 그렇게 또다시, 잠깐 동안, 아파트 바람이 불긴 했지만 금방 가라앉았다고 한다.

세월은 흘렀고, 텔레비전에서는 빚을 내어 집을 사라는 뉴스가 나왔고, 서울 아파트 값이 천정부지로 뛰어오르고 있다는 소식이 날아들었다. 그러다가 전국 방방곡곡에 고층 아파트들이 경쟁적으로 들어선다는 뉴스들이 쏟아졌는데, 그때도 우리 도시는 조용했다. 우리 도시에선 걸핏하면 바다를 매립하는 통에 언제고 아파트를 지을 땅은 널려 있었다. 하긴 그 북새통 속에서 우리 도시에서도 큰길가를 따라 고층 오피스텔과 주상복합 아파트들이 들어섰고, 우리 마을 인근에 있는 공원 쪽 단독주택들이 맥없이 허물어지면서 빌라촌으로 바뀌기는 했다. 그래도 우리 마을은 고요했다. 주민들은 비가 새는 지붕을 칼라강판으로 바꾸면서 마당에 나무를 심고, 꽃을 기르고, 채소를 가꾸었다. 그러던 어느 날 전국 방방곡곡에서 맹활약을 펼치던 건설회사들과 투기꾼들이 우리 도시에 당도했다는 소식이 들렸다. 우리 도시에 출현한 그들은 우리 도시의 집값 띄우기에 나섰고, 그들의 입김에 우리 도시에 있는 아파트 가격이 하룻밤 사이에 1억이 올랐다고도 하고, 3억이 뛰었다고도 했다.

그게 오전이었는지 오후였는지, 그 시각을 기억하는 주민은 없었다. 하지만 마을 여기저기서 재개발 축하 플래카드가 적군의 깃발처럼 펄럭이고 있는 것을 발견했을 때 주민들은 우왕좌왕했다. 그러다가 플래카드에 적힌 조합장의 이름이 수상하다는 데 생각이 미쳤다. 성은 같은데 이름은 달랐다. 원래 이름도 아니고, 바꾼 이름도 아니었다. 조합장이 이름을 또다시 바꾸었다는 사실이 밝혀졌다. 여리여리하게 느껴지던 새 이름을 버리고, 도회지 깍쟁이 소녀 같은 이름으로 다시 바꾸었다는 것이었다. 다시 바꾼 이름도 이제는 70살이 된 그 여자에게는 도무지 어색했다. 그 여자에게는 아무래도 본래 이름 오정자, 가 딱 어울렸다. 그 여자의 승용차도 흰색 그랜저에서 하얀 외제차로 바뀌었다. ㄷ건설회사로부터 받은 것이라고 했다.

"이름을 왜 자꾸 바꾼대요? 도대체 조합장 임기는 몇 년이지요? 저 여자가 죽을 때까지 조합장을 하는 거예요?"

누군가 물었지만 그 질문에 답을 해 줄 수 있는 사람은 없었다.

마을에 살고 있는 주민들은 재개발을 원하지 않았다.

"이 나이에 이제 와서 어디 가서 살란 말이야."

"재개발한다고 아파트 기다리다가 중간에 죽을 수도 있어."

"나는 아파트는 싫어. 아파트에서는 갑갑해서 못 살지."

"내가 내 집에서 살겠다는데 왜 쫓아내는 거야. 가만히 좀 놔두라고."

누군가 구청과 시청에 항의를 하고 있다고 했다. 조합장 집으로 쳐들어가 악을 쓰고 고함을 지르는 사람도 있었다. 조합장 집에서 기르는 개가 새벽부터 짖어대고 싸우는 소리가 멀리까지 들렸다. 경찰차가 자주 마을에 나타났다. 재개발을 막아야 한다고 고래고래 소리를 지르고 다니는 이들도 있었다. 그러나 잠시 떠들썩한 시간이 지나고 나면 마을은 이내 조용해졌다.

재개발 축하 플래카드 밑을 지날 때 조합장, 그 여자와 눈이 마주쳤다. 그것은 정말 우연이었다. 나는 텃밭에 심은 채소에 벌레가 꾀어서 식초를 사러 가는 중이었다. 그 여자는 나를 빤히 쳐다보고는 얼굴 가득 배시시 조소 어린 웃음을 지었다. 내가 왜 그런 대접을 받아야 하는지 영문을 알 수 없어 나도 모르게 한참 동안 그 여자를 마주 보고 서 있었다. 그 여자는 눈을 흘기고 쩝 입맛을 다신 다음 그대로 나를 스치고 지나갔다. 뻐기는 듯 의기양양한 그녀의 표정에 적의와 경멸이 가득했다. 나는 길을 가다 구정물 벼락을 맞은 것처럼 몹시 기분이 나빴다. 벌레 퇴치제로 쓸 대용량 식초를 사들고 집으로 돌아오면서도 나는 여전히 그 여자의 음험한 웃음에 사로잡혀 있었다. 나에게 왜 그렇게 흉악하고 끔찍한 표정을 지은 걸까? 그 여자 입장에서 자꾸 생각해 보니까 이해가 안 되는 것도 아니었다. 재개발 얘기가 나오고 십 몇 년을 그 여자는 투명 인간처럼 지냈다고 했다. 그 여자에게 몇 차례 술대접을 받은 몇몇 늙은 남자들만 그 여자를 고분고분 따라다녔다고 하는데, 술에 취한 건지, 분 냄새에 취해서 그랬는지, 그 늙은 남자들이 그 여자의 월급을 올려주자고 제의를 했고, 그 제의에 따라 그 여자는 다달이 높은 보수를 받았다고 했다. 그렇지만 그 주책스러운 늙은 남자들도 차츰 세상을 떠났고 바깥출입을 할 수 없는 신세가 되었다고 했다. 그 여자는 자신을 싫어하고 무시하는 주민들을 경멸하면서 십수 년의 세월을 버텨냈을 것이다. 나는 그 여자가 경멸한 주민 중 한 사람일 뿐이었다. 나는 지저분한 배설물이 묻은 것처럼 내 마음을 털어내고는 다시는 그 여자와 마주치는 일은 없어야 한다고 생각했다.

　재개발을 하지 않으면 주민들이 30억을 배상해야 한다는 소문이 돌았다. 그동안 조합에서 쓴 돈이 30억이 넘는다고 했다. 어떤 이들은 30억이 아니라 50억이라고 주장했다. 그 큰돈을 누가 어디에 썼는지 묻는 사람은 없었다. 수상한 괴담이 돌아다니는 동안 주민들은 불안에 떨었다. 30억을 물어내려면 가구 당 얼마씩 내야 하는 거야? 그게 범칙금이나 벌금 같은 거라서 누구도 피할 수 없는 돈이라고 했다. 내일이라도 당장 수천만 원이 찍힌 고지서가 날아들고, 집집이 집문서와 땅문서를 저당 잡혀야 한다는 불안감이 온 마을에 전염병처럼 번졌다. 빚쟁이가 된 주민들이 공포에 떨고 있을 때 예쁘고 상냥한 여자들이 우르르 마을에 나타났다. 꽃처럼 젊고 화사한 그 여자들은 고운 목소리로 말했다.
　"주민들이 이제는 진실을 똑바로 아셔야지요. 빚들이 많으시잖아요."
　"이번에는 반드시 재개발을 추진해야 한다는 거 아시지요?"
　"아파트 값도 날마다 뛰고 있잖아요. 이번 기회에 조합에다 아파트를 신청해서 재산을 크게 형성하셔야지요."

이른 아침부터 늦은 밤까지 예쁘고 상냥한 여자들이 가가호호 나비 떼처럼 몰려다녔다.

"큰돈을 벌 수 있는 이 좋은 기회를 왜 놓치려고 그러세요."

"몇 억을 벌 수 있는 절호의 기회를 놓치시면 안 되지요."

그 어린 여자들을 나는 몇 번이나 친절하게 맞아 주었다. 그러면서도 우리는 결코 아파트를 분양 받지 않을 것이라고 말해 주었다. 그러나 그 여자들은 내 친절을 다른 뜻으로 받아들이는 것 같았고 끝내 나는 버럭 화를 내고 말았다.

"그만들 하지요. 그놈의 재개발. 내가 지금 얼마나 참고 있는 줄 알아요?"

어두운 밤에 찾아온 아가씨들은 선량하고 다정했다.

"아까 전화를 드렸을 때, 전화 목소리는 참 고우셨는데."

그녀들은 진정으로 안타깝다는 듯 나를 바라보았다. 세상 물정 모르는 어린 여자들이었다. 그녀들에게 미안했지만 나는 어여쁜 그녀들을 막무가내 대문 밖으로 쫓아버렸다. 나는 일당을 받고 일하고 있을 그 여자들에게 그러다가 미분양이 나고, 할인 분양이 되면 책임을 질 겁니까? 나중에 추가 분담금이 올라가서 빚쟁이가 되면 그때 그 돈은 누구에게 받아야 하지요? 하고 따질 수는 없었다. 그녀들은 당장 일자리를 얻어 기쁠 것이고, 조합에서 지시하는 대로 열심히 일을 하고 있을 뿐이었다.

빌라에서 거주하는 주민들에게 조합장이 높은 금액으로 종전자산가격을 매겨주겠다고 약속했다고 했다. 그 위에 입주권 프리미엄까지 약속했다는 것이었다. 현시세보다 1, 2억은 쉽게 더 받을 수 있다고 했다. 빌라 사람들이 우르르 몰려가서 아파트 신청을 했다. 재개발은 빌라 거주자들이나 집이 작은 주민들에게 유리한 사업이라고 했다. 큰돈을 벌게 해주겠다는 약조를 받고 작은 집을 가진 주민들이 조합 사무실로 몰려갔다. 재개발 반대에 앞장을 섰던 사람들이 조합 선전 요원으로 변신했다고 했다. 헌 집 가지고 쉽게 돈을 벌 수 있는 기회를 얻었다고 동네방네 외치고 다니고 있다는 것이었다. 조합장과 그들 사이에 은밀한 거래가 이루어졌다는 소문이 돌았다.

"한때 그토록 조합장을 욕하고 재개발을 반대하던 사람들이 다 돌아섰어요."

누구누구가 부자로 만들어 주겠다는 약속을 조합장으로부터 개별적으로 받아냈다고 했다.

조합장은 큰길가 병원 건물 꼭대기 층에 차려진 조합 사무실 깊숙한 회전의자에 앉아 있다고 했다. 조합 사무실은 운동장처럼 넓은데 어여쁜 여사무원들과 인상이 험악하고 신체가 건장한 남자들이 그 여자를 호위하고 있다는 것이었다. 그즈음 조합장의 화장은 더 짙어져서 분장인지, 변장인지 구분을 할 수 없다고 했다. 어떤 이들은 그 여자가 얼굴에 색조 철판을 깔았다고 말했다. 그 여자의 민낯을 본 사람은 없었으므로 그 여자가 가면을 쓰고 있다는 주장을 해도 이의를 제기하는 사람은 없었다. 짙은 화장을 한 조합장이 마을에 투입한 얼굴 예쁘고 상냥하고 친절한 젊은 여자들은 계절이 다 가도록 마을을 돌며 아파트 신청을 받았다.

언론에서는 갭투기로 돈을 번 사람들 이야기, 아파트로 부자 된 사람들 이야기를 날마다 쏟아냈다. 예전부터 건설사들은 언론사들을 인수하고 있었고, 사유화된 언론사들은 전 국민을 대상으로 아파트에 대한 동경과 선망과 환상을 부추기고 있었다. 건설사들이 우리 도시로 시선을 돌렸을 때 기자들의 눈과 입도 그들을 따라 우리 도시로 들어왔다.

기자들 얼굴에는 우리 마을 조합장보다 더 두꺼운 철판이 깔려 있다고 했다. 기자들은 그동안 상대적으로 저평가 되었던 우리 도시의 아파트 값이 연일 폭등 중이며, 우리 도시의 미래 가치는 충분하다고 나발을 불었다. 어느 인턴 기자들은 우리 도시로 갑자기 중국인들이 떼로 몰려와서 아파트를 수백 채씩 사들이고 있다는 날조된 기사를 썼고, 중개업자들과 재테크 카페에서는 부지런히 그 기사를 퍼 날랐다.

우리 마을, 여우말 재개발 지역 하늘 위로도 먼 나라 동화에 등장한다는 행복의 파랑새들이 무수히 날아다니게 되었고, 재개발을 반대하던 주민들이 앞다투어 조합에 가입 신청을 했다. 그렇게 해서 아파트로 부자 되기 프로젝트에 참가 신청을 하게 된 주민들은 천국의 꿈을 꾸게 되었는데 조합장에게 외제차를 선물했던 ㄷ건설회사는 그녀에게 새 집을 마련해 주었다고 했다. 조합장의 새 집은 우리 마을에서 멀리 떨어진 곳에 있었다. 그 여자는 새 집에서 외제차를 타고 조합 사무실로 출퇴근을 했다. 그래서 조합장을 만나려면 조합 사무실에 가서 전직이 의심되는 우락부락한 남자들의 검문을 통과해야 한다고 했다.

"이 동네 헐린단다. 이제 너네 집에 가서 살아야겠다."

십수 년 전에 아버지로부터 처음 그 말씀을 들었을 때 나는 아버지의 서글픈 표정에 서린 복잡한 심정을 읽을 수 있었다. 어머니는 한숨을 쉬었다.

"이걸 누가 막아야 하냐고 다들 한탄만 하고 있다. 누가 나서?"

어머니의 얼굴에서도 분노와 체념이 교차했다.

"이참에 이 마을에서 떠나세요. 지겹게 오래 살았잖아요."

딸네 집으로 와서 살면 되는 거지 무슨 걱정이냐고 큰소리를 치면서도 마음은 불편했다.

이웃 아주머니들도 나를 붙잡고 하소연을 했다.

"주민들이 몰려가서 재개발 반대를 하니까 회의 장소를 금방 옮겼대. 저기 산꼭대기 교회로 올라가서 깡패들하고 자기 식구들하고 나서서 조합장으로 뽑아 놓았다고 하더라. 그런 선거는 무효가 안 되냐?"

아수라장이 펼쳐지는 속에서 그 여자의 오빠와 동생들과 조카들과 친척들이 떼로 몰려가서 그 여자를 조합장 자리에 앉혔다는 것이었다. 그 자리에는 시행 대행 회사에서 동원한 용역들이 상당히 많이 있었다고 했다.

"어디 가서 땀 흘려서 돈 벌 생각들은 안 하고 왜 멀쩡한 동네를 팔아먹는 거냐?"

"나라를 팔아먹은 인간들도 있잖아?"

"막을 방도는 없는 거냐?"

동네 아주머니들의 푸념 속에 들어있는 은근한 기대감을 나는 외면했다. 그때 나는 몹시 바쁜 사람이었다. 직장이며 가사 일로도 나는 지나치게 할 일이 많았고, 내 머리는 늘 분주했다.

"도둑놈 한 사람을 열 사람이 못 막는다고 하잖아요."

나는 웃음으로 얼버무리고 그 자리를 떠났다.

한동안 어머니는 금방이라도 우리 집으로 이사를 해야 할 것처럼 걱정을 늘어놓았다. 그렇지만 재개발은 흐지부지되었고 주민들은 재개발이 끝났다고 생각했다. 아버지도 이사 걱정을 안 해도 된다며 좋아했다. 아버지는 마당에 나무를 몇 그루 더 심었고, 텃밭 한편에 온실을 만들었다. 아버지에게 여우말은 고향과 같은 곳이었다. 아버지의 친척들과 친구들은 여우말 한편에 자신들의 마을을 건설했다. 그들은 황해도에서 건너온 피란민들이었는데 산자락 아래 옹기종기 집을 짓고 살았다. 낯선 땅에 정착해 어려운 시기를 함께 보내야 하는 동향인들이었다. 사이가 각별할 수밖에 없었다. 어른들은 일가족처럼 지냈고 아이들도 형제처럼 어울렸다. 마을 사람들이 자주 모였던 곳은 가장 나이가 많은 어른이 살던 집이었다. 지금은 그 집 앞으로 길이 넓혀지면서 마당이 잘리어 나갔지만 예전에는 그 마당에 우물이 있었다. 어둡고 깊은 우물 안에는 여름이면 수박이 매달려 있었다. 모두가 궁핍한 시절이었지만 그 집 살림은 넉넉했다. 마을 사람들은 그 집에 모여 이북에 두고 온 고향 이야기도 하고, 음식을 나누어 먹기도 했다. 마을 언니들과 오빠들은 어린 아이들을 데리고 재미있는 놀이를 많이 했다. 아이들은 이 집 저 집 골목골목 몰려다니며 밤늦게까지 놀았다. 시간이 지나면서 마을을 떠나는 이들이 생겨났는데 아이들은 이사한 집으로 몰려가 며칠씩 묵으며 함께 지냈다.

　우리가 인근 바닷가 마을에서 살다가 돌아왔을 때는 몇몇 친지들만 마을을 지키고 있었다. 그러나 가족처럼 지냈던 많은 이들이 떠났어도 집과 골목길은 예전 그대로였다. 시유지였던 드넓은 공터에 사립유치원이 들어서는 걸 지켜보며 나는 고등학생이 되었고, 유치원 옆으로 큰길이 새로 뚫리는 걸 보며 대학생이 되었다. 결혼을 하고 다른 동네에서 지내면서도 나는 늘 여우말, 부모님 집을 맴돌며 살았다. 이 당에 붙었다, 반대 당에 붙었다, 하면서 시의회 의장으로 자리를 굳힌 유치원 원장 이야기를 하며 어머니는 사람이 그래도 되는 거냐? 하면서 늙었고, 그런 어머니에게 원래 약삭빠른 기회주의자들이 잘 사는 거야, 하면서 아버지도 늙어갔다. 몇 번이나 이사 이야기가 나왔지만 아버지는 마을을 떠나지 않았다. 아버지의 친척들과 친구들이 세상을 떠나고 혼자 남았을 때도 아버지는 내가 제일 오래 사는구나, 하면서 마을을 지켰다. 오랫동안 세를 놓았던 별채를 부수고 그 자리에 흙을 부어 밭을 만들었다. 아버지는 그곳에 나무를 심고 꽃밭을 만들고 채소를 키웠다. 나는 아버지가 가꾸는 꽃밭과 채소밭을 물려받고 싶었다. 아버지가 심어 놓은 앵두나무와 감나무와 탱자나무에서 내가 오래도록 열매 따기를 꿈꾸었다. 나는 우리 집이 영원히 그 자리에 있을 줄 알았다.

아버지가 돌아가시고 나서 어머니가 혼자 계신 집으로 나는 귀환했다. 결혼을 하면서 떠났다가 삼십 년이 지나 돌아온 것이었다. 그동안 두 차례나 대대적으로 리모델링을 했지만 옛것들을 고스란히 간직한 집에 나는 금방 익숙해졌다. 아버지를 잃고 상심이 컸던 어머니는 금방 돌아가셨고 나는 그대로 아버지 집에서 살게 되었다. 그런데 내게 이상한 일이 벌어졌다. 대문 앞에 지난날의 내가 서 있는 것이었다. 어느 날은 단발머리의 고등학생이, 어느 날은 긴 머리를 늘어뜨린 대학생이 그 자리에 서 있었다. 학생 시절, 수업이 끝나 집으로 돌아오면 나는 대문 안으로 들어서기 전에 대문 앞에 멈춰 서서 미래의 내 모습을 그려 보았다. 그리고 내게 물었다. "이다음에 너는 어떤 사람이 되어 이 대문 앞에 서 있을까?" 그러니까 그 질문을 했던 그 아이가 대문 앞에 서 있고, 이제는 할머니가 된 내가 학생이었던 지난날의 나를 만나는 것이었다. 초록색 철대문이 은빛 스테인리스 대문으로 바뀌었을 뿐 나는 똑같은 자리에 서 있었다.

대문 앞에서 학생이었던 나를 만나면 가슴이 아릿하게 저려오기도 했지만 한편으로는 후련한 느낌도 있었다. 시간의 갈피마다 내게 부과되었던 그 많은 과제들을 해결하면서, 때때로 부닥친 어려운 고비들을 무사히 넘기고 여기까지 살아온 것이었다. 이제 나는 직장에서는 은퇴를 했고 아이들도 제 갈 길을 찾아갔다. 어느 새 머리가 하얀 할머니가 되어버렸지만 온갖 책임과 의무에서 벗어나 홀가분했다. 대문 앞에서 학생 시절의 나를 만날 때 느끼는 그 감정이 그리움이든, 기쁨이든, 나는 그 시절 품었던 내 질문에 대답을 해야 했다. 너는 어떤 사람이 되었는가? 그 질문에 나는 30대의 나로 돌아가 대답을 하기도 하고, 40대에 일어났던 사건을 말하기도 했다. 질문은 같았지만 대답은 그때마다 달랐다. 대문 앞에 한참을 서서 답변을 궁리하기도 했다. 기막히게 비관적인 대답을 하는 날도 있었다. 이런저런 대답을 하다가 나는 마침내 하나의 결론적인 답변을 찾아냈다.

"나는 운이 좋아 한 생을 잘 살았다. 이제 덤으로 얻은 앞으로의 생을 감사한 마음으로 착실하게 살아 내겠다."

대문 앞에 서 있는 학생 시절의 나에게 최종적인 답변을 한 다음부터 내게는 새로운 일이 벌어졌다. 그것 역시 아주 기이한 경험인데 예전에 함께 지냈던 어른들과 언니, 오빠들, 동생들을 골목에서, 그 집 대문 앞에서 문득문득 만나게 된 것이었다. 지금은 모두 이 세상을 떠났을 어른들이 그 시절 그 모습으로 웃고 떠들고 있었고, 나처럼 노인이 되었을 그때의 아이들은 골목을 신나게 달리고 있었다. 그들은 모두 떠났지만 그들이 살던 집은 그대로 있었다. 크게 수리를 한 집도 있고 그 모습 그대로 낡아가는 집도 있었다. 기태 오빠, 인숙이 언니, 왕눈이 철수, 일찍 세상을 떠난 영희, 기웃기웃 집 안을 들여다보면 그들이 뛰어나올 것만 같았다.

"어디에 계시든 잘 사세요."

나는 그들의 집 앞을 지날 때 그들을 생각하며 인사를 했다.

장을 보러 가기도 하고 달리기를 하러 구청 운동장으로 걸어가면서 나는 어느덧 날마다 사라진 그들을 만나고 있었다. 아저씨들과 아주머니들이 내게 말을 걸어오기도 하고, 언니, 오빠들이 누구야, 어디 가니, 내 이름을 부르면서 뛰어나오기도 했다. 특별한 용무가 없는 날에도 나는 대문 밖으로 나와서 동네를 빙빙 돌았다.

재개발을 축하하는 플래카드가 그렇게 도둑처럼 마을에 걸린 것은 아버지의 집으로 귀환해서 앵두와 감과 탱자를 여섯 해 수확하고 나서였다. 재개발로 마을이 크게 술렁이고 있을 때 주민회의가 열린다고 했다. 구청에서는 전체 주민회의라고 했는데 조합에서는 아파트 신청을 한 조합원들만 참석하는 거라고 통보를 했다. 나는 비조합원이었지만 회의가 개최되는 구청 대회의실로 찾아갔다. 입구에는 회의에 참석한 이들에게 나누어 줄 냄비가 산더미처럼 쌓여 있고 낯선 용역 요원들이 떼거리로 몰려와 웃고 떠들고 있었다. 과연 그들은 출입구에서 신분증을 조회해서 조합원들만 회의장에 입장을 시켰다. 내가 핸드폰으로 그 현장을 찍자 양복을 입은 덩치 큰 남자들이 저 여자 뭐야, 소리를 지르며 다가왔고 나는 재빨리 그곳을 도망쳐야 했다. 재개발 조직 폭력배들이 일찌감치 우리 마을을 접수했다는 소문이 맞는 것 같았다.

용역 깡패들의 비호를 받으며 조합장은 주민들 위에 군림했다. 조합장과 대면을 하게 되면 누구든 그 여자의 뻔뻔한 태도에 참을 수 없는 분노를 느끼게 된다고 했다. 재개발을 반대하던 이발소 집 아저씨가 안하무인으로 구는 조합장을 자기도 모르게 때려서 유치장을 다녀왔다고 했다. 어떤 이들은 술집년, 꽃뱀, 하면서 그 여자에게 욕설을 퍼부었다가 명예 훼손죄로, 어떤 이들은 업무방해죄로 고소를 당했다고 했다. 그 복잡한 재개발 사업에 대해 아무것도 모르고, 알려 하지도 않고, 돈만 빼내고 있다는 조합장에게 제동을 거는 주민은 사라졌다. 조합장이 역겹고 용역 깡패들의 보복이 두려워서 주민들은 아예 조합 일에 눈을 감고, 입을 다물었다는 것이다. 주민들이 선출한 조합장이 주민들의 이익을 먼저 챙기면서 투명하게 관리를 하는 바람에 시공사들이 별 이익을 남기지 못했다고 하는 이웃 어느 재개발 지역을 부러워하면서도 주민들은 침묵했다.

도서관에 가려고 집을 나섰는데 예전에 구멍가게를 하던 집에 사람들이 모여 있었다. 그들은 길을 지나는 나더러 들어오라고 했다.

"아파트 신청했어요?"

그들은 내게 물었다.

"안 했는데요."

현금청산자들이 모여야 한다고 했다. 그들의 얼굴엔 근심이 가득했다.

"재개발을 왜 막지 못하셨어요?"

나는 별 생각 없이 무심코 물었다.

"비대위 대표로 나섰던 저 길가 아저씨가 감방까지 갔어요."

"싸우러 가기만 하면 변호사 내세워서 고발하고, 또 고발하고, 다 고발을 당해서 흩어졌다고 하더라고요."

"경찰이 와서도 조합장 편만 들더래요."

그들은 파란만장했던 지난 역사를 늘어놓았다. 조합장, 그 늙은 여자는 힘이 셌다. 누군가는 그 여자 곁에 깡패들이, 누군가는 버러지 같은 변호사가 붙어 있다고 했고, 누군가는 은행이, 누군가는 시행사가, 누군가는 건설사가 붙어 있다고 했다. 그 여자가 둔갑술을 쓸 줄 안다고 주장하는 사람도 있었다. 아무튼 그 여자 주변에 무서운 사람들이 붙어 있는 건 확실했다. 그 여자를 지키고 이용해서 돈을 벌고 있고, 벌어야 하는 이들이 그 여자 가까이 있었다. 주민들은 그 여자를 경멸하면서도 두려워했다.

"구청 대회의실이나 새마을금고 회의실 같은 데서 회의할 때마다 주민들보다 깡패들이 더 많이 왔다고 하잖아요."

"나는 재개발이 중단되었다고 해서 집도 많이 고쳤어."

"나도 안 될 줄 알았지. 벌써 흘러간 세월이 얼마야?"

"가만히 있다가는 다 뺏기고 쫓겨나게 생겼다고."

누구의 감시와 견제도 받지 않는 조합에서 앞으로 어떤 일들을 벌일지 알 수 없다고 했다. 겨우겨우 조합장과 연배가 비슷한 아주머니가 현금청산자 대표로 나서게 되었고, 나는 현금청산자들의 핸드폰 연락을 담당하게 되었다. 나는 현금청산자들의 카톡방을 운영했다. 연로한 어른들은 자녀들의 이름과 번호를 내게 알려 주었고, 아들들과 딸들과 며느리들이 카톡방에 이름을 올렸다.

어느덧 나는 온갖 꼼수가 판을 치고 있는 여우말 재개발 사업장 한복판에 서 있게 되었다. 과학자들이 물방울 속의 세균을 관찰하듯 나는 우리 마을을 침탈한 이들을 찬찬히 살펴보았다. 짙은 화장에 새하얀 옷을 걸친 조합장이 보이고, 음흉하고 능글맞기가 구렁이를 닮았다는 조합 사무장과 언제라도 싸울 태세를 갖추고 있다는 조합 직원들이 보였다. 그들은 조합 사무실에서 기어 나와 짐승처럼 마을을 어슬렁거리며 돌아다니기도 하고 때로는 떼를 지어 몰려다니기도 했다.

"그놈들이 달려들면 원래 그렇대요. 멀쩡한 세상이 사기 판이 되는 거래요."

조합장과 연배가 비슷한 대표 아주머니가 말했다. 우리 마을은 나날이 날것의 욕망들이 들끓고 있는 아수라장으로 변하고 있었다.

"어쩌면 깡패들이나 조합장은 말단 사기꾼들일지도 몰라요."

나는 대표 아주머니에게 말했다. 나는 조합장과 사무장 너머에 있는 큰 사기꾼들을 생각하고 있었다. 아파트라는 값비싼 물건으로 국민들을 현혹시켜서 큰돈을 벌어들이고 있는 세력들이 있다고 했다. 그들은 지식과 교양과 학벌 같은 화려한 가면을 쓰고, 자본주의 경제학이라는 깃발을 꽂고, 저 멀리, 높은 곳에서 국민들의 재산을 약탈하고 있다고 했다. 그들은 아파트를 가지고 집단 최면을 걸어 온 국민을 집값 공포의 도가니로 몰아넣고 있는 파렴치한 사람들이라고 했다. 그들은 교묘한 언어로 재주를 부려서 순식간에 가격 거품을 만들어내기도 한다는 것이었다. 월거지, 전거지, 빌거, 휴거, 이백충, 삼백충, 줍줍, 영끌… 그들은 세상을 흐리게 하는 추악한 신조어들을 거리낌 없이 쏟아냈다.

"당장은 우리 눈앞에서 조합장 년하고 깡패 놈들이 날뛰고 있잖아요."

대표 아주머니는 고개를 설레설레 흔들었다. 아주머니는 동의서만 받으면 현금청산자 일에서 얼른 손을 떼겠다고 말했다. 주민평가사 선정에 현금청산자 반 이상이 동의를 해야 한다는 것이었다. 도무지 연락처를 알 수 없는 현금청산자들의 동의서를 받는 것도 어려운데, 예상치 못했던 사건들이 연달아 일어나고 있었다.

"이 세계가 정말 무섭고 복잡하긴 하네요."

나는 점점 거대하게 다가오는 살벌한 세력들 앞에서 무력해졌고, 대표 아주머니처럼 때가 되면 멀리 달아날 궁리를 하고 있었다.

너무나 당연한 이야기이지만 재개발에 관한 전문 지식을 가지고 있는 주민은 없었다. 다른 재개발 지역에서 하는 것처럼 우리도 법무법인을 불러들였고 모든 사항을 변호사에게 의지하고 있었다. 그런데 법무법인으로부터 연락이 왔다. 공무원들에게 항의 민원을 보내야 한다는 것이었다.

"서울이나 경기도에서는 이런 게 통하지 않아요."

서울 강남에 있는 법무법인 사무실에서 달려온 우리 구역 담당 과장은 우리 도시를 후진국 어느 나라쯤에 있을 미개한 지역으로 지목했다. 조합에서 사업 순서를 완전히 무시하고 제출한 서류를 토지수용위원회 공무원들이 접수를 해 주었다고 했다.

"반려해야 할 서류를 받아준다는 건 상식적으로도 있을 수 없는 일이거든요."

그의 권고로 우리는 담당 공무원들에게 민원을 보내기로 했다. 우리는 로터리에 있는 우체국으로 달려가서 익일특급 등기우편으로 민원 서신을 부쳤다. 그러나 위법 사항을 시정해 달라는 우리들의 서신에 공무원들이 보낸 답변은 한결 같았다. 조합에서 절차를 무시하고 위법하게 일을 처리했다는 걸 인정은 하지만 그 사항을 심사할 권한이 자신들에게는 없다는 것이었다. 추가 설명이 필요하면 문의하라며 답변 서류에서 그들이 알려 준 번호로 전화를 걸었다. 전화기 속에서도 그들은 딱딱하고 사무적인 목소리로 똑같은 대답을 했다.

"우리에게는 아무런 권한이 없습니다."

"그렇다면 조합에서 하고 있는 불법적인 일에 적극 동조할 권한은 있습니까?"

내가 그렇게 항의를 했을 때 공무원은 전화를 끊었다. 다시 민원을 제출했지만 공무원들은 모든 민원에 대해 언어유희와 서류놀이로 대처를 할 뿐이었다.

현금청산자 몇몇이 직접 찾아갔을 때 공무원들은 무표정한 얼굴로 우리를 바라보았다. 주민들이 서명을 한 민원을 담당자에게 내밀었다. 몇 장에 걸쳐 작성한 민원을 받아든 담당자는 우리를 한참 동안 노려보았다. 그 민원은 한 주일이나 걸려서 내가 촘촘하게 써 내려간 것이었다. 조합에서 어떻게 법과 절차를 무시하고 작업을 진행하고 있는지 세세하게 열거하고 조합이 거짓으로 작성한 서류를 반려하라고 요구하는 내용이었다. 주민들에게 서명을 받는데도 나흘이나 걸렸다.

"이 민원은 받을 수 없습니다."

내용을 대충 훑어본 공무원은 무미건조한 어조로 말했다.

"여기에 적힌 건 조합을 모함하는 게 아니라 모두 사실이라구요. 측량도 엉터리로 해서 집집마다 땅들을 조금씩 빼 먹었어요. 우리 땅도 3평이나 빠뜨렸다고요. 조합이 얼마나 야만적으로 일을 하고 있는지 알면서도 모른 척하고 있잖아요? 지난 십수 년 그랬지요."

나도 모르게 비명처럼 소리를 지르고 있었다. 그 민원을 만들기까지 치러야 했던 노고가 단번에 무시되는 걸 나는 도무지 용납할 수 없었다. 동행했던 이들도 저마다 무섭게 항의를 했다.

"이 민원은 없었던 걸로 하겠습니다."

담당 공무원은 발끈 화를 냈다. 돌아가지 않으면 경찰을 부르겠다고 했다. 그게 끝이었다. 우리들의 말에 귀를 기울이는 공무원은 없었다.

"우리는 데모 안 해요?"

다른 재개발 지역에서 주민들이 구청과 시청, 토지수용위원회로 달려가 데모를 하고 있다고 했다.

"누가 나설 건데요?"

누군가 앞장서기를 바라면서도 아무도 나서지 않았다. 주민 비상대책위원회가 어떻게 와해되었는지 지난 역사를 알고 있는 이들이었다. 이제 와서 다시 선두에서 칼바람을 맞을 사람은 없었다.

"돈을 주면 대신 데모를 해주는 데가 있다고 하던데."

누군가 중얼거렸지만 그 의견에 동의를 하는 사람도 없었다.

조합에서는 여전히 법과 절차를 무시하고 멋대로 사업을 진행했다. 주민들이 조합에 제동을 걸기 위해 여러 차례 담당 공무원들에게 행정지도를 부탁하는 전화를 하고, 인터넷으로 민원을 접수했지만 결과는 같았다. 우리 소관이 아닌데요, 우리 책임이 아닌데요, 우리에게는 권한이 없습니다, 이 민원은 안 받은 걸로 하겠습니다, 공무원들은 결코 움직이지 않았다. 어떤 이가 공무원들이 뇌물을 받았다고 말했다. 다른 이가 요즘이 어떤 세상인데 뇌물을 받느냐고 반박을 하자 그는 뇌물을 건네는 수법이 고도화, 지능화 되었다고 주장했다. 증거를 남기지 않으려고 오토바이 퀵으로, 상품권이나 금을 배달한대요. 그는 자기주장을 굽

히지 않았다. 뇌물을 부인하는 이가 말했다. 공무원들이 일을 하기 싫어서 그런 거라고요. 요즘 공무원들은 골치 아픈 일은 절대 안 한다고요. 가만히 듣고만 있던 다른 이가 나섰다. 그것만은 아니지요. 우리 시는 바다를 매립해서 땅 장사를 하는 큰 세력들이 몰려드는 곳이잖아요. 여기 공무원들 부정부패는 옛날부터 알아주었다고요. 공무원들더러 불법을 단속하라고요? 공무원들은 모든 개발 사업에 협력자일 뿐이에요. 누군가 공무원들이 감사를 받게 해야 한다고 말했다. 주민들은 그 말에 귀가 솔깃해졌다. 그런데 감사를 받게 하려면 시민이 500명 이상 서명을 해야 한다고 했다. 50명이라면 모를까, 500명이라니, 주민들은 맥이 풀렸다.

　예상은 하고 있었지만 현금청산자들의 보상금이 형편없이 낮게 책정이 되었다. 주변의 집값은 날마다 폭등하고 있었다.

　"마당이 있는 내 집을 빼앗기고 남의 빌라에 전세 들어가서 살게 생겼어요."

　"우리더러 집값 싼 시골로 내려가서 살라고요?"

　"어디로 가야 하나요? 대한민국 끄트머리로 가야 하나요?"

　"이렇게 손을 놓고 당할 수만은 없어요. 이제라도 데모를 해야지요."

　카톡에 한 번도 얼굴을 내밀지 않았던 이들까지 카톡에서 와글거렸다. 그 와중에 현금청산자들을 대변해야 할 현금청산자 대표 아주머니가 조합에 매수를 당했다는 소문이 돌았다. 그 아주머니가 조합장과 현금청산자들 사이에서 첩자 노릇을 하고 있다고 했다. 현금청산자들은 크게 동요했다. 그런데 대표보다 더 큰 첩자가 있다고 했다. 현금청산자로 나섰던 유치원 원장이 조합과 일찌감치 보상비 타협을 끝냈다고 했다. 조합장은 유치원 원장에게 상당한 금액을 약속했고, 유치원 원장은 자기가 하루 빨리 보상비를 받고 나가야 한다며 대표에게 조합 일에 협조하라는 통지를 했다는 것이었다. 여우말 재개발 사업 뒤에는 항상 유치원 원장이 있었다고 했다. 원아들 숫자가 줄어들면서 아파트 건립을 먼저 생각했던 것도 그였고, 이번에는 사립 유치원으로 돈을 버는 시대는 끝이 났다며, 반백 년 전에 싼 값으로 시에서 불하를 받은 드넓은 땅을 팔아넘기기 위해 재개발을 서둘렀다고 했다. 소문의 진위를 가릴 수는 없었다. 그렇지만 대표 아주머니를 길에서 만났을 때 아주머니는 내게 말했다.

"현금청산자 명단에서 유치원은 빼세요. 그리고 무슨 돈 욕심들을 그렇게 낸대요. 데모는 빨갱이들이나 하는 거지."

"데모도 의사 표현의 한 방식이겠지요."

나는 별 뜻 없이 대답을 했는데 대표 아주머니는 정색을 하고 쏘아붙였다.

"유치원은 보상 협상을 끝냈어요. 그리고 나도 이제는 아무데도 끼워 넣지 말아요."

그때 나는 유치원 원장과 대표 아주머니에 관한 소문이 맞을 지도 모르겠다는 생각을 했다.

현금청산자들은 내게 물었다.

"선생님도 우리를 배신할 건가요?"

"저는 끝까지 현금청산자 편에서 목소리를 내겠습니다. 60년 넘게 우리 마을이었던 정든 내 고향에 대한 예의를 다하겠습니다."

나는 배신감과 모욕감, 수치심 그런 게 뒤범벅이 되어 몹시 혼란스러운 상태에서 그렇게 말했다. 그렇지만 그들 앞에서 그 말을 해놓고 집으로 돌아와 나는 후회했다. 도대체 내가 무엇을 할 수 있단 말인가?

핸드폰에서 연달아 문자 알림 소리가 난 것은 구청에 들고 갈 피켓을 만들고 있을 때였다. 구청에서 집회를 하기로 했던 것이다. 구청은 우리 마을 길 건너, 조합 사무실 옆에 있었다. 구청에서는 현금청산자들의 민원은 듣지도, 읽지도 않는다고 했다. 몇몇 남자들이 직장에 결근을 하거나 조퇴를 하고 참석하겠다고 했다. 나는 그날을 위해서 컬러 프린터에서 출력한 글자를 하드보드지에 붙이고 있었다. 긴 세월 못된 짓만 일삼은 조합, 오래 참았다. 더 이상의 속임수 이제 안 통한다, 소중한 내 땅, 내 집, 헐값에 안 넘긴다. 감정평가 다시 하라… 그런 글자들이었다. 핸드폰 문자 알림으로 내게 전달된 것은 여성 성기를 찍은 음란 사진 몇 장이었다. 나는 하던 일을 멈추고 딱풀 뚜껑도 덮지 않은 채 아들이 경찰관이라는 현금청산자 집으로 달려갔다. 경찰관 어머니가 먼저 사진을 들여다보고는 세상에, 이런 짓까지 해, 하면서 혀를 차고 고개를 흔들었다. 경찰관 아버지는 자신의 핸드폰으로 그 음란 사진을 찍고는 아들에게 전할 테니 걱정하지 말라고 했다. 부부의 위로를 받고 집으로 돌아왔지만 나는 혐오스럽고 망측한 사진을 머릿속에서 떨쳐버리지 못했다. 이 나이에 그까짓 거에 놀라다니, 인간이란 게 별 거 아닌 거야, 화려한 비단으로 감싸든, 값비싼 가죽으로 감싸든, 인간은 똥주머니, 오줌주머니, 피고름 주머니에 불과한 거야, 나는 그런 생각들을 하면서 내 머리에 박힌 영상을 떨쳐버리려 애를 썼다. 그런데 내가 아직 음란물 충격에서 벗어나지 못하고 허우적거리고 있을 때 핸드폰 문자로 욕설이 날아들었고 핸드폰에서 몇 가지 기능이 작동을 멈췄다. 달그락 소리가 나면서 통화가 중간에 끊기는 일도 잦아졌다. 서비스센터 직원이 말했다. 핸드폰에 이상은 없습니다. 도청 가능성이 충분히 있는 것 같습니다. 그러나 증거를 잡기는 어려워요.

구청 정문 앞에 모인 사람들은 나까지 포함해서 모두 여섯이었다.

"못 나와도 서른 명은 될 거라고 생각했어요."

직장에 휴가를 내고 왔다는 남자는 실망한 빛을 감추지 못했다. 카톡에서 집회를 강력하게 주장한 이가 바로 그 남자였다.

"자기 재산을 지키는 일인데 어쩌면 이렇게 무관심할 수 있어요."

역시 하루 일을 쉬고 나왔다는 청년이 정문 앞에 있는 화단을 발로 차며 말했다.

"나서 봐야 소용없다고 하더라고. 그래도 우리 아들이 하두 나가 보라고 성화를 대서 나오긴 했지만요."

아픈 다리를 끌고 왔다는 아주머니도 한숨을 쉬었다.

"집사람이 그러대, 괜히 나섰다가 조합장에게 잘못 보이면 돈 제대로 못 받는다고. 조합장한테 밉보이면 손해가 난다는 거야. 그렇게 소문이 났대."

노인의 말에 직장에 휴가를 낸 남자가 버럭 화를 냈다.

"동네 수준하곤. 그러니까 지금껏 당하고 살았던 거지요."

"꽃뱀하고 깡패는 누구도 못 당해."

다리가 아픈 아주머니가 말했다.

내가 만든 피켓은 다섯 개였다. 우리는 구청 정문 옆에서 피켓을 하나씩 들고 서 있기로 했다. 나는 피켓을 든 모습을 찍어서 카톡에 올렸다. 집회를 시작했으니까 시간 나는 대로 구청 정문 앞으로 와달라고 했다. 그 남자도 카톡에 글을 몇 개 연거푸 올렸다. 우리 재산은 우리가 지켜야 하는 거라고, 조합이 벌이는 이간질에 넘어가면 안 된다고, 현금청산자들끼리 힘을 합쳐야 한다고, 뭐 그런 내용이었다. 구청에 볼일을 보러 드나드는 사람들이 힐끔거리며 우리를 바라보았다. 얼마 있다가 한 남자가 다가와 경찰서에서 나왔다며 집회 신고를 했는지 물었고, 신고를 하지 않으면 집회를 할 수 없다고 말했다.

"조합에서 이런 짓까지 하고 있거든요."

나는 그에게 핸드폰 속 음란물을 불쑥 내밀었다. 남자는 무슨 생각을 하다가, 조합 사무실로 쳐들어갈 것인지 내게 물었고, 내가 그곳엔 깡패들이 상주하고 있어서 거기까지 갈 생각은 없다고 했더니, 이왕 오셨으니 오늘만 서 있다가 가시라고 했다. 직장에 휴가를 낸 그 남자는 나더러 당장 조합 사무실에 가서 따지라고 했다. 일을 빠지고 왔다는 청년이 해킹이나, 도청이나 확실한 증거가 없으면 오히려 그들에게 당할 거라며 만류했다. 나는 그들이 벌이고 있는 작전에 휘말리고 싶지 않다고, 끝까지 모른 척하겠다고 말했다.

조합장 이름으로 우리 집으로만, 무슨 고시, 무슨 법률 조항을 잔뜩 열거한 서류가 연달아 배달이 되었다. 한 주일 동안 9통의 우편물을 받았다. 법무법인에선 그 서류가 별 거 아니라고 신경 쓰지 말라고 하면서 조합장과 우리 집의 오랜 원한 관계 때문에 일어나는 일로 알고 있다고 말했다. 나는 꽥 소리를 질렀다. 원한이라니요? 내가 지금 조합으로부터 협박을 당하고 있는 거라고요? 재개발 지역에 들어온 변호사는 인권 변호사가 아니라는 사실을 알았어야 했다. 변호사 역시 그저 먹잇감을 찾아 재개발 지역에 들어온 수많은 이들 중 하나였다. 조합에서 일방적으로 나에게 가하고 있는 위협을 누가 오랜 원한 관계로 몰고 가고 있는지 궁금했다. 조합장이 퍼뜨린 소문인지, 대표 아주머니가 사주를 받고 그렇게 말했는지, 법무법인이 지어낸 이야기인지 알 수 없었다.

직장에서 은퇴를 한 뒤로는 아름다운 것들만 보며 살아야지 결심했다. 그런데 어느새 나는 지금까지 내가 살아왔던 어떤 세계보다 어둡고 음험한 세상과 마주하고 있었다. 머리는 복잡하고 끔찍하게 우울했지만 그래도 나는 버틸 수 있다고 생각했다. 나를 두드려대는 그만큼 더 단단해지는 거지 뭐. 사람은 죽을 때까지 공부를 하는 거라고 하더니, 다 늙어서 희한한 인생 공부 잘 하고 있는 거야. 그래, 잘 하고 있어. 힘내. 나는 그렇게 나를 응원하면서 버텨내고 있었다.

대문 앞에 세워 둔 우리 차 타이어에 구멍이 나 있는 것을 발견했을 때 나는 그들이 점점 더 심하게 나를 조여 올 것이라는 것을 알았다. 나는 내가 당하고 있는 일들을 이웃에 적극 알리기로 마음을 먹었다. 나의 안전을 지키기 위해서였다. 나는 이웃 아주머니들에게 핸드폰에 있는 음란물과 욕설을 보여 주었다. 그들은 음란물을 보고 놀라기도 하고 웃기도 했다. 나더러 그까짓 거 잊으라고 했다. 내가 받은 9통의 우편물을 보면서 그들은 조합에서는 그런 서류를 보낼 수도 있는 거라고 말했다. 다른 집엔 안 보냈는데요? 내가 반박을 했다. 그들은 내가 당하고 있는 위험한 협박에 별로 관심이 없어 보였다. 나더러 신경과민이라고 말하는 사람도 있었다. 어떤 남자는 말했다. 핸드폰은 오래 쓰면 저절로 뜨거워져요. 음란물 같은 거는 요즘 어디서나 잘 들어와요. 핸드폰이 고장이 났겠지. 더 늦기 전에 조합장에게 따져야 한다고, 말해 주는 이들도 있었다. 가만 놔두면 더 한 짓도 할 거라고 했다. 조합장 요즘 자기 집으로 왔대요. 건설사에서 새 집 사 준 거 말이 나와서 잠깐 집으로 돌아왔대요. 외제차도 어디다 감춰 놓았다고 하던 걸요. 그 여자, 지금 집에 있을 거예요. 사무실에 출근하는 날보다 안 하는 날이 더 많대요.

나는 조합장네 집으로 갔다. 담장 너머로 조합장의 어머니가 보였다. 치매에 걸린 노인이 마당에 앉아서 파를 다듬고 있었다. 정자네 아주머니, 내가 그를 부르자 허리가 구부정한 노인이 대문을 열어 주었다. 자기 방에 누워서 텔레비전을 보던 조합장, 오정자는 나더러 가택 침입이라고 악을 썼다. 조합장보다 더 늙은 그의 오빠가 나와서 경찰에 신고를 하겠다고 했다. 나는 신고를 하라고 소리를 질렀다. 나는 왜 해킹을 하고, 괴상한 서류를 보내고, 타이어에 구멍을 내느냐고 따졌다. 조합장은 뻔뻔했다. 자기는 무슨 말인지 하나도 모르겠다고 말했다. 조합장은 핸드폰으로 사무장을 불렀다. 뚱뚱한 중년의 남자와 용역들이 외제차를 끌고 왔다. 사무장, 저 여자 지금 뭐라고 떠드는 거야? 조합장이 턱으로 나를 가리키며 말했다. 사무장은 자기도 모른다고 했다. 용역들이 내 팔을 움켜잡고 대문 밖으로 끌어냈다. 마을 주민들이 몰려왔다. 경찰차가 달려왔다. 경찰이 내 이름과 나이를 물었다. 내가 피해자라고요. 나는 경찰에게 소리를 질렀다. 그 여자와 그 여자의 오빠와 사무장과 용역들과 동네 주민들이 웃었다. 동네 팔아먹는다고 오랜 세월 조합장을 욕하던 주민들이 어느덧 조합장 편으로 돌아섰다고 했다. 입주권에 벌써 1억 원 프리미엄이 붙었기 때문이었다. 주민들은 장차 아파트가 완공이 되면 몇 억을 벌 수 있을 거라고 믿었다. 백만 원을 벌기도 힘든 주민들이 천만도 아니고 억을 쉽게 생각했다. 주민들은 비굴한 표정으로 조합장의 비위를 맞추고 있었다. 고발을 할 거예요? 안 할 거예요? 고발을 해야 해킹인지, 도청인지 조사에 들어가지요. 경찰이 나를 다그쳤다. 고발은 안 할 거예요. 나는 경찰에게 그렇게 말했다. 그러면 됐어요. 어서 돌아가세요. 경찰은 내 등을 밀었고 나는 다시는 나를 협박하지 말아요. 그러면 정식으로 고발을 할 거예요. 조합장과 사무장과 용역들에게 그렇게 소리를 지르고 발길을 돌렸다. 배불뚝이 사무장이 아까부터 빙글빙글 웃고 있었다. 법과 질서와 상식이 미치지 않는 사각지대는 영화에서만 존재하는 건 줄 알았다. 내가 그 두렵고 고통스러운 사각지대에 외롭게 서 있게 될 줄 몰랐다.

"고발을 해야지 왜 안 한다고 했어요?"

병원에서 퇴원을 한지 며칠 되지 않은 골목집 아저씨가 따지듯 물었다. 현금청산자들이 일제히 나를 에워싸고 조합장을 고발하라고 종용했다. 나는 고개를 끄덕이면서도 다른 생각을 했다. 나더러 그들이 파놓은 함정 속으로 뛰어들라고? 설령 고발을 해서 보상비를 올린다고 해도 과연 그 일이 내가 목숨 걸고 싸울 만큼 가치가 있는 일일까?

"내 나이가 오십만 되어도 어떻게 해 보겠어요. 그렇지만 너무 나이가 많아 힘들어서 못 싸워요. 여러분들이 고발하시지요. 조합장이 받은 뇌물만으로도 증거는 충분하잖아요."

"증거도 서류로 만들지 못하면 말을 못하는 거지요."

교습소를 운영하고 있는 여자가 힘없이 말했다. 겁먹은 얼굴로 쉬쉬하며 살아온 세월이 길고 긴 여우 꼬리보다 길었던 마을이었다. 조합장을 고소할 수 있는 증거는 차고 넘쳤다. 그렇지만 증거는 서류로 만들어야 실체를 인정받는 것이라고 했다. 증거를 대라, 아니면 고소하겠다, 조합장의 오랜 협박에 주민들은 익숙해져 있었다. 주민들이 고발을 하지 못할 거라는 건 그들이 더 잘 알고 있었다. 증거를 대라, 드러내놓고 불법을 저지르고 있는 그들이 면죄부처럼 이용하고 있는 기이한 언어였다.

조합장 집에서 실랑이를 벌인 나는 몹시 피곤했다. 그래도 정신은 또렷했는데 소파에 누워서도 내 머리는 온통 고발하라는 소리로 가득 차 있었다. 지금 내가 겪고 있는 불안과 긴장과 외로움을 그들은 이해할 수 있을까? 고발자에게 몰려올 거센 후폭풍을 나더러 감당하라고? 고발자가 치러야 할 정신적 고통을 알고 하는 말일까? 고발자는 피해자이면서도 가해자가 될 수 있다는 아이러니를 그들이 이해할 수 있을까? 조합장에게 붙어먹고 사는 그의 가족도 생각해야 했다. 치매에 걸린 노모와 직업이 없는 오빠 부부와 그들에게 딸린 식구들이 오래 전부터 조합 돈으로 먹고 살고 있었다. 내가 그들의 밥줄을 끊어도 괜찮은가? 그리고 깡패들과 사기꾼들도 밥을 먹고 살아야 하는 거 아닌가? 이번 기회에 한몫 단단히 챙기려고 벼르고 있는 그들을 내가 막아서 그들로부터 원한을 사야 할 특별한 이유가 있는가? 만약 그들이 내게 보복을 한다면? 담당 공무원들도 달아나기 바쁜데 내가 왜 그 무거운 짐을 져야 하는가? 경찰들도 그들 편을 들고 있는데 고발을 하라고? 법과 질서가 아무 의미를 가지지 않는 세계에서 나더러 고독한 싸움을 벌이라고? 우리 편에서도 언제고 내 뒤통수를 칠 사람들은 수두룩했다. 조합의 회유에 넘어가는 이들이 벌써 속속 나타나고 있었다. 일이 심각해지면 진정 내 편에 설 사람은 아무도 없을 것이다.

　나는 빨간 기와집 앞을 지나고 있었다. 조합장이 십 수 년 전에 ㅎ회사에서 받았다는 집이었다. 그 집은 그때부터 빈집으로 남아 있었다. 넓은 마당에선 시멘트가 갈라진 틈으로 풀들이 자라고 있었고, 지붕 틈새로도 기다란 풀들이 고개를 내밀었다. 나는 예전에 그 집에서 살았던 친척 아저씨와 아주머니와 아이들을 알고 있었다. 물론 그때는 지붕 색깔이 지금과 달랐다. 나는 조합장의 빈집을 지나 한때는 아버지의 친구 집이었던 골목집을 지났다. 머지않아 사라질 집들이었다. 아버지의 친척들과 친구들과 그 가족들이 모두 떠난 것처럼 나도 어서 여우말을 떠날 준비를 해야 한다고 나 자신을 달랬다. 작별을 해야 하는 거야, 어차피 언젠가는 내가 살아온 이 지구를 떠나야 할 테니까, 작별 인사를 미리미리 연습해야 하는 거야. 안녕, 안녕, 나의 오랜 고향아, 나는 중얼거리며 길을 걸었다.
　길가에 아주머니들이 앉아서 이야기를 하고 있었다.
　"청약 통장이라는 걸 만들어야 한대."
　그들은 내게 눈을 흘겼다. 이제는 조합장이 아닌 내가 그들에게 피해를 끼칠 위험한 상대가 되어버렸다. 아주머니들은 아파트로 부자가 되는 법에 대해 큰소리로 떠들었다. 나더러 들으라고 일부러 하는 소리 같았다. 주민들이 조합장 덕분에 부자가 되었다며 조합장을 칭송하고 있다는 소문이 맞는 것 같았다. 누구는 조합장을 기리기 위해 공덕비를 세워야 한다는 말까지 꺼냈다고 했다. 그런 동네 사람들을 두고 여우에게 단단히 홀린 거라고 진단을 내린 사람도 있었다.

"강남 사람들이 다 이런 거 해서 부자가 되었다고 하잖아."

아주머니들은 서울 어디에 있다는 강남 부자들에 대해 말했다.

나는 문득 어디선가 들었던 것 같은 이야기가 생각났다. 출처는 알 수 없지만 나는 분명 그 이야기를 들었다. 강남이라는 곳에는 꼬리가 아홉 달린 구미호들이 산다는 이야기였다. 그것들은 국민들의 피와 살과 눈물을 먹고 산다고 했다. 그것들이 아파트를 가지고 대통령을 흔들기도 하고 심지어는 아파트 때문에 대통령을 죽이기까지 했다는 이야기도 들었다. 원래 구미호라는 게 사람 간을 빼먹는 짐승이라니까 내가 들었던 이야기들이 허무맹랑한 것만은 아닐지도 모른다. 아주머니들이 주고받는 이야기를 가만히 들어보니까 우리 여우말에도 구미호들이 들어온 것 같았다. 나는 마을을 빨리 떠나야겠다고 다짐을 하며 발걸음을 서둘렀다.

담장이 무너져 내려 길가로 벽돌이 흘러내린 집은 미순네가 살던 집이었다. 아름드리 오동나무 줄기와 뿌리가 불도저처럼 축대와 담장을 뚫어버렸다. 아주머니 혼자 살다 돌아가시면서 집은 그대로 방치되었다. 일곱 남매가 북적였던 집에서 사람들은 오래 전에 떠나고 장독대와 담장 사이에 자리 잡은 오동나무가 홀로 해마다 우람하게 자랐다. 여름이면 우산만큼 큰 잎들이 그늘을 만들었고, 가을날엔 떨어지는 잎사귀들이 길을 뒤덮었다. 나는 울컥 눈물이 나오려는 걸 참았다. 마을에 있는 그 많은 나무들이 사라질 테고 새들은 더 이상 찾아오지 않을 것이다. 우리 도시에서도 쨍쨍한 햇볕에 빨래를 널 수 있는 마당이 있고, 담장 곁에서 나무들이 자라고, 골목에 화분을 키우는 집들이 머지않아 자취를 감출 것이다. 건설사들과 금융권들과 언론들과 구미호들은 높은 아파트를 선망하도록 국민들을 홀리고 있었다. 텃밭과 나무가 있고, 축적된 시간을 드러내는 마을은 지저분하고 낙후된 지역이라는 그릇된 생각과 고층 아파트에 대한 요사스런 환상을 국민들 머릿속에 잔뜩 입력했기 때문에 어쩔 수 없는 일이었다.

우리 집 대문 앞에 오랜만에 단발머리의 고등학생이 서 있었다. 그 아이의 물음에 늙은 내가 최종적인 답변을 한 뒤 나타나지 않던 아이였다. 그 아이가 내게 물었다. 너는 지금 어떤 사람이 되어 있니? 나는 대답해야 했다. 나는 여우들이 점거한 마을에서 말없이 도망을 치려 한단다. 그렇지만 나는 비겁한 사람은 아니란다. 인생에서는 때로 불편한 침묵을 감수할 줄 알아야 하고, 어떤 경우에는 많은 걸 버리고 떠날 줄도 알아야 한단다. 나는 그만큼 지혜로운 사람이 되었단다. 내 대답이 구차스런 변명처럼 길어진 것 역시 나로서는 어쩔 수 없는 일이었다.

나는 없다

나는 없다

"드뎌 제자가 김 선생과의 만남에 대해 글을 썼더라고요."

카톡 단톡방에 올라온 글이었다. 그 단톡방은 사진 모임 대화방이고, 은선이 그 제자를 만난 것은 사진 전시회 오프닝에서였다. 그날 전시실은 분주했다. 오프닝에서 그녀는 떡을 담당했다. 며칠 전 근처 떡집에서 떡을 주문했고 제 시간에 맞춰 배달을 받았다. 그 제자 아이가 나타난 것은 찰버무리와 호박설기를 가지런히 바구니에 담아서 탁자에 올리고는 남은 떡을 준비실에 가져다 두고 돌아섰을 때였다.

"혹시… 선생님, 맞지요?"

은선은 그 아이를 기억했다. 아니, 단번에 알아보았다. 긴 머리카락에 옅은 화장을 한 여자는 수줍게 웃었다. 은선은 제자를 바라보며 러시아 목각 인형을 떠올렸다. 중년의 여자 속에 조그마했던 중학생 아이가 차곡차곡 들어 있었다. 버스비가 없어서 먼 길을 걸어서 등교하던 아이, 학급 아이들이 제출한 일기장을 나르던 아이, 글짓기 상장을 받고 웃던 아이, 컴컴한 판잣집으로 들어서던 아이.

직장을 그만두고 얼마 동안은 환한 대낮에 마음대로 다닐 수 있다는 게 신기해서 시장으로, 골목으로 마구 쏘다녔다. 근무 중에 볼 일이 생겨 잠깐 밖으로 나올 때면 시간에 맞춰 돌아가지 못할까봐 가슴 졸였던 지난날에 대해 보상이라도 받듯이 멋대로 돌아다녔다. 발길 닿는 대로 다니며 그녀는 색다른 시간을 누리게 된 것에 감격했다. 아주 오래 전, 초등학교에도 들어가기 전, 너무나 심심해서, 동네를 돌며 누구야 놀자, 외치던 그 꿈같이 한가로운 시간으로 되돌아온 것 같았다. 무한대로 자유가 펼쳐진 여분의 인생이 주어지다니, 요술 지팡이 속 별천지에 들어선 것 같기도 했다. 햇살은 눈부시고 공기는 신선했으며 대지는 아름다웠다. 이전에는 미처 살피지 못했던 풍경들의 내밀한 속살들이 눈에 들어왔고 은선은 그것들을 간직할 요량으로 사진을 배우게 되었다. 시간이 지나면서 감격의 정도가 옅어지기는 했지만 직장에 있는 동안 그녀를 죄었던 것들이 사라진 세상은 여전히 전과는 달라 보였다. 사진을 배운 김에 내처 사진 동호회에 들어가게 되었는데 그 전시회에 제자가 온 것이었다.

퇴직을 하면 이전과는 전혀 다른 인생을 살고 싶었다. 그럴 수만 있다면 앞으로 얼마나 남았을지 모르는 시간을 얼굴도, 이름도 다른 사람으로 살고 싶었다. 그 강렬한 욕망은 지난 시간들, 특히 직장에 있었던 그 시간을 자신의 인생에서 삭제해 버리고 싶다는 간절한 바람에서 나온 것인지도 모르겠다. 아무튼 매우 무책임한 발상이겠지만 그녀는 지난 그 시간을 벗어버리고 싶었다. 그런 이유로 사진 모임에서 그녀는 전업주부 행세를 했다. 얼마 전 사별한 남편과의 사이에 딸아이를 두고 있다고 자신을 소개했다. 글쓰기와 사진을 아우르는 모임이라 인원은 많지 않았다. 직장에서와는 전적으로 다른 인간관계를 기대했던 은선은 그 모임에서는 자신도 상대도 편할 수 있는, 사람 사이의 미학적 거리를 유지할 수 있을 거라고 생각했다.

그들은 출사를 다니고 책을 만들고 전시를 하면서 끈끈한 정을 쌓아갔다. 물리적으로 떨어져 있는 시간은 단톡방이라는 가상공간에서 만남을 이어갔다. 카톡에 사진과 함께 자신의 근황을 알리거나 소회를 밝히면 공감의 글들이 우르르 올라왔다. 오프라인에서도 모나게 구는 이가 없고 죽이 잘 맞았지만 온라인에서 그들은 훨씬 친밀한 만남을 이어갔다. 피곤을 느끼지 않을 만큼의 느슨한 소속감과 외로움에 떨어지지 않을 만큼의 기분 좋은 유대감이 시간이 갈수록 그들 사이를 돈독하게 만들었다. 어느새 그들은 왕언니, 큰언니, 작은언니, 넷째, 다섯째, 여섯째, 일곱째, 막내까지 온라인 가족이 되었다. 남자가 셋 끼었지만 모두 언니라고 불렀고 은선은 넷째 언니로 통했다. 왕언니는 이혼녀였고, 큰언니는 은퇴한 공무원, 작은언니는 탄탄한 가게를 운영하고 있고, 막내는 치과 의사였다. 그들은 자신들의 모임에서는 누구도 자신을 포장할 필요가 없고 스스럼없이 모든 걸 말할 수 있는 단계에 이르렀다고 믿고 있었다.

은선의 지난날이 드러난 것은 두 번째 전시회에서였다. 그녀가 그 모임에 얼굴을 내민 지 3년만이었다. 셋째인 작은언니가 느닷없이 이른 아침부터 단톡방에 글을 올렸다.

"김은선, 너, 교사였고 거기다가 작가라며?"

작은언니의 지인이 은선을 안다고 했다는 것이었다. 그 순간 그녀의 눈앞에 나타난 것은 하늘을 날아가던 새가 그물에 걸려 버둥대는 장면이었다. 금방이라도 질식할 것 같은 호흡곤란이 뒤따랐다. 은퇴와 함께 그녀의 몸에서 종료된 증세인 줄 알았는데 다시 나타난 것이다. 은선은 서둘러 외출 준비를 했다. 핸드폰에서 연거푸 카톡이 오는 진동 소리가 들렸지만 핸드폰을 버려둔 채 밖으로 뛰어나갔다. '나는 그런 사람 아닙니다.' 은신은 자신도 모르게 중얼거리고 있었다. 지난 어느 시기 그녀의 입에서 버릇처럼 튀어나오던 말이었다. 공원을 산책하고 점심을 먹고 찻집에 앉아 있다가 저녁때가 되어서야 집으로 돌아왔다. 핸드폰은 탁자 위에 그대로 놓여 있었다. 그녀를 질책하는 글들이 무수히 올라왔을 것 같았다. 그런 사람이 아니라고 해야 하는지, 거짓말을 해서 미안하다고 해야 하는지 결정을 내릴 수 없었다. 은선은 크게 심호흡을 하고 나서 핸드폰을 집어 들고 카톡을 열었다.

"어쩐지 글을 잘 쓴다 했지. 수상하긴 했어."

"이미 등단한 작가였던 거야."

"언제 어떻게 등단했는지 밝히시오."

온라인 언니와 아우들은 그녀가 교사였다는 것보다 작가였다는 사실에 더 관심을 보였다. 그들이 만들어내고 있는 전시 작품과 사진집은 사진과 글을 함께 하는 작업이었다. 사진에 능통했던 이들이 사진에 한계를 느끼고 언어를 삽입하는 과정에서 은선을 회원으로 영입한 것이었다. 그들 중에는 한때 시인을 꿈꾸었던 이들도 있었고, 소설가가 되고 싶었던 이들도 있었다. 그리고 대부분 그 꿈은 아직 진행 중이었다. 그들은 병행하고 있는 두 가지 작업 중에서 글쓰기를 어려워했는데 은선에게는 사진이 쉽지 않았다.

"한때 그랬을지도 모르지요. 그렇지만 나는 이제 그런 사람이 아닙니다."

은선은 작가라는 말을 강하게 부인했다.

"한때 작가도 작가 아닌가요?"

온라인 가족들은 작가라는 말에 잔인하게 집착했다.

그들은 인터넷에서 검색을 해 보았는데 그녀의 작품은 찾지 못했다고 했다. 은선은 그것들이 타자기로 쓴 것이기 때문에 인터넷에서 찾을 수 없다고 말했다. 그들은 아쉽다고 했지만 은선은 다행이라고 생각했다. 그들은 작품을 보여 달라고 했고 은선은 폐기했다고 말했다.

"어떤 작품을 쓰셨어요?"

"줄거리라도."

"주제만이라도."

마침내 왕언니가 장난 섞인 협박을 했다.

"김은선, 이제 그만 빼고 실토하셔. 자꾸 감추면 집으로 쳐들어간다."

"세상을 바꾸려 했던 어설픈 이야기였어요."

은선은 마지못해 운을 떼었다. 정말이지 은선이 그때 글을 썼던 이유는 세상을 바꾸기 위해서였다.

"세상이 어때서요?"

"늘 그런 글만 썼어요?"

"세상 바꾸는 거 말고 다른 이야기는 없었어요?"

소설가의 꿈을 가지고 있다는 일곱째는 끈덕지게 물었다.

"작가였던 기간이 아주 짧아서 다른 생각은 못 해 봤어."

"김 선생, 지금도 글을 쓰고 있는 거잖아. 우리들 중에서 김 선생이 쓴 글이 항상 제일 길었어. 요즘은 세상 바꾸는 얘기는 안 쓰잖아?"

왕언니는 시를 썼다. 긴 이야기를 쓸 수 있는 사람이 부럽다고 했다. 그런 언니에게 은선은 짧게 압축하는 글을 쓰는 사람이 부럽다고 했다.

"지금은 세상을 바꾸겠다는 생각은 안 해요. 세상이 나와 상관없이 흘러간다는 걸 알아버렸거든요."

"그럼, 지금은 어떤 생각을 갖고 사진을 찍고 글을 쓰나요?"

여섯째는 진지하고 사변적인 것을 좋아했다. 은선은 잠시 생각에 잠겼다가 답글을 올렸다.

"시간의 강물을 따라 흘러가 버리는 것들을 건져내고 싶다, 그런 욕망으로 찍고, 쓰고, 그래요."

사라지는 것들을 살려내기 위해서 글을 써야 한다고 생각했던 적이 있었다. 초등학교 때였다. 아마 그게 은선이 예술이라는 것에 관심을 갖게 된 최초의 계기가 되었을 것이다. '인생은 짧고 예술은 길다.'라는 말을 처음 들었을 때 그 글귀를 이해한다고 고개를 끄덕인 것도 그 때문이었다. 어머니는 식구들이 먹다 남은 음식물을 먹여 개를 길러서 개장

수에게 팔았다. 개가 팔려 간 날 아이들은 통곡을 했다. 어머니는 그만 울고 이다음에 엄마, 아버지 죽었을 때나 울어라, 하고 야단을 쳤다. 엄마, 아버지 죽으면 안 울 거야. 엄마, 아버지는 가족이 있잖아. 그런데 혼자 있다 간 개는 누가 기억해 주나? 엄마, 아버지는 사람이라 안 불쌍하지만 개는 얼마나 불쌍해. 아이들이 제풀에 지쳐 울음을 그칠 때까지 어머니는 대꾸도 하지 않았다. 맏이였던 은선은 개장수에게 팔려간 개를 자신이라도 영원히 기억해 주어야 할 것 같았다. 팔려간 개의 모습을 공책에 정성껏 그렸다. 함께 산 날짜를 적고 그 개와 관련된 추억을 기록했다. 그 공책 속에는 죽은 병아리들도 적어 두었다. 종이와 글씨와 그림 위에서 강아지와 병아리들은 영원히 머물 거라고 생각했다. 그러나 은선이 영원히 기억해 주어야 한다고 생각했던 개와 병아리들은 공책을 분실하는 바람에 그대로 잊힐 수밖에 없었다.

　개와 병아리뿐 아니라 사람을 포함하여 세상 만물 모든 것이 시간을 따라 사라진다는 엄연한 현실을 받아들일 때쯤 글을 써야 하는 또 다른 이유가 생겨났다. 글쓰기가 잘못된 세상을 고쳐 줄 수 있을 거라고 생각했다. 은선의 집 옆으로 지대가 낮은 질퍽한 공터가 있었다. 물이 말라붙는 가을부터 봄까지 마을 아이들은 그곳에서 불장난을 했다. 어느 해였는지 얼었던 땅이 녹아서 풀리기 시작하는 해토머리 무렵, 오래 버려졌던 그 공터에 주근깨가 새까맣게 덮인 아주머니가 나타났다. 아주머니는 그 땅을 돋우고 흙벽돌을 찍어 집을 짓기 시작했다. 가끔 남편이 와서 거들기는 했지만 아주머니가 그 힘든 일을 거의 혼자 다했다. 봄내, 여름내, 열심히 일하더니 함석지붕 집이 생겼다. 땅을 돋우긴 했지만 동네 골목길에서 그 집 마당으로 들어서려면 돌계단을 몇 개 내려서야 했다. 아주머니는 딸 하나와 밑으로 아들 셋을 데리고 그 집으로 이사를 왔다. 그녀와 동갑내기였던 딸의 이름은 영희였다. 영희 어머니는 개미처럼 부지런하고 알뜰했다. 잠시도 쉬지 않고 남의 집 밭일을 하고 한 푼도 허투루 쓰지 않았다. 아주머니는 이웃들의 허락을 받아 들깻잎을 따다 시내에 내다 팔기도 하고, 뙤약볕이 내리쬐는 염전 도랑에서 말라붙는 소금을 건져 올려 머리에 이고 왔다. 늦가을 수확이 끝난 을씨년스런 들판에서 떨어진 이삭을 줍기도 했다.

영희 어머니가 아프다고 했다. 온몸이 퉁퉁 붓는데 저절로 낫기를 기다렸다. 마을 사람들이 성화를 대서 영희 아버지가 영희 어머니를 데리고 병원에 가던 날, 은선은 산 고갯길에서 영희 어머니를 보았다. 영희 어머니는 걷기가 힘이 들었는지 길가 큰 돌 위에 앉아 멀리 허공을 바라보고 있었다. 옥빛 한복 치마저고리를 입은 영희 어머니는 다른 사람처럼 보였다. 밤톨처럼 새까맣고 반질반질하던 얼굴이 두부처럼 허옇게 부어올랐다. 영희는 엄마 수발도 들고 집안일을 하느라 바깥출입은 물론 학교도 다니지 못한 지 오래 되었다. 영희 어머니가 죽기 며칠 전 마을 아주머니들이 흰 쌀밥을 짓고 미역국에 조기를 구워 밥상을 차려 주었다. 영희 어머니는 일어나지도 못하고 누워서 밥상을 바라보면서 눈물만 철철 흘렸다고 했다. 영희 어머니는 평생 보리밥에 고추장만 비벼 먹었다. 불쌍해서 어쩌나, 자기 입으로는 아까워서 쌀알 한 톨 마음대로 못 넘기더니 쌀밥 한 번 못 먹고 죽네, 새 옷 아끼느라 고이 모셔두고 비렁뱅이 옷만 입더니 죽어서 입게 생겼네, 영희 엄마 불쌍해서 어쩌나, 은선의 어머니는 며칠을 두고 탄식했다.

장례를 치른 지 한 주일도 되지 않아 영희네 집에 새엄마라는 여자가 들어왔다. 새엄마는 먼발치에서 보아도 마을 어머니들과 달랐다. 마을 어머니들은 화장을 하지 않았다. 어머니들이 바르는 구루무도 미용보다는 살이 트지 말라고 바르는 약용에 가까웠다. 영희 새엄마는 화장을 짙게 하고 매니큐어까지 칠했다. 입술과 손톱을 빨갛게 칠하는 것은 술집 여자나 하는 짓이라며 마을 어른들은 수군덕거렸다. 영희 아버지가 그 여자와 바람을 피우는 바람에 영희 어머니는 화를 안으로 삭이느라 심장병에 걸렸다고 했다. 영희 어머니가 죽은 날도 그 여자가 영희네 집 주변을 서성대는 것을 누가 보았다고 했다. 겨우내 길바닥에 얼어붙어 있던 얼음이 풀리자마자 영희네는 시내로 이사를 갔다. 구멍가게 아저씨가 형님 집에 갔다가 영희네를 만났다. 영희네가 새로 이사 간 곳이 그 아저씨 형님 집과 이웃이었다. 가게 아저씨는 영희네 근황을 종종 마을에 알렸다. 영희가 서울 어디에 식모로 보내졌다는 소식을 듣고 마을 사람들은 분개했다. 얼마 뒤에 아저씨는 더 나쁜 소식을 전했다. 영희 남동생 셋이 기차역에서 구두닦이를 하고 있다는 소식이었다. 아저씨는 구두통을 들고 역전 구석에 웅크리고 앉아 있는 아이들에게 자장면을 사먹였다고 했다. 그러다 그보다 더 심한 소식을 듣고 마을 사람들은 비탄에 빠졌다. 남동생들마저 어디론가 가 버리고 부부만 산다는 것이었다.

은선은 영희 아버지를 경찰서에 고발하자고 어머니에게 졸랐다. 어머니는 왜 쓸데없는 데 신경을 쓰냐며 그녀를 나무랐다. 은선은 왠지 억울하고 분해서 견딜 수 없었다. 영희 아버지와 새엄마를 감옥으로 보내고 영희와 동생들을 찾아와야 했다. 며칠을 어머니에게 졸랐지만 혼만 났다. 그 사건을 세상에 알려야겠다고 생각했다. 영희네 이야기를 공책에 꼼꼼하게 기록했다. 그 공책을 공개하면 세상 사람들이 깜짝 놀랄 거라고 믿었다. 이렇게 나쁜 사람이 있나, 분노하면서 영희와 동생들의 억울함을 풀어줄 거라고 믿었다. 사람들은 그 공책을 보면서 영희 아버지처럼 살아서는 안 된다는 소중한 교훈도 덤으로 얻게 될 거라고 생각했다. 그런데 공책을 어디로 보내야 하는지 알 수 없었다. 이사를 하면서 그 공책을 잃어버렸다.

직장에서 동료의 불행을 전해 들었을 때 은선은 글을 써서 그 사건을 세상에 알려야 한다고 생각했다. 어른이 되어서도 글이 잘못된 세상을 바로 잡을 수 있을 거라고 여전히 믿고 있었던 것이다. 타자기를 끌어안고 그 일을 자세하게 기록했다. 다 쓰고 나서 어디로 보내야 하나 고민하고 있을 때 교무실 탁자 위에 펼쳐진 신문에서 신춘문예 광고란을 보았다. 그녀가 기록한 글의 분량이 단편소설에 맞았다. 장르에 대한 개념은 막연했지만 그 글을 소설처럼 수정했다. 마감일이 임박해서 하는 수 없이 토요일 오전 근무를 마치고 신문사로 찾아갔다. 수위 아저씨가 월요일에 원고를 담당자에게 건네겠다고 말했다. 그걸 정말이지 까맣게 잊고 있었다. 학년말이라 정신없이 바빴을 것이다. 직장으로 전화가 왔다. 그녀가 쓴 글이 당선이 되었다고 했다. 직장 동료들이 축하를 해 주었다. 고등 고시에 합격한 거나 마찬가지니까 이제 직장을 그만 두라고 하는 이도 있었다.

신문에 그녀의 당선 소설이 실렸다. 많은 지인들이 축하 전화를 해 주었다. 그러나 곧 협박 전화를 받았다. 실제 가해자이자 소설 속 인물이 가족과 친척들을 동원해서 집요하게 그녀를 공격했다. 은선은 그가 당연히 자기 잘못을 반성할 거라고 믿었다. 그렇지만 그는 오히려 그녀를 비난했고 높은 사람들과 합세해서 그녀를 문제 교사로 몰아갔다. 세상물정에 어둡고 인간에 대한 이해가 부족했던 그녀는 그대로 끌려 다니며 곤욕을 치렀다. 악당들의 몰염치에 화가 난 상태에서 또 다시 질 나쁜 선생들 이야기를 썼다. 글쓰기가 악당들을 제압하고 좋은 세상을 만드는 데 기여할 수 있으리라는 기대를 아직 버릴 수 없었다. 그녀가 고발한 악당들이 힘을 합해 그녀를 공격했다. 부정부패의 존속을 바라는 교육계 관료들이 그녀를 조직의 반역자로 몰고 갔다. 교육 마피아 집단이라고 불렸던 그들의 모함은 잔인했다. 갖은 루머를 퍼뜨리고 원색적으로 그녀를 비난했다. 동료들마저 헛소문으로 오염된 그녀를 혐오하고 따돌렸다. 자신의 안전과 작은 이익을 위해 그녀를 짓밟고 권력자에게 붙어버리는 사람들을 목격했다. 내부 고발자에게 가해진다는 피해를 고스란히 순서대로 당한 것이었다.

찬사든 비난이든 갑작스럽게 유명세를 탄 은선은 그것들을 감당할 준비가 되어 있지 않았다. 지극히 평범한 사람이 능력 이상의 평가를 받거나 떠도는 소문에 휩쓸리거나 하면서 무리에서 돌출되는 것은 위험한 일이었다. 은선은 자주 호흡곤란을 겪었는데 금방이라도 질식해서 죽을 것 같은 위기의 순간을 몇 차례 겪으면서 살아남기 위해서는 잠적을 선택해야 한다는 것을 알았다. 새로 전근을 가면 은신처부터 찾았다. 버려진 준비실이나 교구실, 아무도 찾아오지 않는 휴게실 같은 곳에 살그머니 숨었다. 눈을 감고 귀를 막고 입을 닫고, 보고도 못 본 척, 듣고도 못 들은 척, 그녀는 말하지 않고 쓰지 않았다.

온라인 가족들은 그녀가 작가로 불리었던 때 썼던 글을 볼 수 있게 해달라고 졸랐다. 그러나 그녀는 그 부탁을 끝내 외면했고 마침내 언니들과 아우들은 그녀의 지난날을 더 이상 언급하지 않게 되었다. 그들은 누구도 은선이 자신의 경력을 감춘 것에 대해 심각하게 생각하지는 않는 것 같았다. 그녀가 부끄러움이 많아서 그랬을 거라고 좋게 생각해 주는 분위기였다. 함께 출사를 가고, 글을 쓰고, 글을 곁들인 사진집을 출간하고, 전시회를 열고, 카톡에서 대화하면서 그들은 형제애를 과시했다. 은선은 고향이자 현재 거주지인 그 도시의 풍광을 찍고 그곳이 주는 느낌을 아름답게 적는 일을 주로 했다. 그것은 그녀를 품어 준 장소에 대한 애정과 감사의 표시였고 그 일이 그녀에겐 기쁨을 주었다. 젊은 날의 그녀였다면 그런 작업들이 예쁜 장식품을 만드는 것에 불과하다고 생각했을 것이다. 어쩌면 그렇게 세상에다 화장품을 입히는 건 진실이 아니라고 생각했을 지도 모를 일이었다. 그러나 현재의 자신은 지난날의 자신과 다른 사람이었다. 나이를 먹으면서는 어두운 세상에 가슴 아파하고, 비판하고, 바꾸려는 것보다 세상을 채색하고 찬사를 보내는 작업을 하는 게 좋을 거라고 생각했다. 그것은 고통스럽지 않고 편안하고 즐거운 일이어서 노년의 건강을 위해서도 괜찮을 것 같았다.

은선의 지난 시간을 기억하는 이가 다시 등장한 것은 세 번째 사진집이 나왔을 때였다.

"넷째 언니, 우리 성당 신부님이 언니가 아는 사람 같대요."

막내가 카톡에 올린 글이었다. '나는 그런 사람 아닙니다.' 은선은 무의식적으로 그 말을 카톡에 올리려 하다 멈칫했다. 은선은 한참 있다가 묻는 글을 보냈다.

"신부님한테 사진집을 갖다 드렸어요?"

"네, 그렇게 됐어요."

은선의 지난 어느 한때가 단톡방에서 다시 드러났다. 그녀는 젊은 날 성당에서 교리 교사를 했다. 크리스마스 공연 때 중학생들에게 노래와 춤도 가르치고 연극도 지도했다. 고등학생을 담당했던 그가 늦은 나이에 가톨릭 신학교로 간다는 말을 들은 게 그에 대해 알고 있는 전부였다. 막내는 그가 훌륭한 신부님이 되었다고 전했다.

"지금 어느 성당에 나가고 계셔요?"

대답하기 곤란한 질문이었다.

"아, 냉담 중이시군요."

은선이 대답을 하지 않자 막내는 스스로 결론을 지었다. 은선은 미안하다는 뜻의 이모티콘을 보내고 간단히 끝맺음을 했다.

성당 넓은 마당에 서 있던 하얀 성모상과 성당 안으로 들어서려면 올라야 했던 높은 계단과 성스럽게 보이던 성당 내부와 스테인드글라스의 화려한 빛과 신부님과 수녀님들과 아이들…. 그 모든 것이 영화 속 장면처럼 느껴졌다. 처음 큰스님이 계시다는 절에 갔을 때는 그녀가 태어나기도 전, 아득한 과거의 전설 속 세상으로 들어서는 기분이 들었다. 시간이 지나면서 그녀의 종교는 바뀌었고, 어느 때부터는 기독교가 머나먼 나라의 전설처럼 여겨지게 되었다. 카톡에 잠깐 올라왔던 종교 이야기는 막내와 그녀의 짧은 대화로 금방 마무리되었다. 온라인 가족들은 각자 종교가 달랐고 그게 문제가 된 적은 없었다. 개신교에 다니는 이들이 둘이나 있었지만 그들은 일요일 출사에 제동을 거는 법이 없었다.

은선이 교사였고, 작가였고, 기독교인이었다는 게 단톡방에서 드러났다. 그러나 현재의 그녀는 그 무엇도 아니었다. 앞으로 또 어떤 이가 등장해서 지난날의 그녀에 대해 언급할지 알 수 없었지만 은선에게 더 이상 드러날 일도 없을 뿐더러, 그들의 주목을 끌 만한 특별한 사항 같은 건 없다고 생각했다. 그런데 지난 전시회에 느닷없이 그 제자 아이가 나타났고, 그 아이가 그녀에 관해 글을 썼다는 것이었다.

"드뎌 제자가 김 선생과의 만남에 대해 글을 썼더라고요."

카톡에 올라온 그 글을 본 것은 은선이 설거지를 끝내고 거실로 나와서 소파에 앉았을 때였다. 핸드폰 카톡에 뜬 알림 숫자를 보고 무심코 단톡방에 들어갔던 것이었다.

"첫 제자가 바라본 선생님, 제자의 먹먹한 시절을 김 선생이 지켜주었다고 하네요."

"스물을 넘긴지 얼마 되지도 않은 사람이 그렇게 대단한 선생을 했다니, 제자는 선생님을 생생하게 기억하더라고요."

큰언니는 그 밑에 연달아 자신의 독후감까지 밝혀 놓았다. 그 아이의 기억이 잘못 되었을 거라고, 다른 선생과 착각하고 있을지도 모른다고,

아니 그 아이는 모르는 아이라고, 그 아이에 대한 기억이 전혀 없다고…
그녀의 머릿속에선 써야 할 답글들이 연달아 빠르게 지나가고 있었다.
그러나 뒤를 돌아보면 안 된다는 금기를 어겼다가 돌이 되어 버렸다는
전설 속 주인공처럼 그녀는 어떤 반응도 하지 못했다.

전시회에서 그 제자 아이를 만났을 때 은선은 몹시 휘청거렸다. 그 아
이는 얼마 전부터 큰언니와 같은 글쓰기 교실에 다니고 있으며, 전시회
초대장을 받고 왔다는 것이었다. 초대장에서 은선의 이름을 발견하고
선생님일 것 같다는 예감이 들었는데 적중했다며 아이는 웃었다. 그녀
가 숨을 곳은 없었다. 은선은 간신히 전시회 오프닝을 마쳤고 그 아이는
다음에 찾아뵙겠다는 인사를 하고 떠났다. 은선은 몸살을 핑계로 급히
전시장을 빠져나왔다. 호흡곤란 증세가 발작적으로 일어났다. 그 아이
를 모른다고, 자신은 교사도 그 무엇도 아니었다고, 지난 시간을 부정하
며 거리를 배회했다.

제자가 자신에 대해 글을 썼다는 소식을 듣고 은선은 그대로 소파 위
로 쓰러져 며칠을 죽은 듯 잠만 잤다. 카톡 속의 언니들과 아우들은 그
제자의 출현으로 은선이 몹시 당황하고 있으며, 그 아이를 기억에서 버
리고 싶어 한다는 사실을 알 리 없었다. 그녀가 잠에서 깨었을 때 단톡
방엔 톡이 수북하게 쌓여 있었다.

"그 제자가 쓴 글 읽고 싶어요."

"글쎄, 여기로 옮겨지려나?"

"되는 대로 속히 올려 주세요."

"어, 되네, 모두들 읽어보시길."

언니들과 아우들은 모두 그 제자의 글을 읽었으며, 그 글을 읽고 눈
물이 나기도 했고, 누구는 가슴이 뭉클해졌고, 어떤 이는 마음이 따뜻
해졌다고 했다. 그녀더러 아주 멋진 사람이라고 과분한 칭찬의 글을 올

린 이도 있었고, 추억해 주는 사람이 있다는 건 축복이라며 은선이 행복한 사람이라고 말해 주는 이도 있었다. 그 제자 아이가 무엇이라고 썼는지 보아야 했다. 언제까지나 두렵다고 두 눈을 감아버리는 어린아이처럼 굴 수는 없는 일이었다. 그 글을 읽겠다고 굳게 다짐을 했으면서도 몇 번을 망설인 끝에 은선은 마침내 글쓰기 숙제라는 제목이 붙은 파일을 열었다.

그 아이의 글쓰기는 TV는 사랑을 싣고, 라는 프로그램 얘기로 시작을 했다. 자신이 그 프로에 나간다면 꼭 찾고 싶은 분이 있었는데 그가 은선이라는 것이었다. 제자는 가난하고 암울했던 자신의 어린 시절을 세밀하게 묘사했다. 처절하게 가난하여 사는 게 부끄러웠다고 했다. 누가 읽어 봐도 제자는 눈물이 날 만큼 불우한 소년기를 보냈다. 자신의 존재를 미물보다 못하다고 여기고 있던 그에게 처음으로 다가온 사람이 그녀였다는 것이었다. "… 중학교 2학년 때 김 선생님은 대학을 갓 졸업하고 우리 반 담임을 맡았다. 선생님은 긴 머리카락을 찰랑거리며 항상 턱을 치켜 올리고 다니셨는데 도도하기가 하늘을 찌르고도 남았다. 초임의 선생님은 열정이 대단하셨다. 아이들 잘잘못을 어찌나 잘 따지시고 꼬투리를 잡으시던지, 학년 담임 중에 제일 나이가 어렸지만 반 아이들을 당차게 챙기셨다. 세상이 재미없어 온갖 먹구름을 몰고 다니던 내가 선생님 눈에 걸린 것이다. 아이들과 어울리지도 못하고 점심때마다 어디론가 사라지는 아이. 어느 날 뜬금없이 선생님이 교무실 심부름을 보냈다. 그날 이후로 점심때만 되면 이런저런 핑계를 만들어 매점에서, 식당에서 밥을 사주셨다. 교무실 심부름을 간 사이에 내 가방을 뒤져서 도시락이 없는 것을 확인하고 챙기기 시작한 것이다. 선생님의 눈길이 내 뒤를 따라다니기 시작했다. 어디서도 받아보지 못한 관심과 염려 덕분에 아주 가끔 웃을 줄 알게 되었다. 온갖 백일장을 선생님이 밀어주셔서 재미도 붙었다. 일기장 검사를 하면 꼬박꼬박 공감과 칭찬의 글을 달아 주셨고, 도서실에서 내가 읽을 만한 책을 골라 주시며 독후감을 쓰게 하셨다. 돈을 벌어야 한다고 공장에 보내려 하는 아버지를 설득해 고등학교에 갈 수 있게 해 주시고, 고등학교에 진학을 한 뒤에도 틈틈이 편지를 써 보내 주시던 선생님이었다. 그때 선생님의 나이 겨우 스물 셋…"

그 아이의 글쓰기는 이젠 TV는 사랑을 싣고 프로를 보아도 더 이상 찾고 싶은 사람이 없다, 로 끝났다.

썩 잘 쓴 글이었다. 제자가 쓴 긴 글 속에 은선이 살아낸 삶의 한 토막이 끼워져 있었다. 그러나 그녀의 가슴을 먹먹하게 만든 것은 글 속에 드러난 새파랗게 젊은 날의 자신의 모습이 아니라, 그 아이의 가족사에 얽힌 한과 슬픔이었다. 그 아이가 그토록 지난한 시간을 보냈다는 것까지는 그녀도 알지 못했다. 절망적인 슬픔은 어찌하여 감동을 주는지, 은선은 그 아이에게 가혹했던 가난과 불행이 글을 읽은 이들에게 감동을 준 것이라고 생각했다. 천덕꾸러기로 태어난 그 아이가 견뎌내야 했던 기나 긴 시간에 은선이 한 일은 어느 한때 손을 내민 것뿐이었다. 은선이 베푼 아주 작은 도움을 크게 받아들인 것은 그 아이가 처했던 극한의 조건과 상황 때문이었고, 그 아이가 생각하는 그녀에 관한 기억의 상당 부분은 부풀어진 환상일 뿐이라고 말하고 싶었다. 그러나 은선은 전시장에 그 아이가 나타났을 때 이미 언니들과 아우들과의 이별을 예감하고 있었다. 은선은 가족처럼 지내고 있던 그들을 떠나야 한다고 생각했다.

은선은 단톡방에 작별을 암시하는 글을 올렸다.

"제자의 글을 이제야 읽었습니다. 부끄럽네요. 그 아이 눈에 그렇게 보였나 보네요. 수많은 아이들 눈에 내 모습은 다 다르게 보였을 거예요. 나를 좋게 본 아이들도 있겠지만 나를 원망하는 아이들도 있을 거예요. 아이들이 본 건 내 이미지일 뿐, 나는 실체가 없어요. 나와 만났던 수많은 제자들에게 하고 싶은 말이 있어요. '네 머릿속에 있는 나는 내가 아니다. 나는 그런 사람 아니다.' 저는 그런 사람 아닙니다. 그냥 잊어 주세요."

언니들과 아우들은 여전히 그녀가 부끄러움이 많은 사람이라고 생각할 것이다. 아무도 그녀가 떠나려 한다는 사실을 알지 못할 것이다.

"우리 모임은 언제까지 이어질까요?"

일전에 누군가 물은 적이 있었다. 영흥도로 출사를 다녀오고 카톡에 사진을 올리고 나서 나온 이야기였다. 그때 왕언니가 "모임은 계속 되어야 해. 우리들처럼 끈끈하게 이어지는 모임이 흔할 줄 알아?" 하고 대답했다. "외로운 말년에 만난 정다운 사람들, 우리 중 누구도 모임을 포기하지 않을 겁니다." 큰언니가 장담했다. 다른 이들도 모임이 계속되기 바란다고 썼기 때문에 은선도 간단히 댓글을 달았다.

"언제까지나 함께 하겠습니다."

그것은 그녀의 진심이기도 했다. 그때 그녀는 책장에 박아 두었던 앨범을 꺼내 들여다보고 있던 중이었다. 딸아이가 어렸을 적 영흥도 해변에 자주 갔었다. 젊은 남편과 어린 딸의 모습이 사진 속에 있었다. 시간이 지나 그들은 그녀의 곁을 떠났고 은선은 혼자 남았다. 먼 나라에서 살고 있는 딸아이보다 지리적으로 가까운 사진 모임 회원들이 그녀의 남은 생에서 친밀한 동반자가 될 거라고 생각했다. 그러나 이제 상황은 바뀌었고, 은선은 그 모임에서 탈퇴를 할 수밖에 없게 된 것이다.

은선은 여전히 단톡방에서 그들을 만나고 있었다. 은선은 다만 작별의 시간을 유예시키고 있었을 뿐이었다. 그런데 그 시간은 생각보다 빨리 찾아왔다.

"친구들이 선생님 만나 뵙고 싶대요. 수연이 아시지요? 그리고 지영

이도요. 안지영. 조수연 모두 선생님을 보고 싶어 해요."

그 아이로부터 전화가 온 것은 그 아이가 쓴 글을 읽고 며칠이 지나서였다. 제발 자신을 모르는 사람으로 생각해 달라고 부탁할 수는 없는 일이었다. 그 아이는 선생님을 모시고 언제, 어디서, 식사를 할 계획인데 괜찮으시냐고 물었고, 은선은 그렇다고 건성으로 대답을 하고는 경황 없이 전화를 끊었다. 그녀는 허겁지겁 밖으로 나가야 했고 미친 듯 공원을 달렸다. 그녀는 자신을 질식시키려는 그 시간의 기억으로부터 도망을 치기라도 할 듯 전력 질주했다. 너는 경이를 잊었니? 너와 경이는 고등학교에 진학하고서도 얼마나 자주 나를 찾아왔었니. 눈부시게 아름다웠던 아이, 경이. 그 아이는 전국 글짓기 대회에서도 상을 받았다. 은선은 경이의 빛나던 얼굴, 반짝이던 눈을 잊은 적이 없었다. 은선이 쓴 글이 신문에 나왔을 때 두 아이는 자기들도 꼭 선생님 같은 작가가 되고 싶다고 말했다.

새로 전근을 간 그 중학교는 공장 지대 한가운데 있었다. 교육청에서는 징벌적 인사 조치로 그녀를 그 도시의 험지로 발령을 냈다. 원래 그녀가 지원했던 곳은 인문계 고등학교였지만 교육청 관료들이 벌떼처럼 일어나 그녀의 고등학교 발령을 반대했다. 경이는 혼자서 그 중학교로 그녀를 찾아왔다. 그 아이는 고등학교를 졸업하고 회사에 취직을 해서 경이와 동행할 수 없었다. 대학 신입생이 된 경이는 그 아이 것까지 사인을 받고 싶다며 그녀의 글이 실린 책을 두 권 내밀었다. 경이에게 저녁이라도 사 주고 싶었지만 시간을 낼 수 없었다. 3학년 담임을 맡고 있던 그녀는 야간 자습을 감독해야 했다. 학교 앞 도로는 대형 트럭들이 질주하는 산업 도로였다. 아름다운 대학생 경이는 신호등 앞에서 신호가 바뀌기를 기다리며 서 있었다. 달리던 트럭에서 적재물이 경이를 내리친 것은 눈 깜짝할 사이에 일어난 일이었다.

의사는 직장에서 가능한 오래 버티기를 권했다. 그래야 그녀가 무너지지 않을 거라고 말했다. 은선은 긴 휴직을 끝내고 다시 학교로 돌아왔다. 학교로 돌아오며 그녀는 다시는 담임 같은 건 맡지 않겠다고, 어느 아이에게도 지나친 관심은 쏟지 않겠다고 다짐했다. 그녀는 줄곧 남자 공고만 지원했다. 아이들과 저절로 일정한 간격이 유지 되었다. 남학생이기 때문에 한 차례 거리가 생겼고, 담임이 아닌 교과목 선생이기 때문에 아이들과 떨어져 지내도 괜찮았다. 그리고 공고에서는 책 읽기나 글쓰기는 별로 중요한 과목이 아니었다. 자신이 타인의 인생에 영향력을 끼칠 수 있다는 그 두려운 가능성에 조바심치지 않아도 되었다.

은선은 경이가 없는 그 아이와 만날 수 없었다. 제자들을 만나지 않고 떠나기로 마음먹었다. 딸아이에게 전화를 했다. 곧 그곳으로 가겠다고 말했다. 무슨 일이 있는 건 아니지? 딸아이가 물었다. 아니, 그냥 심심해서 바람이나 쐬려고. 그녀가 퇴직을 한 다음 그 나라에 와서 함께 사는 건 어떻겠냐고 딸아이가 물었을 때 은선은 단칼에 거절했다. 이 나이에 외국에서 살 수는 없잖니? 고향을 떠나서 살아본 적도 없는데. 심지어 그녀는 집만 단독주택에서 아파트로 바꾸었을 뿐 태어나 자란 동네에서 떠나지 않고 살고 있었다. 그녀는 혼자 사는 연습은 이미 잘 하고 있고, 앞으로는 혼자 이 세상을 떠나는 연습도 할 예정이라고 딸에게 미리 말해 두었었다. 그때 딸아이는 뭐 그런 걸 연습해? 하면서 화를 냈었다. 딸아이와 통화를 끝낸 은선은 본격적으로 떠날 준비를 시작했다.

바다 건너 그곳

최임순 지음

발 행 처 · 도서출판 **청어**
발 행 인 · 이영철
영　　업 · 이동호
홍　　보 · 천성래
기　　획 · 남기환
편　　집 · 방세화
디 자 인 · 이수빈 ｜ 김영은
제작이사 · 공병한
인　　쇄 · 두리터

등　　록 · 1999년 5월 3일
(제321-3210000251001999000063호)

1판 1쇄 발행 · 2020년 11월 30일

주　　소 · 서울특별시 서초구 남부순환로 364길 8-15 동일빌딩 2층
대표전화 · 02-586-0477
팩시밀리 · 0303-0942-0478

홈페이지 · www.chungeobook.com
E-mail · ppi20@hanmail.net
I S B N · 979-11-5860-906-1(03810)

이 도서의 국립중앙도서관 출판시도서목록(CIP)은 서지정보유통지원시스템 홈페이지
(http://seoji.nl.go.kr)와 국가자료공동목록시스템(http://www.nl.go.kr/kolisnet)에서 이용
하실 수 있습니다.(CIP제어번호: CIP2020043853)

이 책은 2020 인천광역시, (재)인천문화재단 문화예술육성지원 사업에 선정되어
발간하였습니다.